アマヤ・ザ・ブッダ

Translated to Japanese from the English version of Amaya The Buddha

Varghese V Devasia

Ukiyoto Publishing

全世界での出版権はすべて

Ukiyoto Publishing

2023 年発行

ISBN 9789359209777

これはフィクションだ。名前、登場人物、企業、場所、出来事、地域、事件などは、著者の想像の産物であるか、架空の方法で使用されたものである。実在の人物、生死、実際の出来事との類似は、まったくの偶然にすぎない。

www.ukiyoto.com

献身

私の姉であり、幼少期から思春期にかけての親友であったヴァルサンマ・トーマスは、マラヤーラム語の小説を読むよう私に勧めた。ケララ州アヤンクヌにある私たちの村の農場で、まるでカッコウの巣のようにサヒャドリに佇み、マンゴーの木の低い枝の上に座り、豊かな葉の陰に隠れて何時間も一緒に絵本を読んでいた美しい思い出がある。

謝辞

このような壮大で豪華な本を世に送り出してくれた浮世出版とその優れた編集チームに感謝する。編集者のイスヴィ・ミシュラは、この小説の推敲を手伝ってくれた。最終的な作品には、客観性と文学的洞察力に加え、彼女の優れた美的センスが反映されている。

この小説を書くことは瞑想であり、自分の存在への旅だった。私は袋小路に迷い込んだような経験をした。何度も他を回ったが、無駄だった。ヴィパッサナーは、複雑な意識から付随的で反射的な意識へと、未知の世界へと飛び込む境界線を破る手助けをしてくれた。わからない」から「わかる」、そして「わかっている」という純粋な啓示だった。ブッダガヤのマハーボディ寺院群を訪れたことは、謙虚な気持ちにさせられ、宇宙のシルエットの中にいる自分の存在の真偽を問う助けとなった。ナーランダは私に、現実を観察し、ありのままの確かさを理解する、という地味な教訓をいくつか教えてくれた。グムのイーガ・チョーリン僧院への旅は、無神論的な型と人間の生存の必要性を分析し、集中し、考え、働くことを容易にする、自分自身への旅だった。ゴールデン・テンプル・クシャルナガラでは、サルトルが「存在は本質に先立つ」と言うように、自分の存在を外から知覚することができた。認識論的には、執筆が進むにつれて、私は自分の探求の対象となった。

アマヤは私であり、異なる次元にいる私の存在そのものが、頻繁にひとつに融合する。小説の主人公であるアマヤは、ピアノ、研究、法律修行、ヴィパッサナーなどに没頭することで、文章や章ごとに変容していった。彼女にとって、裁判所、依頼人、同僚、両親、ブッダガヤとナーランダは彼女の生存を象徴している。獄中で初めて娘のスプリヤと会ったことはカタルシスであり、ラジャ・アンパットへの旅は悟りの絶頂だった。本書は彼女の経験をまとめたものである。この魅惑的な遠征で出会ったすべての人に感謝している。

この小説の執筆に協力してくれた人々、特に原稿を読んで批判的な指摘をしてくれたギルシ、アンジュ、アパルナ、ジルズに感謝している。

内容

母と娘

アマヤはその電話に出席しながら、話している若い女性が、24年前に父親がバルセロナの産科病院から誘拐した娘のスプリヤだとは思いもしなかった。出産時、アマヤは昏睡状態で、3 週間後に意識を取り戻したときにはすでに赤ちゃんは消えていた。

アマヤが娘を捜してヨーロッパとインドを旅する間、スプリヤに会いたいという願望を超えた切望があった。その後、ケララ州の母の家で孤独に過ごしながら、彼女は心の壁に娘のイメージをさまざまな色と大きさで 100 万枚描いた。弁護士としての仕事を始めると、アマヤが女性の権利を守るために法廷で論戦を繰り広げるにつれ、スプリヤは自分の内面に希望を抱くようになった。

「私はいつもあなたとともにいて、どんな状況でもあなたを守る」とアマヤは心の中で唱えた。

夕方、5 時過ぎから、彼女の法律相談のアポイントメントを取る電話が多くなり、電話が鳴ったのはすでに 9 時 15 分過ぎだった。

アマヤはこの 24 年間、数え切れないほど娘の名前を呼んできたかもしれない。″スプリヤ″、″愛してる ″と叫んで彼女を抱きしめた。幼いスプリヤの胸の高鳴りを感じ、誠実で純粋、繊細で無私無欲な母と娘の親密さの最初の兆候を感じ、ゾクゾクするような体験だった。スプリヤの方が少し背が高い。カランはチャーミングな笑顔だった。彼は株式市場で、ヨーロッパ、特にスペイン、フランス、ドイツ、イギリスのサッカークラブの株を売買し、富を築いた。切り離せない文化現象であるサッカーは、スペインの誇りの象徴だった。バルセロナの自宅には、サッカーに関する本が何百冊もあり、その起源、成長、スペイン、特にカタルーニャ地方におけるサッカーマニア、サッカークラブ、株式市場について書かれていた。

アマヤとカランの小さな別荘には、寝室が 2 つ、ホール、キッチン、美しく整備されたダイニングエリア、サッカーに関する本やコンピューターなどの通信機器が置かれた書斎があった。ヴィラには東と南の 2 つのバルコニーがあった。バルコニーからの眺めは壮観で、穏やかなブルーの地中海を何時間も眺めていると、まるで薄青緑色のオオバコの葉が永遠と広がっているようで、心が癒された。日の出は、夏のヘルシンキの街角で見かけた、ロマニ族の女性が踊るときのディクロ（宝石をちりばめたヘッドスカーフ）のように、海の上に格別の輝きを放っていた。突き刺すような朝日の光は、まるでヴェンバナド湖の両岸にあるココヤシの葉の下に隠れている恋人を探す若い女性のようで、オナムシーズンにプンナマダで開催されるスネークボートレースの直前にアラプッザを貫通した。開放的なギャラリーにカランと立つと、爽やかな風が絶えず彼女の裸体を撫でた。それは鼻孔から反響し、肺を満たし、あらゆる細胞に浸透していく。まるで、数年後、セックスを忌み嫌うナーランダのブッダヴィハールで彼女が実践したヴィパッサナー瞑想のようだった。何度もバルコニーで裸になり、抱き合い、愛し合った。それは、彼女が高校時代から求めていた究極の一体感であった。カランが情熱的に彼女を抱きしめている間、彼女は浜辺をちらちら見ながら、好奇心旺盛で注意深い観光客のエロティックな逃避行を探す目をわざと無視した。

コダイカナルにある柱岩のレプリカ、ラ・ペドレラとしても知られるカサ・ミラが、大きなスライドガラス越しに遠くに見えた。カランは南側のバルコニーにピアノを置き、チャイコフスキー、パガニーニ、ブラームス、クララ・シューマンを弾いた。彼女のお気に入りはモーツァルト、バッハ、ショパン、ベートーヴェンだった。二人は何時間も一緒に演奏し、その合間に彼女は演奏を止め、彼の指がキーボードを優しく動かすのを感心して眺めていた。それでも時折、彼の音楽はアルプス山脈の雷鳴のような轟音をジュネーブのレモン湖に響かせた。まるでサグラダ・ファミリアで音楽を奏でているようだった。教会音楽は、磁力を帯びた、魅惑的な、重なり合うような、激しく集中した性的な序曲を持ち、抵抗しがたく、彼に対する魅惑的な欲望で身体を震わせるのを繰り返させた。カランはピアノを"Our Love"、別荘を "The Lotus "と呼んだ。当時の彼らの生活で最も居心地の良い場所だった。彼は彼女のニーズを察知し、いつでも彼女のそばにいることができる。バルコニーにいる間、彼はよく彼女を抱きしめた。彼の体は温かく、彼女は愛し合いながら彼の一挙手一投足を愛した。

スプリヤは間違いなくカランのようになるだろう。彼女はスプリヤに流れる愛を感じ取り、心の中で彼女を抱きしめた。スプリヤは母親の秘密の中で育った。幼児期の彼女は、愛に満ち、機敏で微笑んでいた。生後 3 ヶ月のポメラニアンの子犬だった。思春期の彼女は、ダイオウイカのような目で、イルカのように賢く、子象のようにのんきだった。スプリヤは自信と責任を持ち、まもなく 24 歳になる。

「彼女の名前は？

「彼は彼を何と呼んでいる？

彼女の母国語であるマラヤーラム語では "最愛の人 "を意味する。

高知から車で 30 分、彼女の実家近くの丘の上にある小さな滝は、穏やかでキラキラと輝いていた。夏になると、それは小さなしずくの集まりとなった。しかし、モンスーンの間は溢れかえった。緑、澄んだ空気、鳥のさえずり、飛び跳ねるリス、金色のくちばしを持つ緑のオウム。リスがマンゴーの木の枝から枝へと飛び移る様子は、訓練されたバレーボール選手がボールを叩きつけるのに似ていた。リスは最高のアクロバットであり、スーパーマンのクリストファー・リーブ顔負けの垂直跳びや水平跳びができた。彼女の最も見事な謎の動物はリスで、どうして木の上に登ったり降りたり、楽々と逆さにぶら下がったりできるのか、よく不思議に思っていた。ある日、バルコニーの隣にあるカナリア諸島のナツメヤシの木に登るリスを見ながらカランに尋ねるまでは、彼女にとって秘密だった。数分もしないうちに、カランは『ニューヨーク・タイムズ』紙の調査結果を思いついた。

リスは力強い推進力を得るために、頑丈な後ろ足を持っている。リスの後ろ足の手首は二重関節になっており、超伸縮自在であるため、リスは前足の向きを逆にして、駆け上がるのと同じ速さで木を駆け下りることができる。小さくて鋭い爪とリバーシブルの後ろ足は、リスが好きなときに逆さまにぶら下がるのに役立つ。また、鋭い爪のおかげで、リスはどこにでも安全な停泊場所を見つけることができる。調査結果を説明して、カランは笑った。

「私たちはリスのようになる必要がある。

彼は、それを口にしたことを後悔しているかのような困惑した表情を浮かべていた。バルセロナのリスはカナリア諸島のナツメヤシの木に登ったり降りたりするのが好きだった。数年後、彼女は想像の中でスプリヤを抱きしめるたびに、そのリスと彼の言葉を思い出した。

彼女はスプリヤと丘の上に行き、滝を上から眺めるのが好きだった。娘への愛情は、あの美しい滝のように、決して完全に弱まることはなかった。

アマヤは、ローズとシャンカル・メノンに、彼女の人生における 2 つのユニークな出来事に感謝していた。スペインにいる彼女の友人の多くが、スペイン語で最も美しい名前のひとつだと言っていた。マドリードとバスク地方に住む彼女の知り合いのほとんどが、この名前は彼女にぴったりだと言った。友人たちは彼女を〝アマヤ〟と呼んで喜んでいた。彼女はよく、スペイン人の名前とスペイン人の容姿を手に入れたという言葉を耳にした。彼女は、イネス・サストレやアマイア・ウリザールのような何人かのスペイン人にとっては、絶妙に魅力的でゴージャスな女性だった。

アマヤが学生時代の友人たちと研修旅行に出かけたとき、サン・セバスチャン空港のエア・ホステスが言った。マドリードの小学校で 5 年生として勉強していたとき、スペイン語を話す教師が彼女に言ったこととは反対に、エアホステスの言葉はもっと本物だった。バスク人は、スペインとフランスの間に位置するピレネー山脈からビスケー湾にかけて広がる自分たちの土地を誇りに思っていた。彼らはその一片の土地を自分の心のように愛していた。彼らの言語は独特で、ヨーロッパのどの言語ともまったく異なっていた。5000 年以上の伝統があり、その文化は統合され、強固なものであった。彼女たちの姉妹や妻たちは、ヴァイキングの女性たちのように、あらゆる点で男性と対等で、高い才能を持っていた。バスクの男たちは獰猛で、自由を愛し、独立心が強く、知的で、スポーツ万能だった。彼らが持っていた別個のアイデンティティは、周囲の他のヨーロッパ人とはまったく異なっていた。アマヤとは、スペイン人が彼らから奪った美しい名前のひとつである。

アマヤはメノンという名字よりも、自分のファーストネームを気に入っていた。ローズがマドリードからバルセロナに遠征していたとき、彼女はバルセロナで生まれた。彼女は、ムンバイの建築会社で構造設計者として働いているときに、アントニ・ガウディが設計した最も有名な建物をスケッチしたいと思った。在スペイン・インド大使館の上級士官である夫は、公務のためにスペイン全土を頻繁に移動しなければならなかったため、妻のすべての航海に同行した。

メノン一家がバルセロナのサグラダ・ファミリア大聖堂を訪れたとき、ローズは教会内で娘を出産した。出産は前兆もなく突然に起こったため、メノン夫妻は戸惑い、赤ん坊の到着に対する心の準備すらできていなかった。教会の司祭は、彼らの赤ちゃんがサグラダ・ファミリアの聖域で生まれた唯一の子供であることを告げた。洗礼のために毎週何人もの幼児がバシリカに運び込まれていたにもかかわらず、彼女は神にとって最も尊い存在だった。そこに突然現れたロレート修道女会の修道女は、赤ん坊を手に取ると、すぐに母子を教会の隣にある修道院に移した。ローズと新生児は 10 日間、尼僧院にとどまった。赤ん坊は 6 週間前に生まれたため、常に観察と医療が必要だった。

アマヤという名の修道女は赤ん坊を手に取った。修道女に敬意を表して、ローズとシャンカル・メノンは娘にアマヤと名づけたが、マラヤーラム語ではモル（最愛のダーリン）と呼んでいた。

アマヤはラ・サグラダ・ファミリア、同じく素晴らしいロレート修道院、色彩豊かで荘厳、活気に満ちた地中海の街バルセロナ、そしてメロディアスなカタルーニャ語に特別な愛情を抱いていた。彼女はまた、幼い頃からバスク、人々、エウスカーラ語、伝統と文化を愛していた。

バルセロナのバシリカの外、大通りのそばには巨大な掲示板があり、アマヤは生まれ故郷を訪れるたびに、その前に 1 分間立っていた。この文字には、*カタルーニャのバルセロナ、そして私たちはカタルーニャ語を話します、という力強い意味が込められている。*同じように、バスクのあちこちに、10 キロメートルごとに、こう宣言する掲示板があった：*我々はエウスカディと呼ばれる独立国家であり、エウスカラ語を話す。*

アマヤはマドリードのロレート修道女会が運営する学校で初等教育を受けた。学生時代から放浪癖があった。父親がインド外務省を辞め、情報アナリストとして多国籍企業に入社すると、両親とヨーロッパ中を旅行する機会が増えた。このような外遊で、多くの人々、彼らの生活環境、ライフスタイル、伝統、文化を間近に観察することは、素晴らしい経験だった。自由は正義と不可分である。バルセロナ、パンプローナ、サン・セバスティアンは、その独立性と純粋さを愛した。カタルーニャとバスクの空、空気、水、環境には独特の魅力があり、彼女はカタルーニャとバスクの片隅でどこでも自由を体験した。

彼女が 13 歳のとき、シャンカル・メノンはムンバイで発行されている*『ザ・ワード』*の編集長に就任し、アマヤはムンバイの高校に入学した。横糸を巧みに絡ませながら鮮やかなモチーフを織り込んでいくカヌールの織物の名人のように、彼女はスペインの鮮烈な記憶を育んでいった。マドリード、バルセロナ、ピレネー山脈のバスク地方を旅し、スペイン語、フランス語、英語、エウスカラ語、カタロニア語でコミュニケーションをとることを空想するのは、楽しい夢想だった。

ムンバイでは、16 世紀初頭にナバラ王国の陸軍士官として軍を率い、パンプローナの戦いでスペインの守備隊を破ったバスクの聖人にちなんで名づけられた学校への入学を希望した。その後、イエズス会を設立し、6 人の仲間を持つ。彼の名はイグナツィオ・ロイオラコア、ラテン語ではイグナチオ・デ・ロヨラと呼ばれた。

入学後、アマヤはイエズス会の創立者にちなんで名づけられたセント・ザビエル・カレッジの高等科に進んだ。彼女はザビエルがナバラ出身のバスク人で、パリ大学の教授であり、イグナチオ・ロヨラの仲間であることを知っていた。彼は宣教師としてゴアとケララに何年か滞在した。

イエズス会はアマヤに人前で話すことを勧め、彼女は力強い演説家として頭角を現した。集会で演説するたびに、聴衆は「アマヤ、アマヤ」と唱和し、セント・ザビエルの大会議場の壁の中や、彼女の先生や仲間の頭の中にこだました。彼女は理路整然と話し、問題の長所と短所を説明することができ、彼女が知っている考え方は簡潔な枠に収められ、理路整然としていた。そうすれば、彼女は自分の能力を高め、自分が信じていることを人々に納得させ、国のためにその考えを実行に移すことができる。また、多くの NGO から、自分たちの活動を強化するために彼女に参加してほしいという誘いもあった。

政治は嫌いではなかったが、それ以上にジャーナリズムを愛し、ジャーナリストであることに誇りを持っていた。両親とともにムンバイに定住したとき、彼女は勇気があり、客観的で、分析的でありたいと思った。毎朝、父親が*『ザ・ワード』*に寄稿した論説を読むのが彼女の日課だった。その新聞はインドで最も尊敬されている新聞のひとつで、彼女は若かったにもかかわらず、そこに書かれている言葉のひとつひとつを大切にしていた。記事の一語一語、一文一文に目を凝らし、アイデアの明瞭さ、メッセージの力強さ、短いフレーズ、驚くべき文体にしばし驚嘆した。父の論説に寄せられたコメントのひとつひとつが、完璧な思想を映し出すように魅力的に刻まれ、父を取り巻く社会の表情を映し出している。こうして彼は、成熟した精神と高度な頭脳を反映した合理的な思考パターンを切り開くことで、娘の人生における強力な力となった。彼女の父親は、誘惑や波乱の中にあっても、頭を高く上げていた。彼は自分の声を持ち、富裕層の手先になることを拒否し、政治的な力を持っていた。

アマヤにとって、父親は事実に基づいたデータと個人的な誠実さを何よりも大切にし、政治的、社会的な影響や心理的な圧力には決して耳を貸さず、コダイカナルの柱岩のように自分の足で立っていた。毎週日曜日、彼は新聞の 3 面に『*柱の岩*』と名付けたコラムを書き、読者は 1 面の大見出しに目を通す前に 3 面をめくってそれを読んだ。編集長であるシャンカル・メノンは、与党や野党（そのほとんどが〝無教養で、無学で、犯罪者で、無作法で、傲慢な政治家たち〟）に従うことを拒否した。

メノンは 20 年間、ロンドン、東京、キャンベラ、リオ、北京、マドリードの外務省に勤務した。彼は、本国政府に赴任する際、その国の法律、社会、経済、政治的な出来事を最も的確に通訳した。当局は彼の解釈を信頼していた。政府は主にシャンカル・メノンの分析に基づいて外交政策を立案した。しかし、インド外務省を辞職したのは、一部の閣僚の干渉が原因だった。そのため、メノンが働いていた経済分野で政府が国と取引する際、真偽不明の情報から金銭的、政治的利益を得ることができた。

ジャーナリズムとロッククライミングは、シャンカル・メノンが若い頃に熱中したものだ。アーメダバードのロヨラでは毎年、マウントアブのロッククライミング協会のサマーキャンプに 2 ヵ月間参加し、アラヴァリ山、特にナッキ湖に面した岩登りの要点を学んだ。彼がバンガロールのジャーナリズム研究所の 1 年生だったとき、学生たちはタミル・ナードゥ州で研修旅行をした。ドラヴィダ政党のイデオロギーが彼らの研究テーマであった。コダイカナルを訪れたとき、クラスメートの何人かがシャンカルにピラー・ロックに挑戦した。そして、その巨大な一枚岩を征服しようとした者は、二度と地上を歩く機会を得られなかったという。シャンカルはその巨大な花崗岩を 7 時間かけて乗り越えた。南の頂上からは、カンブム渓谷とマドゥライ・ミーナークシ寺院が見えた。パラニ寺院とその周辺の町は北にあった。西にはムンナールの緑の丘があり、東にはシェンバガヌールのイエズス会哲学大学があった。シャンカールはその巨石の上に立つことを誇りとしており、ずっとその巨石の上にいたいと思っていた。その垂直の柱を登ったことで、彼は大学の仲間たちの間で英雄となり、彼らはそこをシャンカル・ロックスと改名しようとした。しかし、数年後、メノンは自分のポストを*『ピラー・ロックス』*と呼んだ。

シャンカル・メノンにとって、外務省に入ることもまた挑戦だった。彼は卓越した、鋭敏で有能な人物であり、上官や部下たちは彼の誠実さを尊敬し、誇りに感じていた。ロンドンで、製図と設計を専門とする建築家のローズと知り合った。二人ともマラヤーラム語を話すので、すぐに親近感がわき、意気投合した。結婚して 15 年後、アマヤが生まれた。

マドリードのインド大使館では、スペイン語、フランス語、カタロニア語、エウスカラ語の文書を英語に翻訳することを主な仕事とする若いスペイン人職員がいたが、彼女はエリクサーヌだった。彼女は、メノン家の同僚や家族が集まるパーティがあるたびに、娘や夫と一緒にメノン家を訪れた。エリクサーヌの娘であるアラスネはアマヤと同い年で、同じ学校の同じ学年に通っていたことから、2 人は親しくなった。アマヤはアラスネからエウスカラ語を習い、バスクのネイティブスピーカーのように話すことができた。ローズとシャンカル・メノンはエリクサーヌとその家族が好きで、ビスケー湾に面したサン・セバスチャンにあるエリクサーヌの先祖代々の家をよく訪れていた。エリクサーヌと夫のユーゴは、バスクの人々の物語、歴史、言語、文化、伝統、そしてスペインとフランスからの独立闘争を、数々の旅の中で語り継いできた。彼らは、フランスとスペインのすべてのバスク地方からなる国を夢見ていた。アマヤは両親、エリクサーヌ、アラスネ、ユーゴとともに、スペインとフランスに広がるバスク地方のアラバ、ビスケー、ギプスコア、ナバラ、バイヨンヌ、イパラルデを旅した。彼女はバスク人の人権と英雄の物語を聞いて育った。次第にアマヤは名前も言葉も精神もバスク人になっていった。ローズとシャンカル・メノンから、アマヤは自立し、自分で決断する方法を学んだ。娘は自分の足で立てるようになった。アマヤは両親や友人のアラスネと旅をしながら、基本的な人権の教えを学んだ。

ジャーナリズムを卒業後、アマヤはベンガルールのロースクールで法学士号を取得した。数年後、高裁の弁護士となった彼女のお気に入りの分野は女性の人権だった。アマヤは法学部を卒業後、奨学金を得てバルセロナに行き、スペインの新聞やテレビのニュースチャンネルで人権に関する記事を調査した。ある日、大学のカフェテリアでカランと出会った。その出会いが彼女の人生を想像を絶するほど一変させ、彼女は 1 年間、断続的にロンドンをはじめとするヨーロッパの主要都市を旅して娘を探した。彼女は娘が父親と一緒にどこかにいると信じていた。

アマヤは深く落ち込んで実家に行った。娘と一緒にいるためにムンバイの会社から長期休暇を取った母親のローズ以外、誰も彼女の孤独、痛み、苦しみを理解することはできなかった。シャンカル・メノンは『*ザ・ワード*』の取材でムンバイに滞在しており、常に娘と連絡を取り合っていた。ローズはアマヤに、心を落ち着かせるために 10 日間のヴィパッサナー・トレーニング・プログラムに参加するよう勧めた。彼女は反応せず、長い間母親を見ていた。それから彼女は大声で笑ったが、しばらくするとその笑い声は心臓を突き刺すような悲鳴に変わった。ローズは何度も娘を抱きしめ、昼も夜も一緒に過ごした。2 年目、ローズは再び、彼女の要求を繰り返した。アマヤは母の言葉を熟考し、何日も黙って座っていた。彼女は丘の上に行き、夕日を眺め、木々を眺め、その鼓動を感じるために抱きしめた。花を摘まずに匂いを嗅ぎながら、彼女は茂みを歩き回った。緑、水の流れ、空気、光、暗闇まで、あらゆるものに触れ、感じたいと思い、好奇心旺盛に亀やウサギを観察し、蝶を追いかけ、影とかくれんぼをした。スズメやカッコウの巣を見て、彼女は慌てて走り出し、カッコウのように歌おうとした。足を水の中に入れて流れを感じると、滝の流れが細くなった。リスは集めた木の実を隠そうとしていた。

時々、ローズは彼女のモルに加わり、子供時代のこと、友人のこと、学校のこと、大学のことなどを話した。彼女は好奇心と驚きをもって彼女の話に耳を傾けた。ローズは彼女が話すのを助け、悲しみを吐き出し、心を開き、心を落ち着かせた。友人のように彼女の首に腕を回して話を聞いたあと、ローズは自分の両親、兄弟、友人についての物語を語った。それは親密な分かち合いであり、彼らの人生の内なる展望を開く助けとなった。感情は人生において重要な位置を占め、人の存在の中核をなしていた。多くの場面で、感情が理由を上回る必要がある。ローズは、合理性は身体の骨のようなもので、感情は血肉であると説明した。人間の決断は非合理的で、アマヤは反応し、ローズは娘に同意した。衣服の選択、食べ物、日常会話で使われる言葉は感情に基づいていた、とローズは付け加えた。アマヤは、教育で選択する学問分野、学校での友人、大学、職業、滞在する場所、家、読む新聞、見るテレビ番組などはすべて感情によるものだと説明する。首相や大統領のような代表を選ぶときでさえ、感情が支配的な役割を果たした、とローズは付け加えた。

「人生では、理由は余白に隠れるものだ。

アマヤは母に同意するかのような表情を浮かべた。

「最後に、人生のパートナー選びにおいて、合理性はほとんど意味をなさない。私のパパがあなたをパートナーに選んだとき、感情は支配的だった。

「その通りだ。心理学者によれば、人間の意思決定の約 95 パーセントは、理由ではなく感情に基づいているという。あなたはそれを偏見と呼ぶかもしれないが、結局のところ、それらはすべて感情なのだ。広島と長崎への原爆投下は、感情の結果だった。アメリカ人の多くはゲルマン人の血を引いており、先祖代々の土地を根絶やしにしたくはなかった。だから、日本への原爆投下実験を好んだ。それに、日本人はまったくの赤の他人であり、アメリカ人は赤の他人を殺すことは問題ではないと信じていた。つまり、日本への原爆投下は、勝者に永続的な苦痛を与えなかったのだ、とローズは分析した。

「私がカランを選んだのも、純粋で単純な気持ちからだった。理由のかけらもなかった」とアマヤは言った。モルが抱擁を楽しんでいることを知っていたからだ。ふたりは涼しい風と滝の柔らかなせせらぎを感じた。

3 年目、ローズはまた娘をなだめすかしてヴィパッサナーの 10 日間コースに参加させ、娘のそばに座って言った。建物の全体性、一体性、統一性を与えるのは人間の心に他ならないからだ。心は、建造物の美しさ、ダイナミズム、壮大さの理由である。見る者を惹きつけ、見ることを強要し、その素晴らしさを味わうよう誘う。構造物の真正性と構造的な躍動感を得るためには、構造物の想像する心が穏やかで、落ち着いていなければならない。空気を誘い、光を誘い、インテリアに活気を呼び込まなければならない。この落ち着き、威厳、個性が、この建物を永遠のゴージャスなものにしている。ラ・サグラダ・ファミリア、タージ・マハル、パドマナバ寺院を見よ。みな、想像された心、構成された意識、内なる静寂を持っている。その冷静さが欠ければ、結果として悪意が生まれる。このような不愉快な建造物は、どこの街にも何千とある。静寂と内なる音楽が欠けている。アンコール・ワット、ヴェルサイユ宮殿、ノイシュヴァンシュタイン城を見るとき、あなたはすべてを忘れて、ただひとつのもの、建物ではなく、建物の魂に集中する。絶対性の前で、あなたは迷う。ミーナークシ寺院は、事実、宇宙の象徴である。宇宙との一体感を得るためには、冷静でなければならない。人間の心は想像上の現実ではなく、何百万年もの変化を経て進化する。それはあなたの知性ではなく、あなたの脳と絡み合っている独立した現実である。マインドをコントロールすることによってのみ、完全な意識を得ることができるのだ。そうでなければ、この無限の内的世界の隅から隅まで、際限なくさまようことになる。コントロールされていない心は、自分の好きなように状況を分析しようとするため、悲しみ、苦しみ、痛みをもたらす幻想を織り成す。その結果、果てしない闘争、無意味な努力、無益な探索、道なき旅となる」。

ローズの話を聞いた後、娘は母親を見つめた。ローズの目はバスケットいっぱいの共感を持っていた。ある建築家の言葉が、娘の脳裏に繰り返し響き始めた。

二人は滝の近くに座り、母親の言葉は滝とともに流れていった。

「あなたが存在しなければ、何も存在しない。緑も、滝も、鳥や動物も、太陽も、月も、星も、ひいてはこの宇宙も、あなたの脳の産物なのだ。それを知ったとき、彼らは存在するようになる。すべてはあなたの知性、マインド、コンシャスネスを通してのみ意味を持つ。でも、心は狂ってしまうし、それをコントロールするのは難しい。多くの場合、心はあなたを拘束し始め、あなたを乗せていく。考えられないことを考えざるを得なくなり、その奴隷になる。マインドをコントロールすることで、そのボスになるのだ。それをコントロールするには、激しく厳しいトレーニングが必要だ。心が敵になることもある。あなたの人格、個性、存在は、3 つの独立した、しかし相互依存的な現実から生じる。それらはあなたの身体であり、知性であり、心である。身体がなければ、脳も心も存在できない。心がなければ、植物人間になってしまい、生きていくことはできない。心が肉体と知性を支配するとき、あなたは奴隷になる。だから、幸福、満足、実現に心を向けなければならない。進化の過程で、私たちの DNA は成長し、発展し、変化してきた。

娘と母親は、まるで長い別離の後に初めて会話をするかのように、お互いの話に耳を傾けていた。

生き生きとした地球のように、母親は座りながら娘を抱きしめる。暖かさと愛が、絶え間なく流れ落ちる滝のように、雲ひとつない夕陽のように、嵐の隣のそよ風のように、陽気で、生き生きとして、木々や植物やその葉の心を撫でる。娘は母親のおなかに頭を近づけて、子宮の内なる音楽に耳を傾ける。彼女は、疾走する 100 万もの精子のうちの 1 つが、彼女の大切な卵子と出会い、手足や心、そして独立したアイデンティティを持つ新しい存在へと進化する瞬間から、彼女を運んでくれたその美しい子宮を愛していた。その核となるハーモニーと融合し、彼女は彼女の話に耳を傾ける。彼女の声は、傷ついた心を癒す止血帯のようだった。

「人間の知性は徐々に拡大していった。今、私たちは知性が心なしに存在しうることを証明した。コンピューターの知能は人間の知能よりはるかに優れている。コンピューターが心を作り始めたら、人間はコンピューターに従うだろう。心はこの宇宙で最も強力な存在だ。しかし、マインドをコントロールし、発展させ、チャネリングする必要がある。ヴィパッサナーは心をコントロールし、ファッション化する方法である。体を鍛えるようなものだ。身体、知性、そしてマインドが自分の一部であることに気づく必要がある。あなたが全体であり、あなたがマスターなのだ。自分自身を常に意識し、身体や知性、マインドに支配されないことだ。あなたは人として、そのすべてを超えている。自分の心をコントロールし、ファッション化することで、生産性は 100 倍になり、自分の身体の外観、パーツ、能力、容量に満足を感じるようになる。自分の知性を必要なことに活用し、より共感的になり、人間の苦しみを和らげるために働くのだ」。最終的にローズは、娘と一緒に雨の中を歩くことで痛みを克服する必要があると説明する。

モンスーンは 6 月に訪れ、その魔法と華やかさは、朝がまるで夕方のようで、インド洋に押し寄せる津波のように山には青々とした雲がかかり、甘美なジャックフルーツや巨大なミツバチの巣があった。滝の流れは、マンジャンパッティ渓谷の雄大な黒角アルビノバイソンの群れの疾走のように、より速く、より大きくなっていった。起伏に富んだ緑の丘に建つアドベの家々の間に、雷鳴がこだました。大地の子宮の中で眠っている竹の種は、柔らかくてジューシーな泥を突き抜けるシャトヤントな雨粒に抱かれることへの期待で振動していた。クジャクはピョンピョンと飛び回り、カッコウはコーヒーの葉の中で卵を産むための巣を探し回る。水辺のバンガローの中庭で、母娘は飛び跳ね、旋回し、揺れ、シャワーを浴びながら体を濡らした。ヤシの葉が水滴で濡れているように見えた。ローズがシエラネバダ山脈から持ってきた一本のセコイアの木が立派に見えた。そして、お互いの彫像のような姿を見て大笑いした。アマヤが笑ったのは 3 年ぶりだった。ローズは娘を抱きしめ、濡れた頬と目にキスをした。

「愛してるわ、モル」とローズは叫んだ。

「愛してるわ、ママ」アマヤは母のウラジロを撫で分けながら言った。

ヴェンバナド湖、クッタナド、アラプッザ、コヴァラム、イドゥッキなど、広大な水に囲まれた緑の中を娘と旅するのは、アマヤが自然を愛していたローズにとって巡礼の旅だった。運転中、ローズは人生、その意味、自己、そしてその巨大な力について語った。ある日、コヴァラムのビーチに座っていた彼女は、優雅な人生を送るためには穏やかな心を持つことが必要だと言った。テッカディとムンナールの丘で、ローズは娘にヴィパッサナーを通して自分を取り戻す可能性を思い出させた。アマヤは深い沈黙を守り、何日も考え続け、ナーランダに行って 10 日間のヴィパッサナー・トレーニングを受けることに決めた。

それが変化の始まりだった。アマヤはバックパックを背負ってヴィパッサナー瞑想に行った。ナーランダは新しかった。彼女は 10 日間、先生の話を注意深く聞き、すべての指示に従い、一見何の影響も受けずに、一生懸命に練習に取り組んだ。数日のうちに、彼女の中に変化が現れ、内面的な変化が行動や認識に反映されるようになった。彼女は呼吸に集中し、呼吸だけを体験し、呼吸と一体化した。それが彼女の存在だった。それがマインドを支配することだった。教師は彼女が新たな調停の道を探るのを助け、彼女はその練習を何千回も繰り返した。彼女の心は彷徨うことを止め、完全に彼女に寄り添い、彼女のあらゆる指示に従った。彼女は自分の思考プロセスをコントロールし、境界線を引くことができた。精神は彼女の命令にすべて従い、ついに彼女は完全に集中できるようになった。

アマヤは新しい人間になって帰国した。ローズは、彼女の自信に満ちた姿、ポーズ、平静さ、自己認識を見て喜んでいた。彼女は母親と長い時間を共有し、議論し、丘の上をさまよい、滝の穏やかな水に触れた。滝は荘厳で、彼女はその内なる強さと美しさを味わうことができた。リスはまだそこにいて、木から木へと飛び跳ねていた。彼女は微笑みながら 2 人を見ていた。カナリア諸島のナツメヤシの木に登ったり降りたりしていたリスは姿を消し、アマヤは新しい人間として進化していった。数週間のうちに弁護士登録を済ませた。彼女が地裁と高裁で執務を始めたのは 28 歳のときだった。彼女の専門的なサービスは、男性の欺瞞、腐敗、暴力、レイプ、育児放棄の被害者である女性だけに提供された。

アマヤは成功した弁護士であり、綿密な準備の後、相手の主張の長所と短所を研究し、精力的に事件を論じた。彼女は女性の側に立ち、その姿勢は常に法律や高等裁判所、最高裁判所の判決に基づいたプロフェッショナルなものだった。彼女は、自分が苦しんだように、男性の欺瞞の犠牲になる女性は一人もいないと確信していた。彼女は獣のように何重もの仮面をつけた男たちに同情を示すことはなかった。

裁判所から車で 5 分のところに別荘を購入したアマヤは、図書館に膨大な法律書、雑誌、女性に関する重要な判決などをそろえた。図書室に隣接して、彼女はクライアントとのミーティングルームを持ち、その隣には 10 人ほどのクライアントが座れる待合室があった。彼女が請求する報酬はわずかで、依頼者にとって手の届くものだった。多くの場合、彼女は報酬を請求せずに裁判所に出廷した。依頼人、同僚、スタッフとは常にプロフェッショナルな関係を保ちながら、法的救済を求めて近づいてくる恵まれない、抑圧され搾取されている女性たちに対する彼女の行動からは、理解が感じられた。彼女はあらゆる状況を客観的に評価し、法的観点と自分の主張が心理的に与える影響を考慮した。

クライアントとの面談や話し合いは不可欠であり、事実を記憶するのに役立った。申請書を口述筆記した後、後輩にケースファイルの作成を指示した。彼女は、後輩が将来独立したときに最高の弁護士になるための能力を身につけさせるため、依頼者との面談や裁判所の申請書の口述筆記に何人かの後輩を同席させた。アマヤは女性弁護士だけを後輩として受け入れ、彼女たちの専門的な成長を世話した。5 年も経たないうちに、多くの法学部卒業生が彼女の後輩になりたがるようになった。彼らとの個人的な話し合いの後、彼女は最もふさわしい、献身的な人物を選んだ。

彼女のオフィスを管理するスタッフは 10 人ほどで、全員が女性だった。アマヤは彼ら全員を尊敬の念を持って扱い、全員に妥当な報酬を支払った。顧客は激増し、仕事量も増えた。アマヤは毎日 4 時に起きてから 1 時間、ヴィパッサナー瞑想をしていた。それが彼女の心、思考、欲望をコントロールするのに役立った。彼女の心がさまようことはほとんどなく、娘が受けた苦悩を反芻することなく、娘への深い愛情を育むことができた。アマヤは寝る前に 1 時間瞑想をして、熟睡できるようにした。彼を憎むことはなかったが、彼女はカランを許した。アマヤはその安定期を得るために何年も奮闘し、弁護士業に真剣に取り組み、それがクライアントと自分自身に正義をもたらす唯一の方法だと知っていた。

彼女が主張したケースは、法廷での法律実務の例として説得力のあるものだった。彼女が裁判官の前に姿を現すたびに、法廷には他の弁護士たち、さらには先輩や教師、別の法科大学の学生たちで溢れかえった。時には、裁判官が明確な質問をすることが難しく、アマヤが敗訴したケースはなかった。開業 10 年目には、効率的で知識が豊富で献身的な後輩弁護士を得た。彼女はスナンダで、アマヤは彼女をとても信頼していた。アマヤがセミナーや会議、他の都市での出廷のために外出するたびに、スナンダはアマヤの事務所を管理し、アマヤの代理人として法廷に立った。スナンダはアマヤの住居、オフィス、車のスペアキーを持っていた。

アマヤはヴィパッサナー瞑想を始めてからベジタリアンになった。彼女は肉食を軽蔑していたわけではないが、菜食主義が彼女の私生活に適していると判断した。彼女はひとりで過ごし、週末にはスタッフや後輩を誘って一緒に食事をした。彼らは一緒にさまざまな料理を作り、音楽とダンスでパーティーを楽しんだ。彼女は、パーティに出席した人たちが 9 時までに帰宅するよう、必要な手配をした。

主婦や労働者階級の女性たちに法律意識を教えるために地元の法科大学に入り、社会奉仕活動は彼女の日課となった。基本的権利、国家政策の指導原則、結婚、相続、介護、子供の保護、離婚に関するさまざまな法律についての知識が、女性が尊厳ある生活を送るのに役立つと固く信じ、女性たちと一緒に働いた。アマヤは、教育機関で学生や大学生に会うたびに、時間を見つけては挨拶をしていた。ある社会福祉大学では、アマヤを定期的に招き、コミュニティ組織や社会福祉に対する法律の影響について講義を行った。彼女は、捨て子や読み書きのできない子供たちのための大学の活動に参加するようになった。

ピアノはアマヤに大きな幸福を与えた。週末には何時間も一緒に遊んでいた。母親はアマヤにピアノを教え、その後、ロレートのシスターたちは彼女に偉大な作曲家たちを紹介した。学校ではコンサートグループのメンバーとして活躍し、毎月マドリードのさまざまな文化センターでプログラムを披露していた。ロヨラとセント・ザビエルで、彼女は多くのピアノの機会に恵まれた。しかし、ベンガルールのロースクールでは、勉強、法律討論会、模擬裁判、法律啓発活動で精一杯だった。

天谷は高知で弁護士をしながら、小説のための独立した図書館を開発した。彼女のお気に入りの作家はマダヴィクッティで、性の目覚め、象徴主義、ケーララ社会における女性の地位の精神社会的分析について深く掘り下げて表現している。短編作家の中で彼女が最も好んだのはザカリアであり、性、政治、宗教の猥雑さを暴く非コンタクティヴで爆発的なアイデアと、カフキ的なキャラクターであった。苦しみをなくす物語には、自分だけでなく他人のためにも苦しみのない人生を求める絶え間ない探求心が存在するため、彼女の読書には磁力があった。とはいえ、それはユートピア的な理想であり、苦しみのない人生であった。苦しみを通してのみ、人は成長し、知識を生み出し、満足のいく経験をすることができる。しかし、彼女の中には苦しみを超えたいという永遠の憧れがあった。彼女にとってフィクションは、社会学的な分析、人生の出来事、科学的な定理よりも生活に近いものだった。彼女の小説の世界には、正義という概念が存在した。それは個人に端を発し、個人間で正義を分かち合うものだった。正義は目標であるだけでなく、道でもあった。真実と正義は手を取り合うものであり、対立するのであれば正義の側に立てばいい。真実は理想的なものであり存在しないが、正義は現実的なものだからだ。彼女は、その時々の完全な正義など存在しないのだから、気にすることはなかった。

正義は人間の生活における強力な概念であり、日々の生活の中で実践され、正義の一部は完全であると同時に不完全でもあった。だから彼女はトニ・モリソンの小説を好んだ。彼女の登場人物たちは、ある時代に経験した正義に満足しながらも、その正義を完全に達成しようと努力していた。カフカでは、生きたいという願望が最も重要だった。主人公が処刑される間さえも、生きることへの探求が響き渡った。カミュを読むと、無限の考察が得られる。正義は人生のすべての瞬間に存在するのだから。この部分と全体の探求こそが、人間の欲望の理由だった。

アマヤは高等法院での勤務 20 周年の記念日に、スナンダや後輩たち同僚全員を自宅に招いて夕食会を開いた。彼女はすでに上級弁護士であり、高裁判事になることが提案されていた。しかしアマヤは、裁判官の前で法律を説明することで、助けを必要としている何百人もの女性たちを救うことができるからと、それを丁重に断った。彼女が手配したパーティーは 20 人ほどの集まりだった。料理はベジタリアンで、ライス・プラウやパヤサムなど数多くの料理があった。パーティーの後、ゲストが帰っていく中、彼女の携帯に電話がかかってきたが、アマヤは出られなかった。15 分後、彼女が一人になったとき、また電話がかかってきた。同じ人物からまた電話がかかってきた。

アマヤが電話に出た。

「もしもし」向こうから誰かがかけてきた。女性の声だった。

「こんにちは」とアマヤは答えた。

「お邪魔します、奥さん。私はチャンディーガル出身のポアーニマです。

「はい、ポアーニマ、ご用件は？アマヤが訊ねた。

″奥さん、アマヤさんですか？″とポアーニマが尋ねた。

「はい、私はアマヤです。何が望みなの、ポアーニマ？

「個人的な質問をして申し訳ありません。私の心に安らぎを与えるために、それを求めなければならない」。ポアーニマは率直にそう言った。

「なぜ私の詳細を知りたいのですか？とアマヤは質問した。

″奥さん、若い男性と恋仲だったんですか？″

なんて馬鹿げた質問だろう。しかし、アマヤの心には雷が鳴っていた。彼女はある青年に夢中になっていた。しかし、それが引き起こした不安や苦痛を思い出したくはなかった。彼女は、昔の人間性を奪うような出来事に思いを馳せることを拒否した。彼女は自分の心をコントロールしようとした。落ち着いて、私を圧倒しないで、と彼女は心に言い聞かせた。そして、控えめな声でこう自問した。*これは誰ですか？*彼女はパズルを解くことに自分の心を巻き込み、問題解決の積極的なパートナーとなり、彼女の召使いとして振る舞いたかったのだ。

「ポアーニマ、すべての女性は過去の記憶を背負っている。必ずと言っていいほど、ほとんどの人が誰か、輝く王子様に恋をする。私にも過去があった。アマヤの言葉はソフトで優しかった。

「父を個人的に知っていますか？飾り気のないストレートな質問だった。

しかし、ポアーニマの声には震えがあった。何かが彼女の平穏を操り、冷静さを取り戻そうとしていた。

「奥さん、父はアマヤという人を知っていました。彼は彼女ととても親しかったというか、切っても切れない間柄だったようだ。この 3 カ月間、スペインで 100 人のアマヤにコンタクトを取った。ヨーロッパの他の地域のスコアにも電話した。見ず知らずの人と電話で連絡を取ることの苦悩は想像に難くないだろう。何を期待していいのか、何をしてはいけないのか、まるでわからないような実存的危機だった。時には完全に失望し、精神力、平衡感覚、希望を失ってしまった。まさに生死をかけた闘いだった。この生存のための戦いは、私を精神的に麻痺させただろう。苦悩は耐え難く、恐ろしく、破壊的だった。毎日、何人かが私に怒鳴り返した。人生で最も悲惨な経験だった。インドでも、この名前で十数人にコンタクトを取った。奥さん、私はとても幸せです。やっと怒鳴らなかったね」。

アマヤはポアーニマの嗚咽を数秒間聞いた。心臓を突き刺すような音、破裂するような体験だった。彼女はそれをよく知っていた。スプリヤが誘拐されてから 4 年間、彼女は同じ苦しみを味わってきた。アマヤはポアーニマに深い共感を覚えた。

「奥さん、明日の午後 8 時半頃に電話させてください。今、私の心は興奮しており、話すことが難しいと感じている。でも、私はとても幸せだ。夜 9 時過ぎに電話したことを深くお詫びします。感謝していますよ、奥さん。おやすみなさい、奥さん」とポアニマが言った。

「明日、午後 8 時半に電話してきてくれ。おやすみ、ポアニマ」。

彼女の心の奥が震えた。彼女はカランに恋をしていたが、それは 25 年前のことだった。ポアーニマも同じ苦しみに耐えているかもしれない。絶え間ない痛み、自己消滅しそうな心の重苦しさ、知りたいという渇望、絶望の壁を乗り越えようとする必死の努力は耐え難いものだった。苦しみを超えた世界を体験するにはその頃、彼女はカモメのように、羽ばたくことなく、苦しみのない遠い島々へ飛んでいきたいと思っていた、突然、彼女は心をコントロールし、現実の世界に戻り、精神的な雰囲気と冷静さを失わないようにした。ヴィパッサナーをしている間、彼女はまた落ち着いていて、ポーンニマのことは考えなかった。彼女の心には再び動揺はなかった。毎日の瞑想は、何も考えずに自己を知るための努力だった。ヴィパッサナーは思考を超えたものであり、感じるものは何もなかった。彼女は心配する必要はない。彼女の心が平穏で、生産的で、パワフルであり続ける助けにはならなかった。彼女は何も存在しない虚空の宇宙を愛していた。何もなかったが、すべてを手に入れる可能性を秘めていた。アマヤは呼吸に集中した。脳、頭、顔、乳房、心臓、肺、肝臓、胃、腸、子宮、生殖器、卵子、骨、何百万もの細胞、そして血液がそれぞれ生命を持って循環していることを、彼女は一人で体験した。知性、心、意識があった。しかし、彼女はすべての人とは違っていた。アマヤという人物は他とは違っていて、ユニークで、すべての部分を超えていた。彼女は独立して存在していた。そこには、存在の意識、存在することの意識、そして彼女の啓示の予感があった。鋭さを存分に発揮していた。

娘の呼び出し

月曜日だった。前夜の同僚たちとのパーティーは優雅なものだった。早朝のヴィパッサナーの後、アマヤはその日の各裁判所での事件の詳細に目を通した。3 つの裁判所で 7 件の事件があり、2 件は認容、3 件は暫定的救済を与えるための初回審問、2 件は最終審問であった。ひとつは、夫が経済的に搾取していた 48 歳のスニタのケースである。夫が若い会計士との結婚を決めたとき、スニタは事態の深刻さを理解した。裕福な実業家である夫とその会計士の間では、モルディブやバリなど異国情緒あふれる場所で休暇を一緒に過ごしていたため、数年前から不倫関係が続いていた。

数年前、マダヴは駅に通じる路地の一角で化粧品店をしていた。狭い店内には背筋を伸ばして立つスペースがないため、彼はよくしゃがんでいた。マダヴは老若男女を惹きつけるコツを心得ており、女性たちはマダヴの唇にいつも笑みを浮かべていた。学校に通う女の子や乙女たちは、マダヴの美容院を好んだ。スニータは毎朝、学校に向かう朝の列車に乗るために駅に向かって走りながら、彼が店に座っているのを見ていた。

スニタは何度かマダヴから石鹸や*カジャル*、クリームを買って帰った。彼は彼女が店に行くたびに優しく話しかけ、そのアプローチは心地よかった。マダヴは当時 25 歳、スニータは 23 歳で、2 年間小学校の教師をしていた。マダヴのことを、未亡人で引退した学校の教師である父親に相談した。彼女の父親は、スニータはマダヴのことを 1 年前から知っていたので、異存はないと言った。もし彼が善人なら、どうぞ、と父親は一人息子に言い聞かせた。スニタとマダヴは 1 週間以内に近所の寺院で結婚式を挙げた。マダヴは 2 人で 1 部屋のアパートを借りていたが、すぐにスニタのところへ移った。スニタの父親は郊外に 2 部屋のアパートを所有していた。マダヴは愛情深く、思いやりのある夫だった。スニータは彼に、もっと便利な場所にもっと広い店を開くよう勧めた。

スニタは結婚 2 周年記念日に、給料から貯めた 100 万ルピーの小切手をマダヴに渡した。これはマダヴにとって幸先の良い始まりであり、マダヴは自分の新しい会社をスニタ・ビューティ・ケアと名付けた。5 年も経たないうちに、彼は市内の別の場所にさらに 2 店舗をオープンさせた。一方、スニータは父親が亡くなったため、2 部屋のアパートを売却し、そのお金でマダヴは父親名義の新しい家を購入した。

10 年目、マダヴは女性用の美容ヘアオイルを製造・販売するアーユルヴェーダ・ヘアケア部門を立ち上げた。彼が製造したオイルは、黒く輝く健康な髪を豊富に育てるのに役立つと主張した。この新しい取り組みは前例のないもので、機械化された超近代的な製造工場が、3 年以内に 25 人の従業員とともに市の周辺部にオープンした。マダヴは半ダースの MBA を任命し、彼の製品を全国に売り込んだ。

スニタは仕事を続け、今は小学校の校長になったが、マダヴの行動が徐々に変わっていくのを観察していた。マダヴはツアーに出ていたり、仕事で忙しかったりしたため、スニータはいつも家で一人だった。妻とはめったに口をきかず、分かち合うことも一緒にいることもなかったマダヴは、妻に離婚を迫るようになった。彼は郊外に 5 ベッドルームの別荘を建て、1 年以内に単身赴任した。医師の長女が別の都市に定住し、もう一人の長女が MBA を取得するために海外に出たため、スニータは拒絶と孤独を経験した。マダヴはスニータの 100 万ドルを返す用意があったが、それ以上のことはしなかった。スニータはアマヤに会い、家庭裁判所の判決に納得がいかなかったため、適正な賠償金と慰謝料を求めて裁判を起こした。この請願書は、その日の最終審問のリストに載っていた。

アマヤは事件簿に目を通しながら、前の晩にチャンディーガルからかかってきた電話のことをふと思い出した。ポアーニマとは？彼女は実在したのか？アマヤはしばらく考え込んでいた。

天谷の部屋に入ると、後輩の一人が、朝の天谷らしくない深い内省をする天谷を見て驚いたという。

彼女の後輩は、カディヤ・モハメド・クッティハッサンの入学申請についてアマヤと話し合うためにそこにいた。カディージャは 28 歳で、ムハンマド・クッティハッサン（36 歳）と結婚した。彼女は 3 人の女の子と 2 人の男の子を出産した。クティハッサンは魚市場の近くで茶店を開いていた。1 日 1000 ルピー（約 800 円）の商売で、そのうち 800 ルピーが彼の利益だった。彼はカディージャに 300 ルピー、前の 2 人の妻と 7 人の子供たちにそれぞれ 200 ルピーを与えた。彼は 50 ルピーほどの地酒を一杯飲み、残りの 50 ルピーは 2 週間に 1 度、1 時間ほど訪れるナビーサに支払った。クティハッサンはカディージャの出生証明書を偽造し、18 歳だと偽って 14 歳のときにカディージャと結婚した。

カディージャがアマヤに会う 1 週間前、クッティハッサンはカディージャとその子供たちに、イスラム個人法に基づきカディージャにトリプル・タラクを宣告したので家を明け渡すよう求めた。5 人の子供を抱えたカディージャはホームレスとなり、唯一の選択肢はナビーサに従うことだった。アマヤは後輩にカディージャが出廷するよう伝えるよう頼んだ。アマヤは後輩に、トリプル・タラクは刑事犯罪であり、罪を犯したイスラム教徒の男性には 3 年の禁固刑が科されると説明した。アマヤは彼女の後輩に、刑務所に入れられたからといってカディージャと子供たちの問題が解決するわけではない。クティハッサンは無一文だったため、補償金を得る可能性はなかった。アマヤは後輩たちに、カディージャが子供たちを養い、住まわせるための仕事を見つけるよう頼んだ。その一方で、下の子供 2 人の保育園と 2 人分の幼稚園を探す必要があった。ある子供は地元のマドラサ（小学校）の 1 クラスに通っていた。

アマヤは 7 件すべての事件ファイルを丹念に検討し、事件に関連する法律や、裁判所が検討する可能性のある論点について議論した。彼女は自分の主張を強調することに自信を持っていた。彼女の催促は常に簡潔で、論理的な理由づけがなされ、法的な救済措置が強調されていた。法廷でのアマヤのプレゼンテーションには一貫性と明晰さがあり、分析的で透明性があり、客観的で、法律と許容される判例に基づいていた。

コートに向かう車の中で、アマヤはチャンディーガルから来たポアーニマと話したことを思い出した。一度目は、アンニオ合成と、インド人両親による男児誕生のための女児排除に関する会議のため、二度目は、夫からの適切な補償を求める裁判で、捨てられた女性の弁護をするためだった。ポアニマの声には、何度も聞いたことがあるような親しみやすさがあった。それ以上に、彼女の心に響いた。

アマヤはすべてのケースで出廷し、期待以上の結果を残した。裁判所は、スニータにはマダヴから不動産、事業所、株式、その他の財産の 50%を受け取る権利があると判断した。彼は 21 日以内であれば、判決を不服として最高裁判所に訴えることができる。裁判所によって任命されたアミカスキュリエが、この命令の実行を見守ることになる、と裁判所は述べた。

カディージャの申請は最終審に持ち越され、裁判所はクティハッサンに対し、カディージャと子供たちに毎日 500 ルピーを支払うよう命じた。裁判所はクティハッサンに対し、最終審問まで家を明け渡すよう命じ、カディヤと子供たちがその家に住むことを認めた。カディージャは嬉しさのあまり涙を流し、アマヤに感謝の言葉をかける言葉もなかった。

リーナ・マテューのケースはユニークで、裁判所は最終評決を下した。リーナの両親はイドゥッキの丘陵地帯に 2 エーカーの土地を持つ農民だった。3 人の子供たち（リーナよりずっと年下の女の子 1 人と男の子 2 人）に十分な食事、衣服、教育を与えるのは難しい。リーナは学校まで約 8 キロの道のりを、モンスーンの時期には危険な小川を渡りながら歩かなければならなかった。土砂崩れのため、茶園を囲む丘では大雨が頻発した。リーナは 10 年間裸足で歩き、優秀な成績で大学を卒業した。学校を管理する修道女たちは、リーナに高等教育を 2 年間続けるよう勧め、彼らの経済的支援もあって、リーナは地区で 1 番になって高等教育を修了した。修道女たちは、リーナが医学部入試の準備をするために奨学金ホステルに滞在することを許可した。リーナは、入学試験の結果が出たとき、上位 50 人の候補者の中にいた。すぐにリーナはベンガルールの医科大学に入学した。

リーナは耳鼻咽喉科を専攻し、7 年間で卒業と修士課程を修了した。間もなく、リーナ医師は一流病院の外科医となり、高額の報酬を得るようになった。彼女は稼ぎのほとんどを両親に仕送りし、弟たちは彼女の援助で素晴らしい教育を受けた。リーナ医師は、両親が市近郊に別荘を建てるのを手伝った。両親や兄弟を助けることがリーナ医師の唯一の望みであったため、家族を持つために結婚することを忘れていた。リーナ医師は両親の老後を支えたいと考えていた。彼女の兄たちは結婚し、他の都市に定住し、自分たちの向上のために人生を費やした姉のことは忘れてしまった。不運なことに、リーナは職場へ向かう車の中で事故に遭った。彼女の右手は麻痺してしまった。リーナは 58 歳で、最初の数カ月は車椅子を使用していた。

亡き両親の家に着くと、兄弟、妻、子供たちはリーナが家に入るのを拒んだ。リーナはソーシャルワーカーの助けを借りて 2 部屋のアパートを借り、その一室で診療所を開いた。1 ヵ月もしないうちに、リーナはアマヤに会い、彼女の問題について話し合い、アマヤに彼女のケースを取り上げ、法的救済を申請するよう依頼した。彼女の兄弟は 2 人とも回答者だった。アマヤは裁判所に対し、依頼人の苦境と、有名な外科医である愛情深く純朴な医師の人生におけるその法的意味を詳細に説明した。アマヤは、この事件が社会の若者とその家庭生活に与える影響を強調した。アマヤはクライアントの権利を組織的に擁護し、相手から提起された法的根拠のない主張を暴き、論破し、法廷に、司法は完全にクライアントの味方であることを確信させた。最終判決で裁判所は、妹が両親のために建てた家の所有権と占有権をリーナ・マテュー博士に直ちに引き渡すことで、その家を明け渡すよう被告側に命じた。裁判所はまた、リーナ医師に対し、幼少期から子供たちを快適に世話し、教育してきたことに対する生涯補償として、毎月 10 万ルピーを支払うよう指示した。アマヤと彼女のクライアントにとっては大勝利だった。

アマヤは夕方 5 時には家に着いた。彼女は 6 時にはオフィスに来て、後輩たちもみんなそこにいる。朝 8 時から夕方 5 時まで、そして 6 時から 8 時まで。彼女は、依頼人との面接や必要な証拠書類の収集など、法律実務のスキルを身につけるための厳しい訓練を受けさせたいと考えていた。書類を時系列にファイリングし、上級生に提示し、嘆願書を作成し、付属書類を準備し、十分な部数を作成することも彼らの仕事だった。裁判所の審議に提出すること、公聴会に出席すること、裁判所の決定を記録することも同様に重要だった。最終段階は、登記官事務所から認証された判決のコピーを集めることだった。

彼女の後輩たちは、アマヤが審理中にどのように事件を論じたか、法廷に提出した具体的な書類や、彼女が使った言葉や法的概念に気を配っていた。最後に、アマヤは、憲法、各種法律、判例を強調しながら、相手の主張に反論し、どのようにクライアントを弁護したかを説明した。

アマヤは自分のオフィスに入るとき、若い女性が待合室に座っているのに気づいた。後輩たちはアマヤに、その女性が市内のある大学の助教授で、彼女のケースについて話したがっていると伝えた。15 分もしないうちに、アマヤは彼女に電話をかけ、自分の問題を説明するよう求めた。彼らは 1 時間話し合った。その女性の名前はテレサ・ジョセフ。有名大学の理学部を卒業し、大学院で物理学を専攻していた。奨学金を得て、テレサはアメリカのアイビーリーグの大学で博士号を取得するために研究した。海外の大学や研究機関から魅力的な仕事のオファーがあったにもかかわらず、テレサは母国で働くためにインドに戻った。その一方で、査読付き国際ジャーナルに 2 本の論文を発表した。

インドに帰国して 2 ヵ月も経たないうちに、テレサはある町のカソリック司教の付属大学の助教授の選考に臨んだ。大学の規則と、インドの高等教育における最高機関である大学助成委員会が、この大学に義務付けていた。教員と事務職員の給与は州政府から支給された。テレサは、大学院生に対する教育、研究、研究指導が大好きだった。生徒たちは彼女の知識、技術、態度に高い評価をしていた。

大学に入って半年も経たないうちに、経営陣はテレサに 500 万ルピーの賄賂を要求し始めた。500 万ドルを一括で支払えない場合は、基本月給の半額を定年まで支払うという選択肢もあった。テレサはそれを拒否し、司教は直ちに彼女の勤務を打ち切った。テレサは面接の際、シングルマザーであることを明かさなかったため、シングルマザーである彼女は生徒の悪い見本となり、それがサービス打ち切りの理由となった。その後、テレサは、すべての教員と事務職員が、任命や勤務の確認のためにかなりの賄賂を支払っていたことに気づいた。テレサは 2 歳になる子供と、子供の面倒を見る未亡人の母親を養う収入がなかった。

宗教団体を含む民間の経営者が運営する学校や大学では、政府が職員の給与を支払っているにもかかわらず、教員やその他の職員の任命に汚職が横行していた。ケーララ州の教育機関、病院、慈善信託のほとんどは、民間団体、宗教団体、組織に属していた。州議会の選挙における彼らの影響力は絶大だった。何百万ルピーもの賄賂を受け取ることが犯罪であり、倫理的に許されない行為だと考える団体はなかった。大学、UGC、政府は、誤った経営陣に対してほとんど行動を起こさなかった。つまり、重大な不正行為にふけることが黙認されていたのだ。そうでなければ、司教の悪行を罰することができるのは裁判所だけだった。天谷は後輩たちに、経営陣の解雇決定を撤回するために必要な手続きをすぐに済ませるよう求めた。

さらに 2 人の客がそこで待っていた。彼女は彼らと話し合い、後輩たちに彼らのケースファイルを見せるように頼んだ。8 時半になると、彼女の携帯電話が鳴った。

「こんばんは、私はチャンディーガルのポアニマです。昨日、君に電話したんだ。すみません、奥さん、またお邪魔して」。明るくはっきりとした声だった。想像の中で、夢の中で、起きているときに、何度も聞いたことがあるような、聞き覚えのある音だった。

「プアーニマ、こんばんは。私は私たちの話を覚えている」。

「奥さん、何から始めたらいいのかわかりません。あなたはいつも私の人生に寄り添ってくれた。私は生涯を通じてあなたを感じ、経験することができた。それは感覚であり、想像ではなく、目に見えない現実だった。あなたがいなければ、私は不完全だった。この 3 ヶ月間、私はあなたがこの世界のどこかにいると信じ込んでいた。あなたも生身の人間であり、考え、行動し、人生の複雑な感情を感じることができる人間だった」。

話している人との一体感があった。まるでポアーニマが彼女の人生の一部であり、切っても切れない絆で結ばれているかのようだった。

「ポアーニマ、君の気持ちはよくわかるよ。でも、具体的に何を私に伝えたいのか教えてください」。

「奥さん、言葉にするのは難しいのですが、説明させてください。君の助けが必要なんだ。あなたがいなければ、私の苦しみは永遠に続くでしょう。それは私の存在の終わりとなるだろう」。

「ポアーニマ、私には理解しがたいです。はっきりさせてもらえませんか？

「奥さん、父はこの 3 ヶ月間意識不明でした。彼が意識を取り戻すのを助けられるのはあなただけです」。ポアニマの言葉はシンプルだった。

アマヤはその要求を奇妙に思った。彼女は神経科医ではなく、意識を回復させるための手当てをする医師ですらなかった。彼女の父親は、専門家による医療、科学的検査、検証、分析、心身の状況の解釈を必要としていた。法律家はそのような仕事をする訓練を受けていない。父親と娘の権利を法的に守る手助けをするのがせいぜいだ。苦しみをなくそうとすることは必要であり、究極の義務だからだ。

「ポアーニマ、この件に関しては、あまりお役に立てないかもしれません。最高の神経科医、医師、心理学者のサービスを受ける必要がある。たとえそれが些細なことであっても、彼の人生における過去の出来事を徹底的に調査する。一見どうでもよいような出来事が、しばしば人の精神的苦痛を引き起こすことがある」。懸念を表明してのアドバイスだった。

「奥さん、それが私があなたに近づいた具体的な理由です。私にとって、あなたは父の意識を回復させるのに最適な神経科医であり、心理学者です」。ポアーニマは正確だった。

ポアニマの言葉は魅力的だったが、非現実的だった。それらは魅力的で、聴く者を魅了し、事実として受け入れることによって、想像上の現実の領域で人生のある側面を信じるように暗黙のうちに誘い込むが、それらは存在しない。ポアーニマの言葉は、彼女が真正な客観性を持たずに創り出したものであり、神話のままであったため、幻想的なものであった。彼女は自分の不安、心配、希望から、それが本物であると信じる事実を超えた伝説を作り上げた。誤解は彼女にとって具体的なものとなり、パラノイアにつながる可能性がある。長い沈黙が続いた。

「奥さん、もう一度お詫びします。私の心は動揺し、自分の考えを理性的に言語化することができない。はっきりさせておこう。父は意識を失っている。断続的に『アマヤ、アマヤ』と呼んでいた。厳しい眼差しで私を見つめながら、何か言いたそうだった。彼は私に、彼の話をよく聞いてくれと懇願していた。アマヤってなんだろうと思って。私はその意味を理解できなかった」。

かすかなすすり泣きがあり、ポアーニマは感情が爆発していた。長い沈黙が続いた。またしても騒動が起こり、激しいチクチク音がした。意識はもうろうとしていたにもかかわらず、彼は彼女の名前を唱え、娘がその出来事を語った。

「お父さんの名前は？沈黙が破られ、言葉がはっきりした。

「アチャリヤ博士です

アマヤはチャンディーガルの製薬会社の会長であったため、その名前を何度も耳にしたことがあった。ポアーニマが彼の名前を口にしたため、彼女は彼の名前を尋ねた。

「開業医ですか？

「彼は脳神経外科医で、脳のマッピングと脳の再構築を専門としている。祖父の死後、父が会社を引き継ぎました」。ポアーニマは具体的だった。

アチャリヤ製薬は、世界的に有名な医薬品製造会社であり、トップクラスの研究機関のひとつであった。ワクチンや損傷した人間の脳を修復する薬の開発における科学的成果についての記事もあった。彼女は、同社が開発した認知症治療薬、特にアルツハイマー病治療薬で大きな成功を収めた薬剤について、専門誌に掲載された法医学論文を興味深く読んだ。しかし、脳を喜ばせる副作用があったため、当局はこの薬とワクチンを禁止した。研究対象の 65～70%の被験者に、生活状況に似た幻覚的な感情を引き起こした。週間服用した被験者の 81%が〝普通でない気分〞を作り出すことができたというデータである。そのような人々にとっては、人生のすべてがバラ色で、居心地がよく、幽玄なものに見えるのだろう。その後、医学界や研究者たちの間で、この薬が脳を操作するために悪用されるのではないかという強い反対と恐怖が起こった。とはいえ、薬の使い過ぎで何週間も昏睡状態に陥る可能性がある以外は、身体的、精神的、心理的なダメージにつながることはない。同社は発売直後にこの薬を撤回した。

「でも、あなたが私に何を期待しているのかわからない。私の役割は何ですか？私の見る限り、私はあなたの問題とは何の関係もない。でも、どうすればいいのか教えてください」。アマヤは露骨だった。

ポアーニマは話を続けた。彼女は、アチャリヤ医師が 3 ヵ月前に交通事故に遭い、意識不明のままだったと説明した。妻の突然の死後、彼はその喪失感に耐えられなかった。二人は医学部を卒業する前に結婚した。その後、父親は脳の再建と修復を研究するためにアメリカへ行き、母親は別居ができなくなったため一緒になった。二人はいつも熱烈に愛し合っていた。しかし、結婚して 7 年経っても妊娠しなかった。彼女は落ち込み、不機嫌で、孤独になり、夫は妻の苦悩に耐えられなくなった。精神科医は妻に自殺傾向が出る可能性があると警告した。彼は機転を利かせて、2 年以内に子供を授かるだろうと妻を説得した。そして、地中海の太陽と砂浜を楽しみ、心の安らぎを得るために、2 年間ヨーロッパに行った。年目の終わりに、ポアーニマが誕生した。その後、マンチェスター、フランクフルト、アムステルダム、プラハでそれぞれ数ヶ月ずつ 1 年間過ごした。チャンディーガルに戻ったアチャリヤ博士は、製薬会社の会長職を引き継いだ。

アマヤはポアニマの話を熱心に聞いていた。すでに 9 時を回っていたが、相手は翌日の 8 時半に電話する許可を求めてきた。

ポアーニマはなぜ彼女を呼んだのか？その反撃は、ポアーニマには自分の人生と同じように生き生きとした複雑な人生があることを孤独の中で訴えるものだった。

それにもかかわらず、心には言い知れぬ不安があった。チクリと刺すような、しかしなだめるような、鋭く驚くべき問い合わせのセレンディピティがあった。それは紛れもなく快活で、牧歌的で、永遠の静寂を飲み込むようなもので、アマヤはメタノイアの新たな生物圏へと自らを高めていった。

ヴィパッサナーを受けた後、10 時にベッドに戻った。

この日は半ダースの案件がリストアップされていた。アマヤは、後輩が作成したリストに目を通し、もう一度主要な論点を読み返し、弁護側の核となる主張をメモした。通常、彼女は申立人の苦情をテーマ別に提示し、法律を強調し、そのメリットと法的妥当性にアクセントをつけ、最後に自由、平等、機会均等の文脈で権利侵害を強調する。彼女が担当した事件は客観的かつダイナミックで、裁判官たちは彼女の簡潔さ、自発性、法律的洞察力を高く評価した。

彼女の法律における卓越性は、長年にわたる厳しい鍛錬と、依頼人、裁判官、弁護士との批判的な関わりから生まれたものである。アマヤは、具体的な事実や法律の視点に不慣れであることを恥ずかしがらずに受け入れた。彼女は経験から、無知を受け入れることが尊敬と信頼を高めることを学んだ。法廷での弁論とは、単に彼女の知識を披露するものではなく、議論されているケースに法律を適用するものだった。最も重要なのは、有利な評決を得るために必要な弁論だった。こうして彼女は、裁判官の前で法律的・心理的な環境を整え、手元の弁論にしっかりと関連する判例に基づいて事実の説明を行った。彼女はまた、そのような判例がこの問題を審理した法廷を拘束するかどうかも調べた。アマヤは時間管理に気を配っていた。弁論が短すぎて中身がなかったり、長すぎて審査員の注意が散漫になったりしてはいけないからだ。対戦相手にも同じように恭順の意を示し、彼女は皆の尊敬を集めた。

アマヤはロースクール在学中、同級生のスーリヤ・ラオらと 3 年連続でさまざまな都市の模擬法廷大会に参加した。実際の法廷における弁護士や裁判長を模倣したものだ。アマヤには、スキルアップと実践のためのダイナミックな機会が与えられ、弁護士が直面するような複雑な状況に遭遇することができた。控訴審、判決時の事件の扱い方。調査、関連資料の収集、争点の分析、判例の取捨選択、起草、書面提出、最終弁論など。天谷は、未解決の問題や議論を呼びそうな評決を歓迎した。

かつてコルカタでの模擬法廷大会で、アマヤは礼拝所における女性の平等を力強く主張した。いくつかの礼拝所では、10 歳から 50 歳までの月経年齢の女性は立ち入ることを許されず、立ち入りが禁止されているという伝統があった。この習慣は、神が独身であるという信仰に基づいていた。生理中の女性は神を誘惑し、貞操を失う。アマヤはこの伝統に力強く反対を唱え、女性と男性の平等を認めるよう裁判所に祈った。対戦相手は、女性の立ち入りを禁止するのは古くからの慣習であり、その特定の礼拝所の本質的な慣習として尊重されなければならないと主張した。何よりも、その神の一部の信者の強い信仰だった。

アマヤは、女性の月経は自然なものであり、不潔なものではないと主張し、反対派に対抗した。月経は生物学的な事実であり、子を宿すための第一歩だった。男だってみんな、生理のある女から生まれたんだ。もし生理中の女性が不潔で汚かったら、どうして礼拝の場に入ることができるだろうか？女性の入団を拒否することで、女性の平等と機会均等が否定されたのだ。それゆえ、この慣習は女性の人権を無効にしている。10 歳から 50 歳までの女性は、たとえ初潮を迎える年齢でなくても入場を拒否されたのだ。つまり、この習慣は女性性の否定を構成していたのだ。アマヤは、女性への禁止令は月経だけの問題ではなく、憲法に謳われている女性の自由を攻撃するものだと主張した。伝統やルールに基づく否定は、人権、女性の尊厳、平等、機会均等の前では通用しない。伝統に基づく権利の剥奪は、不明瞭であるだけでなく、古風でもあった。

否定は神話、伝説、偏見の上に立っていた。民主主義国家の法律違反につながった。神話や迷信に基づく宗教的慣習や、憲法における女性の基本的権利の否定は、人間の存在意義そのものを問うものだ。アマヤはムンバイのダルガーに関する判決を引用した。裁判所は判決の中で、「女性は男性と同等にダルガの聖域に入ることを許可されるべきである」と明確に述べた。したがって、この禁止令は「基本的権利に反する」ものであった。

インドの憲法は、すべての国民に自由、平等、機会均等を保障している。インドのあらゆる年齢の女性が、男性と同等の権利を享受する機会を持たなければならない。そのため、彼女は特定の礼拝所が女人禁制を解除する必要があると主張した。彼女の口頭でのプレゼンテーションは、客観的で事実に基づいており、法律に基づき、力強く、感動的だった。

夕方の時間帯は新規のお客さんが多かった。その中に、20 代前半の大学の法学部の学生、カマラがいた。大学付属のこのカレッジの学生数は約 1000 人で、民間の経営者が運営していた。年制、5 年制の LLB、2 年制の LLM、司法行政の MBA プログラムがあった。学生たちは遠方から来ており、市内から車で 2 時間の半森林地帯にある広大なキャンパスには、男女別の大きなホステルが 2 つあった。経営陣のオフィスはキャンパス内にあった。会長は 65 歳くらいの未婚の男性で、神のような人格者だった。彼は 5 年間閣僚を務め、幅広い人脈を築き、富と無限の権力を蓄えた。地方長官、警察署長、収入役、裁判官といった地元の官僚たちは、彼の精神的な弟子だった。ホステラー、特に女性はよく噂話をし、性犯罪者である会長は秘密の生活を送り、ホステルは彼の後宮だった。彼と寝た者は特別な恩恵と奨学金を受け、贅沢な生活を送ったが、被害者は深い沈黙を守った。

カマラがアマヤに会いに来た。彼女は中流以下の家庭に属し、父親は茶園で働いていた。カマラはこの 3 カ月間、会長と夜を共にしなければならなかった。毎晩 10 時になると、彼の私的な女たちがそっとホステルに入り、カマラを連れて行った。当初、カマラは否定的だった。会長は彼女に肉体的暴行を加え、服従させた。カマラは 2 日以内に彼の希望に同意しなければならなかったが、セックスをしている間は残酷だった。カマラはしばしば彼と不自然な行為をしなければならず、キャンパスから逃げ出すことは不可能だった。

2 週間後、カマラは自分が受けている性奴隷制について親しい友人に相談した。彼女はカマラに、服に留めた小さな録音ツールを使って会長の会話を録音し、無理やり写真を撮るよう勧めた。カマラはブラウスのボタンに隠しカメラを取り付け、ボイスレコーダーを装着した。アマヤはカマラの話を黙って聞いていた。社会的に重要な地位にあった人物が犯した犯罪についてだ。性犯罪者は女性の尊厳を尊重することはなく、暴力をふるって被害者を殺すこともある。自分の罪を隠すために、彼は天と地を同時に動かすことができた。政治的エリート、宗教的指導者、官僚たちは、このような略奪者たちに強く味方した。彼女の知識は、過去 20 年間に担当したさまざまな事件から得たものだ。

カマラは何晩も会話を録音し、会長の部屋で写真を撮った。アマヤは、録音された会話を聞き、写真を見て、それらが法律の精査に耐えられるかどうかを確かめたいと言った。

最終試験が行われたため、カマラは大学に戻らなかった。アマヤは後輩たちにすぐに事件ファイルを用意するよう頼み、カマラに専門家としての協力を約束した。

人の修道女がアマヤを迎えに来ていた。彼らはアマヤに自己紹介し、内陸の村にある修道院には 4 人の修道女がいることを告げた。そのうち 2 人は教区が管理する学校の教師で、政府から給与補助を受けていた。他の 2 人は、同じ村にある自分たちの診療所で働いていた。彼女たちの修道会には総勢 46 人の修道女がおり、全員が農村部やスラム街で働いていた。小教区の司祭が学校の現地責任者兼議長を務めた。修道女たちは、神父がある修道女に性的な好意を求めて絶えず嫌がらせをしていたため、深刻な問題に直面していた。修道女が彼のオフィスに行ったとき、彼はその修道女に性的暴行を加えたことがある。そのしつこさに耐えられなくなった修道女たちは、何度か司教に文書で報告した。しかし、司教からは何の反応もなく、その沈黙は冷笑的だった。彼は暗に独身司祭の性的逃避や性的捕食行為を支持していたようで、修道女が牧師の欲望を満たすのは当然だとほのめかしていた。

尼僧たちは、司教が自分たちの精神的・肉体的なトップであることから、司教に反旗を翻すことを恐れていた。司教に経済的に依存していた修道女たちは、診療所や日々の生活について司教が最終的な決定権を握っていたため、奴隷のような扱いを受けていた。他の生計手段を失った修道女たちは、修道会を離れることができなかった。処女、服従、清貧の生活を受け入れることによって家庭生活を放棄した彼らは、尊厳ある生活を送るための選択肢を失った孤児となった。上司はジレンマを説明しながら、むしろ感情的になっていた。修道女たちが犯罪者である聖職者たちの犠牲になったのは、これが初めてではないという。彼らはアマヤに、教区司祭に内密の警告通知を送ることで自分たちを助けてくれるよう懇願した。しばらく考えた後、彼女は神父にメッセージを書き送ることに同意した。

アマヤはメールを見ていて、母親からのメールを見つけた。彼女は長文の手紙を書くのが好きだったので、少なくとも週に一度はローズから定期的にメールを受け取っていた。ローズが80 代になっても、彼女の視力は完璧だったようだ。アマヤは彼女のメッセージを読むのが好きだった。ローズはしばしば詩や逸話を引用し、さまざまな都市で設計した建物の写真を送ってきた。時々、彼女はコッタヤムで過ごした子供時代のことを書いている。

母親と違って、父親はモルとの電話を好んだ。シャンカル・メノンは*『ザ・ワード』*を引退し、ケララ州に戻ってローズと一緒になり、彼らの村の家に住み着いた。その側には豪奢な滝があり、周囲にはたくさんの動植物が茂り、豊かな緑を作り出していた。

8 時半を回っていた。アマヤはその日の仕事に幸せを感じていた。突然、彼女の携帯電話が鳴った。電話はポアーニマからだった。

娘の父親

ポアーニマはトラウマ的な精神的苦痛を味わっていた。それは3 年前の母親の死から始まったのかもしれないし、父親の自動車事故がそれを悪化させたのかもしれない。父親が何カ月も意識不明の状態にあったことは、彼女の平穏と幸福に一貫して影響を及ぼしていた。しかし、彼女の苦悩はそれだけにとどまらず、母、父、そして自分自身にまつわる奇妙な問題を意識するようになっていた。彼女はそれがいったい何なのかを知りたがった。母親は夫のもとに残り、カリフォルニアで博士号取得のための研究をしていた。何年も一緒にいても妊娠しないことに気づき、彼女は落ち込んでいた。精神科医の警告にアチャリヤ医師は怯えた。悲劇は何としても避けたかったのだ。そこで彼は妻を連れてマルセイユとバルセロナに行き、そこで 2 年間を過ごした。バルセロナで娘のポアルニマを授かった。しかし、ポアーニマには、父親が 1、2 秒意識を失ったとき、なぜアマヤの名前を繰り返したのか理解できなかった。それが彼女にとって謎だった。彼女はこのリンクが父親の命を救うと信じていた。

「奥さん、こんばんは。私はポアーニマです」。アマヤが電話を取るとすぐに、あのはっきりとした声がした。

「ハイ、ポアニマ」アマヤは彼女の呼びかけに応じた。

「奥さん、またまたお邪魔します。私の心はとても動揺しています。父の命を救うために、ある事実を知りたいのです」とポアニマは付け加えた。

アマヤには直感的な沈黙があった。

「奥さん、私は母と同じくらい父を愛しています。彼のいない人生なんて考えられない。母の死が影響して、彼はまだ苦しんでいる。彼の意識を完全に戻すことができると信じている。おそらく、彼はあなたを探していて、あなたに会いたがっているのでしょう」とポアニマは言った。

アマヤは黙って彼女の話を聞いていた。

「いいかい、プアーニマ、私は君の父親を知らない。私は彼に会ったことがない。彼が意識を取り戻すのを助けられるとは思えない。でも、君の苦しみは気の毒だよ。精神的苦痛は悲劇の最悪の形である。アマヤは冷静で、言葉は慎重だった。

「個人的な質問をすることをお許しください。お願いします」。向こうからの懇願だった。

「はい、どうぞ

「奥さん、スペインにいたんですか？

「なぜこのような質問をするのですか？お父さんの無意識の状態と関係あるの？″しばらく間を置いて、アマヤが質問した。

「父が毎日毎日、あなたの名前を繰り返していたとき、私はアマヤという言葉の意味を考えていた。その意味を知りたくてあちこち探した。アマヤはスペイン名だと誰かが言っていた。バスク語はアラブ人がスペインを征服したときに借用したものだ。それでも謎は解けなかった。私は父の大学時代の関係書類をすべて徹底的に見直した。アマヤのことはどこにも書かれていなかった。でも、彼が意識を失っているときはいつも『アマヤ』と呼んでいるのが聞こえた。解読するのは難しかったが、あなたの名前だと感じた。アマヤは私と何か関係がある。ポアニマはまたもや一語一語、まるで一音一音に意味があるかのように話した。

「スペインでは一般的な名前かもしれない。ヨーロッパの他の地域では、この名前はポピュラーになっている。インドでも、持っている人はいるだろう。だから、お父さんが探している人が私だという論理的なつながりはない」とアマヤは説明した。

「合理的な推理はできない。でも、個人的な質問をすることをお許しください。バルセロナ生まれですか？ポアニマは再び申し訳なさそうに言った。

「そうだ。私はバルセロナで生まれたの」とアマヤは答えた。

「よかった。これで問題を解決できる。父がアメリカにいた頃までの資料からアマヤに関する手がかりが得られなかった私は、両親がマルセイユとバルセロナで過ごした 2 年間を丹念に調べた。彼のノートの一冊に紙切れがあった：アマヤ』。奥さん、その小さな紙切れを見て安心しました。それはとても貴重なもので、私たちの製薬会社よりもずっと価値があった」。ポアーニマの言葉は自信に満ちていた。

「でも、それは私とあなたのご両親との関係を証明するものではありません」とアマヤはきっぱりと言った。

「そう、それは証明にはならない。もっと証拠を探してみよう。明日 8 時半に電話してもいいですか？プアーニマは懇願した。

「はい、プアーニマ、もし私があなたの苦しみを減らすことができるなら」。返事は率直だった。

「奥さん、あなたと話せて楽しかったです。あなたがあの世にいると感じるとき、私はあなたを永遠に知っていると感じる。おやすみなさい、奥さん」。

「おやすみ、プアーニマ。お気をつけて」。

翌日、オフィスでその日の案件を調べていると、突然ポアーニマが現れた。彼女は粘り強く、探偵のように調査し、検証可能な事実を提示する準備を整えた。ポアーニマは自分の話す言葉の信憑性を試し、他者への共感と敬意を示した。彼女は即座に十分な社会性を身につけ、他の人々が不可欠だと考える価値観を内面化したのかもしれない。ポアーニマは、その相手が自分の両親と底知れぬ関係があるのではないかと疑っていた。ポアーニマの言葉のひとつひとつが、感謝の神秘に満ちていて、どんな幻想も打ち砕こうと願っている。

両親は母の心の平穏を取り戻すため、マルセイユとバルセロナに 2 年間滞在した。母親はマルセイユかバルセロナ、あるいはその両方で医療支援を受けたかもしれない。それは、妊娠しないことに対する精神的トラウマを克服するための心理的・身体的援助かもしれないし、妊娠するための医学的治療かもしれない。ポアニマが言うように、両親のマルセイユとバルセロナでの滞在は成功し、ハッピーエンドだった。彼女はバルセロナ滞在 2 年目の終わりに生まれた。しかし、そこでの日々は娘に謎をもたらした。父親が交通事故に遭って以来、彼女はその秘密を解こうとしてきた。彼は意識を失ったまま、数秒間意識が戻るたびにアマヤという名前を唱えた。父親の潜在意識には彼女の姿があり、彼は人生の一瞬一瞬に彼女のことを思い出していた。父の意識を取り戻させることができたのは、アマヤだった。ポアーニマは、アマヤを自分の記憶に深く刻まれた友人だと思い、アマヤを探した。彼の前に彼女を出せば、彼女との楽しい日々を思い出すことができ、彼は癒されるだろう。ポアニマは、アマヤが父親の意識を完全に取り戻すための力、魔法、親密さを持っていると信じていた。彼女は、自分を苦しめている恐怖を打ち砕くありのままの真実を発見し、見知らぬ人々に奇妙な時間帯でも電話をかけるという強迫観念を解体し、心をなだめるために平和と合体したかったのだ。彼女の呼びかけには、その姿を明らかにしたいという執拗な渇望も含まれていた。

アマヤは椅子の背もたれにもたれかかった。そこにはポアーニマとアチャリヤ博士、そして彼の妻がいた。ポアニマの母親はもういないけれど、心象ははっきりしていた。アチャリヤ医師は意識がなく、自分の要求を言葉にすることができなかった。次回、彼女はポアーニマに父親のファーストネームについて尋ねるつもりだった。「なぜそんなに好奇心が強いのですか？なぜファーストネームを知りたいんだ？彼女は自分の意図を疑っていた。しかし、彼女はポアーニマの精神的試練を乗り越えるために、彼についてもっと知りたいと思った。アマヤはアチャリヤ医師の代わりにカランを使おうとした。カランとの思い出は鮮明だった。大学のカフェテリアで初めて会った。誰かを探しているようだった。

バルセロナは輝いていた。アマヤはカランに会う 1 週間前にバルセロナの大学キャンパスに到着した。彼女は、スペインの人権侵害に関する報道を系統的に研究するため、自らを鍛え上げた。手にした奨学金が彼女の努力を明るくした。彼女は純粋にジャーナリズムと人権に興味があり、量的データを収集することで特定の現象を研究することにした。この研究は、新聞記事、社説、テレビのニュースチャンネルに、被抑圧民族の自決に関する人権がどのように反映されているかを調べたものである。

人権は崇高な理想であったが、個人的、社会的、経済的、政治的な嗜好をふんだんに盛り込んだジャーナリズムは、エリート主義の強制によって人々の関心をそらすことが多かった。人権侵害の事件は、権力と政治の排他的な飛び地に住む誰かの間接的な利益のためにメディアに登場した。エリートたちは大衆を抑圧する自分たちの役割を激しく否定したが、もう一方の端にいる隔離された劣等生たちは犠牲者となった。憎しみは、人権侵害の噴出という邪悪なニュアンスとともに具現化され、断絶は恐るべき大きさで広がり続けている。非公開の人物の利益を守るために、多くの人々に影響を与える違反がニュースになった。状況によっては、人権侵害が秘密裏に行われ、未知の力によって抑圧されることもあった。一歩間違えば、人権侵害は国家全体の問題になる。アマヤは１年間彼らを分析し、その後インドに戻って弁護士をやりたいと考えていた。

アマヤはバルセロナで生まれ、幼少期をマドリードで過ごしたので、バルセロナのことはよく知っていた。バルセロナの大学の中には、ヨーロッパでトップクラスの大学もあった。アマヤはカタルーニャ語、エウスケラ語、スペイン語を知っていたため、大学の奨学金に応募することができた。ジャーナリズム学部の面接委員会は、アマヤの入学を喜んでいる。彼女は、昼も夜も男女の学生が入り混じるホステルの、設備の整った部屋を手に入れた。学問と厳しい研究の環境があり、キャンパスライフはスリリングだった。建築は素晴らしく、アマヤは母親と一緒にキャンパスを訪れたことを思い出した。ローズはゴシック様式をこよなく愛し、新しい技術でそれらを改革し、ケララの伝統的な家庭的な建物と融合させた。

地中海料理、澄んだ空気、そして明るい太陽は、その魔法をかけてくれた。キャンパス内のアートギャラリーには、学生や教職員、観光客など毎日何百人もの人が訪れていた。音楽、ダンス、映画、一幕劇、文化展示、討論会、集会、コンクールなど、ナイトライフはにぎやかで色彩豊かだった。しかし、他人の私生活を覗き見した者はいない。絶対的な自由、平等、機会均等があった。約 550 年の歴史を持つこの大学には、多くのコースがあり、ほとんどすべてのヨーロッパ諸国から学生が集まっていた。十数人の学生がインドから来ていたが、アマヤはジャーナリズム学部で唯一の学生だった。大学で学びたいという願望は、数年前に母親と初めて大学を訪れたときに芽生えた。キャンパスはカタルーニャ広場近くの市内にあり、約 70 の学部課程と 350 以上の修士課程があった。ジャーナリズム学部は、国際的に知られた研究を行うための近代的な技術と設備をすべて備えていた。アマヤの図書館には何千冊もの本、雑誌、定期刊行物、新聞があり、活気に満ちていた。デジタルライブラリーは素晴らしかった。アマヤは図書館でかなりの時間を過ごした。

その後、アマヤは何よりも信頼し、愛していたカランとともに、スペインのさまざまな都市にあるテレビ局や新聞社などの通信施設を訪れるようになった。それから 24 年間、アマヤは娘と父親のカランを探し続けた。それはバルセロナの病院の産科病棟から始まった永遠の追跡だった。病院の記録によると、新生児の父親であるカランは、18 日目に赤ん坊を自宅に移した。ロータスと呼ばれるその家は、アマヤとカランが 1 年を共に過ごした愛と幸福の場所だった。彼女はカルナと一緒に病院に行ったことを鮮明に覚えていた。そして、カランは病院の許可を得て、赤ん坊を家に連れて帰った。出産時、アマヤは昏睡状態だったが、赤ちゃんは健康で元気だった。新生児は義務検診を受け、必要な予防接種を受けていたため、母親が昏睡状態のときに赤ちゃんを産科病棟に入院させる必要はなかった。そして病院はカランに赤ん坊を家に連れて帰ることを許可し、母親は 22 日間昏睡状態が続いた。しかし、昏睡状態から覚めた娘の顔を見ることはできなかった。コートに向かって車を走らせながら、アマヤは苦悩を回想した。

その日、アマヤとスナンダは 70 代前半のパールバティという女性の代理を務めた。結婚して 8 年後、26 歳のとき、村のモンスーン時の土砂崩れで夫を失った。資金繰りに苦労しながらも、一人っ子の面倒を見るために独身を貫き、彼を学校や大学に通わせた。数年後、彼女はバスルーム付きの 3 ベッドルームの家を建てた。彼女の息子は近くの町の銀行で高給の仕事に就き、同僚と結婚した。パールバティはその後 25 年間、2 人の息子の世話をし、家を掃除し、食事を作り、みんなの服を洗濯した。そのころには、孫たちは仕事を得て他の都市に移住していた。パールヴァティが 68 歳のとき、彼女の息子夫婦はヴァラナシやヴリンダーヴァンなど北インドの多くの聖地を巡礼した。パールヴァティは巡礼に行くのが夢だったからだ。

2 ヵ月後、息子夫婦が戻ってくると、パールヴァティーは一緒ではなかった。彼らは、バラナシを訪れた母親が聖なるガンガー川のほとりで倒れ、亡くなったことを親戚、友人、隣人に知らせた。宗教的な慣習に従って、彼らは彼女の遺体と遺灰を火葬し、聖なる川に沈めた。パールヴァティの息子は、神父と火葬場当局の署名入りの死亡証明書を市町村に提出し、自分名義の家を譲渡した。一週間も経たないうちに、彼は亡き母を偲ぶ宗教行事を準備し、その後に習慣に従った食事を用意した。

年経ったある晩、パールヴァティの息子が滞在していた村に年配の女性が現れた。疲労していたとはいえ、村人たちは彼女が汚れた服を着ているのがわかった。彼女はパールヴァティーだった。マトゥラーのヴリンダーヴァンにいたとき、彼女の息子夫婦はパールヴァティーを人ごみに置き去りにして姿を消した。パールバティは何日もかけて二人を探した。どこに行けばいいのか、息子のことを知ることができるのか、彼女は知らなかった。ヒンディー語がわからないと、誰ともコミュニケーションがとれない。しかし、彼女は息子がやってきて、いつか彼女を不幸から救ってくれると信じていた。空腹で疲れていたパールバティは、寺院が運営する未亡人のための施設に行った。子供たちに捨てられた未亡人は他にも何千人もいた。パールバティは2年間そこにいたが、ある日、シェルターを抜け出して列車に乗った。彼女は1年間、いろいろな場所を旅した。ヴィジャヤワダ駅で、パールヴァティはケーララへ向かう看護婦に出会った。彼女は看護婦に、ケララに行きたいけどお金がないと言った。看護師は列車の切符を取り、食料を買い込んでケララ州へ向かった。彼女はパールバティがバスで村まで行くのを手伝った。パールバティは、胸が張り裂けそうになるような話をしてくれた。それは息子による欺瞞と見捨ての物語だった。アマヤは息子夫婦に対するパールヴァティの訴えを引き受け、最終審問の日を迎えた。

アマヤが出廷したもうひとつの事件は、14 歳の未成年の事件だった。マドラサの教師は 57 歳の男で、彼女を妊娠させた。彼は被害者を2年間レイプし、自分のしていることは彼女をより聡明にし、アラビア語を楽に学べるようにする治療法だと告げた。最初の弁論が終わると、裁判所は最終審理の日をもう 1日設けた。

翌日の土曜日と日曜日は裁判所の休日であり、アマヤの後輩や事務所のスタッフは金曜日の夕方から月曜日の朝まで自由であった。アマヤはその週に受け取った雑誌や定期刊行物に目を通した。土曜日は、個人的な仕事をこなし、家を掃除し、ピアノを弾き、小説を読み、メールを書き、映画を観る。

ハリー・ポッターの映画は全巻読んでいるので、彼女はとても楽しんでいた。アマヤは『*ハンガー・ゲーム*』のジェニファー・ローレンスが特に好きだった。たまに、アマヤは『*12 年目の奴隷*』のある部分を見たり、『*カトゥエの女王*』のマディナ・ナルワンガに憧れたりした。それは象徴的なもので、どんな小さな女の子でも相応の偉業を成し遂げることができると信じられていた。アマヤは『*ワイルド*』でのリース・ウィザースプーンの演技は見事だと思った。キャリー・マリガン、メリル・ストリープ、アン・マリー・ダフ、ヘレナ・ボナム・カーターが彼女の理想の俳優だった。

女性中心のマラヤーラム語映画を観ることが彼女の情熱だった。彼女は、ヒロインが主役を演じると、その映画が素晴らしい魅力を持つことを知っていた。マラヤーラム語の女性たちによる、愛、傷、不安、痛み、苦悩、恐怖、期待といった感情の繊細な扱いは、他に類を見ないものだった。アマヤは、パルヴァシー・ティルヴォトゥとマンジュ・ワリアーを、メリル・ストリープやアンジェリーナ・ジョリーに匹敵する世界的な俳優だと考えている。*Uyare*』のパルヴァシーと『*Lucifer*』のマンジュ・ワリアーは彼女のベストチョイスだった。アマヤは『*Perumazha*』のカヴィヤー・マダヴァンが好きで、カヴィヤーはその優れた演技の才能を表現する機会を十分に得られていないと感じていた。往年の俳優では、アマヤは『Chemmeen』のシェーラ、『*Iruttinte Athmavu*』のシャラダ、『*Nakhakshathangal*』のモニーシャを好んだ。古いボリウッド映画が好きで、好きな俳優はスミタ・パティルとシャバナ・アズミだった。

アマヤはオフィスで一人だった。窓からは、街灯が高い木の枝の緑に照らされているのが見えた。ふと、マドリードにあるインド大使館の敷地内にある幼い頃の家と、郊外にある学校のことを思い出した。学校の敷地内にはたくさんの木があった。修道女たちは、生徒にとってより良い学習環境を作ることができると考え、豊かな植生にこだわった。アマヤが最も愛していたのは、アリサという修道女の科学教師だった。アリサには科学について語る天賦の才能があり、各概念を適切な例を挙げて体系的に説明してくれた。こうして、彼女は生徒たちに考えさせ、結論を出させ、自立させた。彼女の指導は、知識、技術、態度を総合的に創造するもので、決して情報収集の場ではなかったからだ。

アリサは妹で、アマヤがバルセロナのサグラダ・ファミリア聖堂で生まれた後、すぐに引き取った。アマヤのナレーションを聞きながら、アリサは嬉しそうに笑い、アマヤに抱きついた。修道女はアマヤに、自律的に考え、決断し、状況を客観的に評価し、出来事や考えを解釈することを教えた。しかし、アマヤは人生で最も重要な人物を評価することができず、一度だけ失敗した。しかし、颯爽として、大胆で、行動的な彼は、ほとんど誰とも違っていたので、それを判断するのは容易ではなかった。アマヤは彼を深く信頼し、人間に対する彼女の凝り固まった信頼に反することを期待することはなかった。ギリシア神話の神ピスティスのように、彼は信頼、誠実さ、自信の象徴として彼女の人生に現れた。

ある晩、アマヤはジャーナリズム学部のカフェテリアでコーヒーを飲んでいた。背が高く、耳たぶまで伸ばした黒髪の魅力的な青年だった。彼は誰かを探しているようだった。

「ハイ」と彼はアマヤを見た。

「ハイ」とアマヤは答えた。その姿は見事だった。

「座ってもいいですか」と、彼女のそばのコーヒーテーブルの空いている椅子を指差し、許可を求めた。

「もちろん、お願いします」とアマヤは言った。

「私はカランです」椅子にしっかりと座り、右手を伸ばして自己紹介した。

「会えてうれしいわ、カラン。私はアマヤよ」と握手を求めた。

「とても美しい名前だ。はじめまして、アマヤ」と笑顔で言った。微笑みながら彼の顔を見るのが心地よかった。凛とした、人を惹きつける風貌の持ち主だと彼女は思った。

「ありがとう、カラン。しかし、スペイン人はそれを主張し、アラブ人もそうだ」とアマヤは言った。

「スペインで見た誰よりも魅力的だ。どこから来たんだ？彼女を褒めながら、彼は尋ねた。

「私はケララ州出身です」とアマヤは言った。

私もインド出身ですが、ここに定住してビジネスをしています」とカランは説明した。

「私はジャーナリズム学部で人権について研究しています」とアマヤは付け加えた。

「それは素晴らしい。あなたは知識人であり、同時に社会活動家でもあります。

彼の英語はアメリカ訛りだった。そしてコーヒーを一緒に飲んだ。

「コーヒーをたくさん飲む。私たちには共通点がある。ここから始めよう」とカラン。

アマヤはカランを見た。彼の顔は彫像のようで、特別なものだった。

「毎日一緒にコーヒーを飲もう」とカランは提案した。

「もちろん」とアマヤは誘いを待っていたかのように言った。彼女はまた彼に会いたいという衝動に駆られた。

「アマヤ、明日のこの時間に戻ってくるよ。

「私はここにいる」とアマヤは約束した。

彼は立ち上がって歩き出した。後ろから見ると、彼はエレガントに見えた。流れるような黒い髪は、ゾクゾクするような波動を放っていた。しかし、アマヤはなぜ彼と再会する約束をしたのか、その理由がわからなかった。咄嗟の出来事だったのかもしれない。それは彼女の知性ではなく、心による決断だった。何か目的があるわけでもなく、無意識の動機があるわけでもないと思っていた。学生時代や大学時代には、そうした衝動を抑えていたのかもしれない。ロースクールでは法律と法律論争に忙殺された。模擬裁判では、スーリヤ・ラオが主に彼女のパートナーだった。彼女の周りには男子学生がたくさんいたが、彼らと個人的な話をするのは、誰にとっても自然なこととはいえ、奇妙な考えだった。人気者であるがゆえに、そうした衝動を抑えていたのかもしれない。突然、アマヤは新しい環境に身を置くことになった。カランの存在は魅力的で、彼女の前に足を踏み入れたときの彼の姿は堂々としていた。彼女は彼のことが好きで、魅惑的な彼と長いおしゃべりをしたかった。

アマヤは一晩中、カランを心に抱いていた。キャンパスでの夜遊びが、男性との交際を渇望させたのかもしれない。より明るい照明、より大きな音楽、そして親密さが魅力だった。カランは彼女にとってその相棒だった。それにもかかわらず、アマヤは翌日に彼が現れるかどうか心配した。彼女の気持ちは、頑丈な男性に対する魅力の産物であったが、それだけでは本当の愛には発展しなかった。しかし、彼のことを考えるのは楽しい経験だった。望ましさ以上のものを求めていたにもかかわらず、彼女は肉体的な親密さ、性的関心の火花に憧れていた。アマヤは長い間カランのことを考えていた。彼と抱き合い、愛し合うことを楽しんでいた。一日中、コロキウムをしながら、彼女は彼のことを忘れようとしたが、時折彼のことが頭に浮かぶので、それは難しい仕事だった。

夕方になり、アマヤはカフェテリアで彼を待った。すかさず、彼は満面の笑みを浮かべて現れた。彼の手にはバラの花束があった。

「やあ、アマヤ」と遠くから声をかけた。

「ハイ、カラン」と彼女は返事をし、目を輝かせながら期待に胸を膨らませて立ち上がった。

「会えて嬉しいよ、アマヤまたお会いできて本当にうれしいです」。彼は高揚していた。そして、バラの花束をそっと彼女の手に渡した。

「カラン、素敵なバラをありがとう。新鮮で美しいわ」と彼女は言った。

「あなたはこのバラよりもずっと美しい。だから私はあなたに会いに、あなたと話しに、この素敵な女性と何時間も一緒にいるために来たのです」。彼の言葉には魅了される、とアマヤは思った。

二人は一緒にコーヒーを飲み、それから出かけた。アマヤは彼の存在に気を引き締められ、彼のそばを歩くのが楽しくなった。迷路のような歩道は魅力的に見え、彼らは何マイルも一緒に歩き、物語や出来事、コンセプトやアイデアを共有した。帰る前、11 時頃、彼は彼女の手のひらを取ってキスをした。

「愛してるよ、アマヤ、また明日」と彼は言った。

「愛してるわ、カラン」と彼女は言ったが、その言葉に驚いた。彼女は自分の心に、彼を愛しているかどうか尋ねた。彼女は彼の乗馬を見守り、ほのぼのとした気持ちになった。彼女はその場に立ち尽くし、彼が学校の入り口にある「希望の像」の後ろに消えるまで見つめていた。

アマヤのカランに対する第一印象は、謎めいた人柄だった。初めのうちは戸惑い、誘惑の中に閉じこめられ、心を誘惑し、肉体の明示的ではない誘惑で心をなだめるような感覚だった。出会って 2 日目、彼女は肉体的な魅力よりも彼の性格を探り、反応、態度、誠実さ、優しさ、感情、知性を重視した。彼女は彼を評価し、敬意があり、実直で、励ましてくれ、判断力がないことを確認した。眠りにつく前、彼女は自分の決断が間違っていないか心に問いかけた。

翌日、カランはアマヤに電話をかけ、ビーチ沿いのレストランで一緒に夕食をとろうと誘った。アマヤは彼と一緒に行けることを喜んでいると言った。カランは 5 時半頃に到着し、アマヤがリアカーに乗っても平気かどうかを尋ねた。彼の言葉は優しく、彼女は同意するようにつぶやいた。アマヤがカランと一緒に行くのは素敵な気分だった。街は魅惑的で、壮大に見えた。バルセロナの夏はピークを迎え、人々は家族や友人と夜を楽しんだ。どの通りでも、音楽とダンスでお祝いをしていた。レストランやカフェテリアはあふれかえっていた。

20 分もしないうちに、彼らはビーチに到着した。バルセロナはビーチ愛好家のパラダイスだった。アマヤは両親と何度もバルセロナを訪れて、それを知っていた。太鼓奏者、バイオリニスト、マジシャン、歌の売り子、砂のアーティストがいた。カランはレストランの外に BMW GS を停め、アマヤが降りるのをそっと手伝った。レストランには優雅な席の配置があり、二人は彼が事前に予約しておいた 2 人掛けの角のテーブルに座った。

「アマヤ、僕は世界で一番幸せな男だよ。今は君がいる。この 1 年間、僕はパートナー探しを必死にしていたんだけど、この素敵な女性に出会って、その探しは終わったんだ」とカランは会話を始めた。

「私もあなたに会えてうれしいわ。あなたは、私があなたに恋をしていることを知らずに、私の心を征服しました」とアマヤは付け加えた。

「あなたは素晴らしく、知的で、教養があり、魅力的だ。あなたは若く、陽気で、気立てがよく、魅力的だ。魅惑的な笑顔でカランは言った。

「とアマヤは言った。しかし、なぜ彼女が自分の年齢を告げたのかはわからなかった。彼女の心には少し後悔の念があった。

″私は 29 歳ですが、素敵な女性との偶然の出会いを長い間待っていたことが良い結果につながりました。今、あなたは私とここにいる。豊かな経験だ。君たちと一緒にいると力が湧いてくる」。カランの言葉はアマヤの心に特別な心理的影響を与えた。彼の賛辞は、アマヤを不可解な約束と結びついた個人的な約束で包んだ。カランを見ていると磁力を感じる。彼女は彼への愛を表現し、彼の言葉のひとつひとつを信頼し、彼の流れるような黒髪は彼女の心に別世界のようなインパクトを与えた。アマヤは長い間、魔法にかかっていた。

カランはアマヤに注文をつけ、彼女はカタルーニャ地方の伝統的な魚料理であるバカラを選んだ。皿目は、イカと一緒に煮込んだミートボールで、クリーミーなグレービーソースだった。チキンのマッシュポテト添え、そしてロブスターのビリヤニ。最後に、砂糖なしのホット・ブラックコーヒーを飲んだ。アマヤとカランは食事をしながら話し、8 時までレストランにいた。その後、2 人はビーチを 1 時間ほど走り、真夜中ごろに大学のホステルに戻った。帰る前に、カランはアマヤにハグの許可を求めた。

「カラン、愛しているよ。君と僕は永遠の友達だ」。彼女は笑顔でそう言った。彼女はしなやかな体を彼の腕の中に投げ入れた。アマヤにとって、彼が近くにいることの幸福感は初めてのものだった。

「ありがとう、アマヤ」とささやいた。ピレネー山脈にあるエキゾチックなブドウ畑の古代ワインのような香りのする彼女の豊かな黒髪が、彼女のほうに身を乗り出しながら見えた。彼女が彼の胸に顔を隠すと、彼は彼女の体をきつく、優しく握って自分のほうに引き寄せた。

「私のアマヤ、愛している」ともう一度言った。「今日が僕の人生で最もやりがいのある日だ。

彼女は微笑んだ。

おやすみ、ダーリン」とつぶやいた。

「おやすみ、カラン」アマヤは彼にそう言った。しかし、彼女は唇の動きから彼が気づいた分離が迫っていることにうめき声をあげた。

なぜ彼女はカランに魅力を感じたのか？なぜ彼女は彼を昔から知っているかのように振る舞ったのか、アマヤは自分の中で議論した。彼女は彼を愛していたのだろうか、それとも単なる熱愛だったのだろうか？アマヤは、まるで感情の網に絡め取られたかのように、その関係からの出口を感じなかった。一瞬、息苦しさに襲われた。しかし、彼女はすぐに自分の気持ちを修正し、窒息は一過性の恐怖によるものだと主張した。それは、彼女がすでに築き上げていた彼との痛切な信頼関係とは何の関係もなく、空気中に残る香り、シヤージュ、そして彼の香水の痕跡だった。

それは興奮とともに、将来への儚い不安であり、刹那的な懸念とは無縁の、永遠というスリリングな感覚と抱き合いながらの圧迫感であった。アマヤは、彼がハンサムだからというのではなく、合理的な判断の結果であり、彼女の愛はときめき以上のものだと感じていた。彼女はカランの配慮によって信頼が深まり、愛が深まるのを経験した。アマヤは、自分の愛が夫に対する母の愛よりもいかに強烈であったかを比較した。アマヤは何のためらいもなくカランを完全に愛していた。

カランとの親密さは、信じられないほどの絆を築いた約束であった。彼のことを何も知らないのに、彼女は他のことを考えることができた。信頼は強力な所属関係を築くのに十分であり、先行要因は重要ではなかった。

翌朝、カランから電話があった。〝ダーリン、私のところに来て、一緒にいよう〟

「もちろんよ、カラン、あなたと一緒に暮らすのは大好きよ」と彼女は答えた。彼女は、冷静な判断を下すために彼の意図を分析する必要はないと考えていた。

「荷物をまとめて、夕方 6 時までに行く。

「準備するわ、カラン」と彼女は答えた。

カランは彼女の中で成長し、憧れや隠れた渇望をアバターとして変容させた。このままでは誰かにさらわれてしまうと思い、長い間うずくまりながら、彼女は彼をむさぼり食いたいという衝動に駆られた。恐怖は彼女を変貌させ、無意識の衝動を呼び覚ました。同じ価値観と目標を持つ彼から身を引くことは不可能だった。彼女は彼の資質を賞賛し始め、彼が自分を尊重してくれていると信じ、お互いに合意の上で好みを決めた。

約束通り、カランは午後 6 時に到着した。彼はアマヤを優しく抱きしめた。

「アマヤ、愛しているよ。君はとても魅力的だ。

彼の言葉は魔法のようで、アマヤの心の奥深くに入り込み、彼女の疑念と恐れを解体した。彼女は、彼が自分の鏡であるように、彼の中に自分を見ることができ、彼が尊敬する多くの資質と能力を持った人間であることを再確認し始めた。

カランは荷物を車まで運び、アマヤには一切持たせず、BMW のディッキーに慎重に置いた。彼は車のドアを開け、運転席の隣の席に座るよう彼女に頼んだ。車内でカランは微笑み、彼女の右手のひらにキスをし、こうつぶやいた。君はかけがえのない宝石だ。

「ありがとう、親愛なるカラン」とアマヤは答えた。

20 分もしないうちに、彼らはノバ・マル・ベッラ・ビーチの向かいにある、小さいながらもよくデザインされたヴィラの中庭に到着した。

「ロータスへようこそ、アマヤ」と彼は車のドアを開けながら言った。

アマヤにとっては新しい感覚だった。バルセロナのビーチ近くの家にカランとふたりきりでいた。カランはアマヤの手を取り、中に案内した。壁一面にイランの絨毯が敷かれ、調度品が整ったリビングルームで、彼は居間と呼んでいた。中央にはシャンデリア、壁掛けテレビ、荘厳な祖父の時計、精巧な彫刻が施された木製家具が部屋を彩っている。

「愛しい人よ、ここが私たちの家なんだ」彼はそっと彼女を抱きしめ、唇にキスをした。アマヤは居心地の良さと狂気を感じていた。呆然とするような感覚、ゾクゾクするような感覚が全身の細胞を融合させていたからだ。

カランは彼女を家の中に連れて行った。ダイニングルームはモダンなキッチンに隣接しており、アマヤはすぐにくつろぐことができた。キッチンの隣には物置と洗濯室があった。ダイニングルームの近くにはメインの寝室があり、リビングルームの脇にはもうひとつの寝室があった。カランの研究はその反対側で、サッカー、サッカークラブ、株式市場に関する本が多かった。リビングルームからは、手入れの行き届いた大理石張りのプールに向かって開口部があり、プライバシーを保つために三方に高い壁がある。

「この家はあなたの名義で購入しました。昨日は賃貸だったんだ。自分の家に住むべきだと思ったんだ」カランはアマヤに登録書類とスペアキーを手渡した。彼の言葉には歓喜の響きがあった。バルセロナ市当局が文書に署名した。アマヤ・メノン、23 歳、インド国籍。

「カラン」と彼女は呼んだ。彼女の言葉は興奮に満ちていた。「私たちのロータスであるこの家は、あなたの名義で登記すべきだった。

″アマヤ、愛してる″彼はもう一度彼女を抱きしめた。彼は彼女を圧迫しないように用心していた。

カランは夕食にラムチョップとスライスしたトマト、玉ねぎ、マッシュルームをオリーブオイルで煮込んだ。アマヤはジーラ・ライスを炊いた。ワインは白と赤があった。「毎日夕食後に白ワインを飲むと、消化と熟睡に良い。白ワインは女性に好まれるという研究結果もあります」とカランは言う。

「研究結果はどうなっている？アマヤが尋ねた。

「白ワインの利点に関する知見はない。しかし、白ワインは女性の妊娠を助け、トラブルのない妊娠を助け、健康で賢い赤ちゃんを産むという強い信念があります」とカランは説明する。

カランを見て、アマヤは微笑んだ。「その場合、私は毎日白ワインを飲むのが好きなの。

夕食後、彼らはキランのお気に入りの BBC と CNN に耳を傾けた。眠りにつく前、二人は何度もセックスをした。アマヤにとってそれは最高の経験であり、カランが愛し合いながら彼女を傷つけないように注意していることを知っていた。その後、アマヤは彼のそばで眠った。

「ハイ、アマヤ」カランは翌朝 6 時頃、湯気の立つコーヒーを持って彼女に電話をかけた。二人ともベッドルームのソファに座り、コーヒーを飲んだ。アマヤはカランを見て微笑んだ。

「こんにちは、カラン。彼との親密さは、友情の中のロマンスのようだった。彼女はすでに彼が親友になったことを知っていた。アマヤのコミットメントは忠誠心であり、彼と一緒にいることを決めた。二人の関係は浮き沈みがあるだろうが、正直な旅のようなものだ。彼女はカランに愛されていると確信していた。

カランとの突然の絆は、まるで恋に落ちたようだった。コーヒーをすする彼の姿には魅惑的な力があった。彼女は興奮し、夢中になり、いつも彼と一緒にいたいと思っていた。彼女は 1 週間は大学に行かず、彼と一緒にいようと言った。カランは彼女の提案に同意し、まるで愛ゆえに彼女と決めたかのように微笑んだ。彼女はマドリードのこと、両親のこと、ムンバイとベンガルールでの卒業のことを話すのが好きだった。些細な出来事だとわかっていても、それをカランと共有することで、彼と一体化し、別個の自分を失う必要があると彼女は感じた。

朝食後、二人は手をつないで南のバルコニーに行き、そこでカランはピアノを弾いた。東側のギャラリーからも南側のギャラリーからもビーチが見え、すでに多くの観光客が夏を楽しんでいた。ロータスの敷地内にはカナリア諸島のナツメヤシの木が数本あり、リスが幹や葉の上で暴れていた。彼女はカランがそばにいるのを感じ、彼の方を向いて抱きしめた。キスをした後、服を脱がせた。その場に立ったまま 2 人は愛し合い、それは彼女の人生で最も楽しい行為だった。

そしてピアノの前に座り、一緒にフランツ・シューベルトを弾いた。15 分後、アマヤは演奏を止め、彼の指の動きに注目した。彼女は二人の関係について妄想を紡ぎ始めた。色彩、音楽、ダンス、そして想像上の現実の世界だった。時には理不尽に感じることもあったが、確かに魅力的で、親密で、献身的だった。しかし、彼女は彼らにしがみつくのが大好きだった。カランの気持ちは彼女に影響力があり、彼女は白昼夢の世界を超越した。そのような妄想を克服するには、あと数日かかるだろうと思っていた。

アマヤは一目惚れし、カランに完全に身を委ねた。彼女は、彼の歩き方や動き方を想像し、堂々と佇み、彼とともにあるすべてを愛した。

「カラン」と彼女は突然彼を呼んだ。

「はい、アマヤ？」彼は自分の横を見ながら尋ねた。

「あなたはピアノがとても上手ね。

「アマヤ、君はピアノが上手だね」と彼女を抱きしめた。

「ありがとう、親愛なるカラン」と彼女は答えた。

彼女はカランと一緒に勉強に行った。「アマヤ、私はヨーロッパのサッカークラブの株を売買しています。非常に有利なビジネスである。各クラブの歴史、ファンクラブ、対戦した試合、選手の名前と経歴、市場価値について十分な知識が必要だ。1年前に始めて、最近は毎日少なくとも 6 時間は過ごしている。この家も、車も、自転車も、すべて株で儲けたお金で買ったんだ」。彼の言葉は静謐で、愛情深く、魅惑的だった。

コンピューターやその他の電子機器を備えた書斎は、まるで音楽スタジオのようだった。

夕方 4 時頃、彼らはプールに行った。カランは裸で泳ぐのが好きで、アマヤに服を脱ぐように勧めた。プロのように泳ぐカランを見るのはスリリングだった。アマヤも彼に加わったが、彼女は水泳の初心者だった。カランは綿のタオルで体を拭いた。「アマヤ、体全体がきれいだよ。そしてカランは彼女を抱きしめた。

夜は心地よく、風は爽やかだった。アマヤとカランは長い散歩をし、話や出来事を共有した。彼女はカランに敬意を示した。彼女は彼のことを常に考えながら歩き、彼の体の近くにいたいと願った。時々、彼と離れていることを想像し、極度の苦痛を感じたので、彼の左の手のひらを強く握って歩いた。

アマヤは悲しみや不安、孤独を嫌っていたが、カランと一緒にいる喜びや彼を失う恐怖は根強く、何の前触れもなく彼女の心に侵入してきた。話しながら、彼女は彼の顔を見て、彼が熱心に彼女の話を聞いていることに気づいた。そして彼女は、カランが間違ったことをするはずがないと想像し、彼との関係を完璧に信頼した。ふたりは永遠に結ばれる運命にあった。突然、彼女は自分の個人的な話をしたいという衝動に駆られた。

「カラン」と彼女は呼んだ。

「はい、あなた」。そう答えると、彼は歩みを止めた。

「カランを知ってる？私はサグラダ・ファミリア大聖堂の中で生まれた。

「本当に？彼の言葉には多くの驚きがあった。

二人は砂の上に座り、顔を見合わせ、彼女が物語を語った。カランは、愛するアマヤに起こったことをすべて知りたがっていた。これほど親密で、魅力的で、不思議な物語を語る人は他にはいない。広大で混雑したビーチには他に誰もいなかった。カランは、アマヤという名の修道女が彼女の誕生直後にその手に抱かれたと話すと、彼女のほうに身を乗り出して驚きの表情を浮かべた。パンチャタントラの物語で最も貴重な宝石を口にくわえる蛇のように、明るく親切で優しい白衣をまとった修道女が、大切な赤ん坊を手に抱いているのが見えた。

「アマヤ、シスター・アマヤに会いに行きましょう」カランは修道女に会いたい気持ちを伝えた。

よし、彼女に会いに行こう」彼女は微笑みながら、カランの提案を支持した。

「明日行こうか？

「そうですね」と彼女は同意と覚悟を口にした。

突然、雷と稲妻が鳴り響いた。アマヤは椅子から飛び上がり、バルセロナのビーチから気持ちを引き戻した。オフィスから雨に濡れた梢が見えた。断続的な雷、稲妻、突風が続いた。塀の外で何かが落ちる音がした。彼女は正面玄関に隣接する窓際に行き、外を見た。正面玄関の近くに倒れた木の枝があった。不意に電話が鳴った。ポアーニマから電話があった。

約束

ポアーニマが分かち合いたい複雑な人間の問題があった。それは彼女の平穏を絶え間なく打ち砕き、父親を捜している人物を見つけるという彼女の追求を満足させるかもしれない答えを探させる。ポアニマは、ある個人が彼の意識を回復させる手助けをしてくれるかもしれないと考えるかもしれない。ポアーニマの苦しみは、貫くような、想像を絶するものだった。

「ハイ」とアマヤは電話を取った。

「奥さん、こんばんは。私はチャンディーガル出身のポアニマです。またお手数をおかけして申し訳ない。昨日、私は父が半意識状態になったときに繰り返し口にする人物の名前について、もっと証拠を探そうと言った。私はこの 3 カ月間、その人物を探し続けてきた。あなたがその人だと信じている」。ポアーニマは正確だった。

「証拠はあるのか？アマヤが訊ねた。

「バルセロナの大学にいましたか？とポアーニマが尋ねた。

「確かに、私はバルセロナ大学にいました」とアマヤは答えた。

″それが証拠です、奥さん。私が探しているのはあなたです″ポアニマの声には確信と喜びの色合いがあった。

雷と稲妻が鳴り響き、電話は真っ白になった。電気も止まり、真っ暗闇がアラビア海からハリケーンのように押し寄せてきた。アマヤは携帯の懐中電灯を持って正面玄関まで行き、辺り一面が真っ暗であることに気づいた。使っていないインバーターのスイッチを入れると、オフィスと住居が明るくなった。電話はまだつながらない。しかし、そこには底知れぬ不安があった。何か巨大なものが頭を押さえつけ、謎めいたものが心臓を貫いた。ポアーニマは、父親と彼が知り合った女性について調べた結果を共有したかった。二人はバルセロナで、正確には大学で出会った。それは、彼が誰にも明かさなかった、個人的で親密な関係についてだった。ポアーニマは彼のために古いファイルや日記を調べた。私生活を覗き見るためではない。彼女は父を批判したり、根拠のない中傷をしたりしないよう慎重だった。彼女は話を続けることができなかった。雷と落雷で固定電話が故障した。翌日、ポアーニマから電話があった。突然の予期は無限に、しかし無形に現れ、壊滅的なサイクロンの余波のように重く、重く、平穏を打ち砕いた。

ヴィパッサナーをしている間、アマヤは悩む心をコントロールし、最も内側にある自分、存在、在り方に集中した。彼女は痛みや悲しみ、苦悩や絶望を超えていった。それは喜びでも、高揚感でも、充実感でもなく、純粋な平穏、完全な無だった。彼女は自分の心に集中し、虚空に身を浮かべ、至福、涅槃を体験した。

アマヤは朝の 4 時までぐっすり眠っていた。彼女はまたヴィパッサナーを 1 時間体験し、冷静さ、つまり感情のない、否定ではなく無の境地を経験した。ヴィパッサナーによって、彼女は一日中、自分の仕事に集中し、やりがいと自覚を持つことができた。それは義務でも責任でもなく、自分自身や他人の苦しみを減らす旅であり、自己を完全に体験する究極の意識の旅だった。

電力局の技術者が午前中に故障した接続を修理した。朝食後、アマヤは家中を掃除し、モップがけをした。作業には 3 時間ほどかかった。その後、自動アイロンシステム付きの洗濯機で洗濯をした。コーヒーを飲んだ後、彼女はお気に入りの小説を読み始めた。この物語は、教育、キャリア、そして幸せな人生を求める少女の探求を描いていた。彼女は未亡人の娘で、生活のために肉体労働をしていた。教師は彼女を励まし、ある教師は彼女が上手に絵を描けることに気づいた。基本的な訓練を受けた後、少女はシュールレアリスティックな絵を描き始めた。高校 3 年生のとき、町役場に絵を展示し始めた。展覧会には何百人もの人が訪れ、少女は自分の作品を 1 ダース売ることができた。その後、彼女は展覧会のためにインドや海外のさまざまな都市を訪れるようになった。突然、アマヤは本を読みながら旅を始めた。彼女は自分自身を別の世界に連れて行った。彼女は他の人々と出会い、大都市に住み、新しい言語を話した。彼女にとって読書とは、ナレーションの中に個人的な関わりを再現することだった。そして、彼女はバルセロナへと過去へと旅立った。

彼女はカランと一緒にアマヤという修道女に会いに行く途中だった。荘厳なサグラダ・ファミリアに入るのは心温まる体験で、彼女はカランを大聖堂に案内した。彼女は 23 年前にそこで生まれた。

「アマヤ、君はとても幸運だ。この神聖な境内で生まれた最初の、そしておそらく唯一の人間なのだから」とカランは言った。

「そうだよ、カラン、私はこの教会と一体であり、今は君と一体であると感じている」。彼女の言葉は愛に輝き、信頼に浸っていた。

″あなたは私にとってとても貴重な存在です。カフェテリアで初めてあなたに会ったとき、私はそれが私の旅の終わりであると結論づけた。なんてラッキーなんだろう」カランはアマヤを抱きしめた。

「私たちは、私が生まれた場所に立って抱き合っている。なんて素敵な偶然でしょう」とアマヤは叫んだ。

「確かに。私たちはここで、私たちの結びつきの成就を経験するのです」とカランは言った。

「同じ敷地内にあるロレート修道院に行きましょう。

修道院の入り口に着くと、彼女は再び、人生の最初の 10 日間を修道院で過ごしたことを告げた。修道女たちは、母親と新生児に深い愛情を注いだ。

「アマヤ、あなたは愛に満ちている。私はあなたのように愛せる人を見たことがない。あなたは子供のように私を信頼している。あなたは修道女からその資質を受け継いだのでしょう」アマヤを抱きしめて、カランは微笑んだ。彼女は彼の笑顔が大好きだった。

シスター・アマヤについて尋ねると、年配の修道女がサン・セバスティアンにいると教えてくれた。すぐにアマヤとカランは、バルセロナから 567 キロ離れたサン・セバスチャンに行くことにした。カランはアマヤに 6 時間以内に着くと言った。アマヤは、途中の美しい町サラゴサで夕方から夜を過ごそうと提案した。カランはアマヤの提案を喜んで聞いた。

カランはアマヤにハンドルを握るよう要求した。バルセロナからサラゴサまでの距離は 312 キロだった。高速道路の両側の景色を眺めながらゆっくり走り、夕方 4 時にはサラゴサに到着するように提案した。カランはアマヤの隣に座り、田舎の話をした。しかしアマヤにとって、彼女の魅力の中心はカランだった。それは肉体的な親密さ、より深い結合、そして互いを分かち合うことへの強い欲求だった。彼女は自分のことを考えながら、彼のニーズを気にかけ、彼の幸せを大切にし、いつも彼と一緒にいること、彼と一緒に旅行することを考えていた。彼女は、愛情、性的結合、喜びなどの激しい感情を表現するために、ケア、承認、身体的接触を受けることを望んでいた。彼女の存在は、彼と一体化するためのものだった。

アマヤは、自分の文化的背景や期待が恋に落ちることを奨励していることを知っていたし、愛に対する先入観が自分の感情や行動と一致していた。彼女の性的興奮の高まりは、両親の深い愛情の結果だった。そのおかげで、カランとはどこで会っても、彼の前にいるときはいつでも、強烈なエロティックな親密さを芽生えさせることができた。突然、長年抑えてきた官能的な感情が爆発した。

カランが一緒だったので、運転は快適だった。彼の存在は道を前進させるダイナミックな力であり、ゴールは彼だった。両側の農地や邸宅は幻想的に見えたが、アマヤはカランに集中していたため、そのようなものに目を奪われることはなかった。

正午頃、彼らはアラゴン地方のガソリンスタンドに併設されたハイウェイレストランの近くに立ち寄った。車を満タンにした後、二人は食堂に行き、テルナスコのローストと若い子羊の薬用根の小皿を注文した。アマヤはジャガイモと一緒にボリジを食べるとおいしいと感じ、ボリジは野菜の女王として知られているとカランに言った。ホワイトベーコン入りのミックスベジタブルシチューは美味しかった。桃を赤ワインに漬け込み、シナモンを添えた一品だ。アマヤとカランはレストランで 1 時間あまり過ごした。昼食後、カランはドライブを開始し、多くの場所で停車して低い丘や川、農地やブドウ畑を眺めた。

夕方 5 時にはサラゴサに到着し、エブロ川沿いのホテルにチェックインした。アマヤは川を見下ろす窓際に立っていた。カランは彼女のそばに来て抱きしめた。アマヤを見て、カランは微笑み、彼女の唇にキスをした。彼女はカランと一体化しているような気がした。

「カラン、私を愛している？」彼女は突然尋ねた。しかし、彼女の心は彼からの肯定的な答えを待ち望んでいた。あるいは、カランから ″愛しているよ、親愛なるアマヤ ″という言葉を聞きたかった。

彼女を自分の胸に押しつけながら、カランは言った。あなたは私の息そのものです」。

「私もあなたを愛しています」と彼女は力強く言った。「ムララス・ロマーナ（ローマの城壁）を見てください。ローマ軍の少佐が妻のために建てたものだと、ある人から聞いたことがある。彼は彼女を深く愛していた。

″アマヤ、私はあなたのために宮殿を建てるのが大好きです″彼は対岸のパラシオ・デ・ラ・アルハフェリアを彼女に見せた。

「エブロ川にプンテ・デ・ピエドラよりも荘厳な石橋を架けるよう、母に頼むわ」と、アマヤは少女のように笑った。

「アマヤの無邪気さが好きだ。彼は彼女の頬にキスをした。

「一片の疑いもなく誰かを信じるとき、あなたはナイーブになり、利己主義を捨てます」と天谷は答えた。

夕暮れ時、彼らは群衆に紛れながら街を回った。彼らは庭に囲まれた川岸のオープンレストランで夕食をとり、鶏肉をチリンドロンソース、コショウ、タマネギ、トマトで煮込んだチキン・チリンドロンを味わった。バカラオ・アホアリエロは、独特の風味を持つ繊細な魚の調理法で、傑出していた。二人とも野菜のシチューを楽しんだ。それから熱いブラックコーヒーを飲み、11 時半ごろ部屋に戻った。カランの隣に横たわり、彼の裸の胸に左手を添えながら、アマヤは自分を愛し、愛することのできる男性がいることを幸運だと思った。彼はすべての考え、言葉、行動において前向きで、彼女を心配することなく励ました。アマヤは、カランが自分の気持ちを重視し、彼女のわずかな悲しみや不安を理解していることをよく知っていた。彼の言葉には心を癒す力と活力があり、彼女は何度も何度も彼の話を聞くのが好きだった。彼女は、2 人が楽しんで時間を過ごしていることに気づいていた。カランには驚くべき気配りがあり、愛情深い言葉だけでなく、肉体的にも愛情深かった。触ったり、愛撫したり、愛し合ったりするとき、彼は何のためらいもなく、常に天谷の好みを考えていた。彼のすべての活動において、彼女は彼にとって最初の存在だった。

カランは彼女が話すのを聞き、自分が話す前に彼女が話すのを許した。彼は彼女の言うことをすべて理解しようとした。彼は彼女に車の運転やピアノの演奏を勧め、彼女がそれを楽しむことで幸せと充実感を得ていた。カランは彼女を笑わせることができた。彼はジョークを言ったり笑ったりするのが得意だった。限られた付き合いの中で、彼は時に自分の無知を表明し、知識を深めることに興味を示し、彼女の提案や専門知識を求めることを決して恥じることはなかった。アマヤの方が、よりよく理解し、技術を持っていると思ったからだ。

アマヤとカランは翌日の朝食後、サン・セバスチャンに向けて出発した。時間以内にバスクに入った。ハイウェイの両側に広がる農地は息をのむほど美しかった。リンゴ園やブドウ園もあった。アマヤは運転が好きで、学生時代に両親とバスク地方を訪れたことをカランに話し続けた。彼らは時折立ち止まって、小さな町にも現れる驚くほど洗練された建築物を眺めた。昼食休憩はパンプローナで、マグロ、ジャガイモ、タマネギ、コショウ、トマトを使った魚のシチュー、通称マルミタコを食べた。タラのオリーブオイル炒め、赤唐辛子添えは素晴らしい味だった。豚肉を使ったソーセージのチストーラ、デザートのレチェ・フリタを楽しんだ。

昼食後、カランは北に向かって車を走らせた。夕方 4 時頃、彼らはサン・セバスティアンに到着し、修道女のアマヤに会うために直接修道院に向かった。問い合わせの際、ある宗教家が、彼らがシスター・アマヤに会いたがっていることを知って、面会室で待つように求めた。5 分もしないうちに、中年の修道女が部屋に入ってきた。ジーンズに T シャツ姿の女性だとすぐにわかった。

「アマヤ、アマヤ」と泣きながらアマヤに駆け寄り、抱きしめた。アマヤは長い間、彼女の腕の中で愛おしく感じていた。修道女はアマヤにキスをし、彼女に会えた喜びを表した。

「マドレ」とアマヤは修道女を呼んだ。

「アマヤ、あなたは母親にそっくりな女性になった。お会いできてとても嬉しいです」と修道女は叫んだ。

「マドレ、とても興奮しています。私の人生のパートナー、カランを紹介します」アマヤはカランをシスター・アマヤに紹介した。

「ごきげんよう、カラン」カランと握手をして、修道女は挨拶した。

「はじめまして、マドレ」とカランは答えた。

「アマヤは常にあなたのことを話していた。彼女は、あなたが彼女に触れた最初の人だと言った。へその緒を切った後、あなたは彼女を連れて行き、自ら母子を修道院に移した。そして彼らは 10 日間ロレトにいた」とカランは言った。

「アマヤ、あなたは彼にすべてを話した。最後に会ったのは、あなたがインドに発つ前のマドリードだった。今、10 年ぶりに君に会っている。夢のようです」と修道女は叫んだ。

「はい、マドレ、カランがあなたに会いたいと言っていました」カランを見てアマヤが言った。

「カラン、あなたはとても幸運です。アマヤは 100 万人に 1 人の存在です」とシスター・アマヤは言った。

「はい、マドレ」カランはショルダーバッグを開け、金色の紙に包まれた小さな包みを取り出した。「マドレ、これはあなたへのささやかなプレゼントです」とカランは言った。

〞カラン、その必要はなかった〞彼女はアマヤとカランからプレゼントを受け取った。

「マドレ、開けてみて、気に入るかどうか確かめてみて」とアマヤは言った。

シスター・アマヤは小さな箱を開け、プラチナの十字架がついた金のロザリオを取り出した。「アマヤ、カラン、かわいい贈り物をありがとう。あなたの訪問を記念して、博物館に保管します」修道女はカランとアマヤを見て言った。

その後、シスター・アマヤが彼らを食堂に連れて行き、コーヒーとスナックを出した。座って、二人は長い時間話をした。リフレッシュメントの後、シスター・アマヤがチャペル、セミナールーム、会議場、図書館、庭園を案内した。別れを告げる前に、シスター・アマヤは二人と一緒に車まで歩いていった。「アマヤ、君に会えてびっくりしたよ。あなたはいつも私の心の中にいた。

「マドレ、あなたの愛情に感謝します。私を覚えていてくれて、心の中に留めておいてくれて」アマヤはそう言って、シスター・アマヤの頬にキスをした。

「カラン、会えてよかったよ。お二人は魅力的なカップルですね。この先、実りある時間を過ごしてほしい。彼女はカランと握手した。

「ありがとうございます、マドレ。バルセロナにお越しの際は、ぜひ私たちの家にもいらしてください」カランはシスター・アマヤにお願いした。

「もちろん、またお会いしたいです」とシスター・アマヤは安心させた。

「さようなら、マドレ」アマヤは言った。

「さようなら」とシスター・アマヤは答えた。

アマヤとカランは街の中心部に行き、ホテルにチェックインした。すでに 8 時を回っていたので外出せず、1 階のレストランで夕食をとった。アマヤは運転席に座り、運転しながら 100 のことを話した。150 キロ走ったところでキオスクで朝食をとり、正午にはガソリンスタンド近くのレストランで昼食をとった。1 時間の休憩の後、カランは運転を始め、夕方 5 時にはバルセロナに到着した。アマヤはカランからもらったスペアキーで駐車場から家のドアを開けた。

「アマヤ、素敵な旅をありがとう」家に入るなり、カランが言った。

「カラン、あなたの愛、仲間、そして一体感に感謝しなければならない。あなたと一緒に旅ができるのは素晴らしいことです。あなたはとても思いやりがありますね」アマヤは彼の頬にキスをした。

1 時間、彼らはプールで過ごした。夏がピークだというのに、水は冷たかった。アマヤはカランと裸で泳ぎ、独特の魅力を楽しんでいた。その後、野菜のプーラヴ、カリフラワーとほうれん草のポテト添えを作り、食後は 1 時間ピアノを弾いた。カランはキーボードを打つアマヤの指の動きに驚いた。彼女は大好きなショパンを弾いていて、カランは曲から作曲家を知ることができた。その後、カランはクララ・シューマンを演じた。

本が手から滑り落ちると、アマヤは椅子から立ち上がった。自分が 25 年前のバルセロナではなく高知にいることに気づき、彼女は一瞬驚いた。仕事を終えた後、彼女はメールに目を通し、その後、6 時頃に地元の新聞に掲載された 2 つの記事を読んだ。ひとつは、特許権における女性の平等な権利に関するもので、もうひとつは、宗教における女性の搾取に関するものだった。彼女はチャンディーガルからの電話を待っており、ポアーニマが何を言いたいのか知りたがっていた。5 分もしないうちに電話がかかってきた。

「奥さん、こんばんは。私はポアニマです」。

「こんにちは、ポアニマ」とアマヤは答えた。

「会話が途切れてしまったので、話を続けることができませんでした。

「昨日、私はあなたがバルセロナの大学にいるかどうかを尋ねました。父の書類の中に、あなたに会ったというメモがあったんです」とポアニマは説明した。

「メモには何と書いてある？具体的な言葉は？とアマヤは尋ねた。

「アマヤとは大学のカフェテリアで会った。

「アマヤという名前は、大学だけでなくスペイン全土で一般的な名前だったから、何人もの女性がいたかもしれない。しかし、彼女の心には一抹の不安があった。「ポアーニマはアマヤ・メノンを探しているのか？ポアーニマって誰？アマヤは自分の中で議論した。しかし、彼女はポアーニマにこれ以上個人的な質問をしたくなかった。アマヤの身元を証明する証拠をもっと持ってこさせよう。

「知りたいんだ。父がバルセロナの大学で知り合ったアマヤが、父の意識を回復させてくれると信じている。私にとっては不可欠なものだ。助けてください」とプアーニマは懇願した。

プアーニマに偽の希望を与えたことは間違っていた。アマヤは、バルセロナの大学のカフェテリアで父親と会ったのは自分だと主張したくなかったし、有効で検証可能な証拠もなしに、誰かに自分の結論を押し付けるようポアーニマを煽りたくなかった。

「奥さん、古い書類をすべて調べさせてください。四半世紀も前の手書きのメモを探すのは難しい。それに、そのようなメモや文書が存在することを私は知らない。しかし、私は検索する。私は、父が大学で出会ったアマヤを見つけようと決心している。父を助けられるのは彼女だけだ。そうでなければ、私は安らぎを得られない。

「このような場合、確かな証拠が不可欠です」とアマヤは言う。

″奥さん、明日のこの時間にお話してもいいですか？″プアーニマは懇願した。

「どういたしまして、ポアニマ」とアマヤは答えた。

「ありがとうございます、おやすみなさい」。

「おやすみ、ポアニマ

ポアーニマは苦しんでいた。アマヤはポアーニマを助けたいという決意を持っていた。かつて彼女は想像を絶する悲しみに何年も苦しみ続けたが、母親の助けを借りてそれを克服した。彼女の執念は強烈で、突き刺さるものがあり、酌量の余地はあった。ローズは穏やかで、人格者で、娘の悲しみを感じ取り、共感することができた。ローズが娘と一心同体であることが、アマヤを新たな意識の世界へと引き上げた。その秘訣は、責めたり批判したりすることなく、苦しんでいる人の気持ちを知ることだった。

ローズのことを対等に考えることは、アマヤが子供や若者として経験したことのない新しい知識だった。彼女の優しい言葉、行動、娘の苦しみに対する心配り、心を鍛えコントロールする覚悟がすべてを変えた。アマヤは母親から勧められたヴィパッサナーの可能性に驚嘆した。ヴィパッサナーはアマヤの人生の焦点を劇的に変え、人の中に問題が存在することに気づいた。一枚一枚、心をコントロールすることで変容が起こる。ローズはアマヤに、それは発見ではなく、自分の中にある創造であり、既存のものは何もないと言った。心を整えることを学ぶことは、孤独に向かう旅であり、アマヤが大好きだった人の不在によって形作られた孤独との闘いだった。

一人暮らしをすることで、不幸と苦悩を取り除く訓練をした。何年もの間、スプリヤの不在はアマヤの感性と夢に打撃を与えていた。何が起こったかを評価した後、アマヤはスプリヤの欠落を元に戻すことはできないことを意識した。

「事実を赤裸々に受け止め、そこから逃げず、大胆さと決意をもって立ち向かい、平和で生産的な人生を送ろう」とローズは提案した。

人生の意味を創造し、一貫した努力によってそれを達成しようとする。恐れ、不安、心配、怒り、復讐を抱くことは、平和を破壊し、苦しみを増大させ、現実と非現実の区別がつかなくなる。その認識は強さであり、自分の運命の支配者となれば、誰もそれを打ち砕くことはできない。もし彼女が警戒していなかったら、孤独が再び彼女をむしばみ、人生を無意味なものにし、苦しみの道へと導いていただろう。そのような状況を察知したとき、彼女は心がさまよわないようにコントロールし、何時間もピアノを弾き続けた。アマヤは、心を落ち着かせるような音楽を創り出した。

自己、自分の存在、警戒心、存在について瞑想を始める前、彼女が経験した孤独は壊滅的なものだった。スプリヤがいなくなった直後は、主に愛の不在と愛着の剥奪について感じていた。空は暗く、恐ろしく、出口も希望の光もなかった。アマヤの理性は低下し、集中力を欠き、最も単純な個人的な決断さえも下せなくなった。日常生活はみすぼらしく、汚くなり、すべてに吐き気を催すようになった。彼女の問題解決能力は低下し、否定的な自己信念と抑うつ状態へと突き進んでいった。カランはスプリヤとともに姿を消し、彼女の心には不治の傷跡が刻まれた。アマヤは自分自身から逃げようとしたが、カランの影がどこまでもついてきた。あらゆるものへの恐怖が彼女を追いかけ、同時に真実が彼女から逃げていく。それはスプリヤの所有権をめぐる対決であり、無との格闘だった。極度の恐怖、羞恥心、自己憐憫からくる恐怖と遁走を生み出した。

アマヤは人間関係を軽蔑し、誰も信用することを嫌った。スプリヤとの一体感を実感できないまま、彼女は孤立していた。アマヤは彼女の中で消えていった。彼女は自分のアイデンティティを落書きし、自分の存在を憎み、傷ついた感情を刺激していた。欺瞞は彼女の想像を超え、約束は粉々に砕け散った。彼女の人生の目標が目の前で傷つけられたのだ。母親になっても、娘に触れず、心のそばに置いておくことはできなかった。何度も何度も、娘がハイハイをし、歩みを進め、歩き回り、あちこちを走り回る姿を想像した。そしてアマヤは彼女の娘となり、スプリヤはアマヤとなった。

ついにローズはアマヤがトラウマを克服するのを助け、彼女の心からその恐ろしい存在を取り除いた。

それが、アマヤがポアーニマの苦悩を克服する手助けをしたいと思った理由だった。それはアマヤが女性が正義のために闘うことを望んだのと同じ動機であり、彼女の法廷闘争は常に女性のための公平性のサガであった。彼女は過去 20 年間、何百人もの女性が自立し、自己価値と尊厳を経験するのを助けてきた。彼女がさまざまな法廷で争った裁判は、女性を性奴隷、搾取、抑圧から解放し、現実を直視して非人間的な環境に立ち向かう準備をさせるという決意を反映したものだった。公平性は人道的なものであり、いかなる場合にも最優先されるべきであり、彼女のスローガンは女性を優遇する良性の差別であった。

日曜の朝は快晴だった。アマヤはすでに、市内から車で 30 分の準都市部にある実家を訪ねることに決めていた。ローズとシャンカル・メノンは正面玄関でアマヤを待っていた。アマヤが朝の 10 時頃に帰ってくることは知っていたからだ。母親は、シャンカル・メノンがインド政府の外務官僚だったころ、建築家として働いていた。彼が政府の仕事を辞めた後、ローズは夫とともにインドに戻った。ムンバイでは、シャンカル・メノンが長年『ザ・ワード』の編集長を務め、ローズはマラバー・ヒルズの事務所に建築家として常勤した。ローズが在籍していたデザイン・グローリーは、ゴシック建築とケララの原型である南インド様式を現代建築に融合させた彼女のユニークなスタイルを高く評価した。デザイン・グローリーはドローイングとデザイン開発のみに特化し、インド国内外からクライアントを抱えていた。ローズの入社後、顧客は3倍に増えた。

アマヤは 80 代の両親を抱きしめた。シャンカル・メノンは、『ザ・ワード』誌の編集者として働くかたわら、多くのジャーナリズム学校で客員教授を務め、政治、ジャーナリズム、自由に関する本を数冊執筆した。著書『*The Freedom to Write*』『*The Editor Who Dares*』はジャーナリズムに多大な貢献をした。彼はアマヤに、現場で働いていた記者について書いた『*The Unknown Journalist（知られざるジャーナリスト）*』という別の本の第一稿をすでに完成させていると話した。シャンカル・メノンは人権と平等のために戦ったヒューマニストであり、アマヤは子供の頃からそれを知っていて、彼の資質の多くを受け継いだ。彼女は彼の社説やその他のコラムを賞賛していた。それは、自由と正義を求め続ける人類の力強い表現だった。彼は誰も崇拝せず、誰も恐れず、民主主義から生まれた独裁者や独裁者を笑った。長年にわたって統計データを分析し、暴力を扇動し、ヘイトスピーチを行い、リンチやポグロムに耽溺した人々を暴露し、彼らが有力な大臣になったことを証明した。しかし、彼らは山ほどの恐怖を抱えた空虚な人々であり、あらゆるもの、自分の影さえも恐れていた。メノンは編集者として、犯罪者と政治家の結びつきや、犯罪者が政治家や経営者として進化していることを暴露した。民主主義を守るためには、抗議は不可欠である、と彼は書いた。彼は、抗議することを忘れた社会は無知で死んだ文化だと結論づけた。シャンカル・メノンにとって最も重要な科学的発見は、自由と平等の発見だった。

同じように、メノンにとって民主主義を守る最も健全な方法は、公の場で抗議することだった。自らを神格化した政治家たちは、日々の生活や行動に宇宙的な意味を与えた。その結果、手下にとって、政治的な主人の言葉はすべて予言的な可能性を秘め、真実は英雄崇拝の余白の中に消え去り、ポスト真実の表現となった。

アマヤは毎週両親を訪ねていた。そして月に一度、アマヤと一緒に高知に 2、3 日滞在した。アマヤにとって両親は最も親しい友人であり、両親もアマヤを親友だと思っていた。ローズとシャンカルは、娘に会えたことに特別な喜びを表した。ローズとメノンはしばしば娘の近くに座り、抱き合い、互いの肩に手を置いて、癒しの一体感を楽しんでいた。彼らは何時間もかけて自分たちの世界観を共有し、法律や社会の小ネタを検討し、最新のテクノロジー、科学的発明、建築の驚異、ジャーナリスティックな調査、本、音楽、芸術、人権、社会正義について語り合った。時にはマドリードの生活や、バルセロナ、バスク地方、ヨーロッパのさまざまな都市を訪れた思い出話に花を咲かせた。必ずと言っていいほど、彼らの会話は私生活、健康、願望、仕事、そして未来を共有することに終始した。

アマヤは両親と一緒に、アッパム、ライス、さまざまな料理、サンバール、パパド、パヤサムといったケララ風のベジタリアン料理の昼食を作っていた。食堂は厨房の延長であり、一緒に座って顔を合わせ、食べ物を分かち合うことは、絆を深め、夢中にさせるものだった。夕方 4 時までにお茶とスナックを食べた後、彼らはカスケードまで散歩に出かけた。ローズとシャンカル・メノンは丘を登るのに問題はなかった。モンスーンが活発だったため、荘厳な滝と緑には驚かされた。アマヤは丘の向こう側に新しい高層ビルを見た。彼らは、新しい建物が丘を越えてやってきて、滝の静けさとセレンディピティが破壊されることを恐れていた。

ローズとシャンカル・メノンは、アマヤが車を発進させる前に娘を抱きしめた。

「ママ、パパ、愛してる」と彼女は 2 人にキスをした。

「愛してるわ、 *モル*」とローズは言った。

「愛してるよ、アマヤ」とシャンカル・メノンは言った。

高知に戻る車の中で、ローズとシャンカル・メノン、そして彼らの村での生活がアマヤの心を支配した。彼らは自分たち自身と自分たちが歩んできた人生に満足していた。そしてポアーニマが鮮やかに現れた。彼女の話し方は、まるで探偵のように明確な目的を持っており、声には正確なイントネーションがあった。ポアーニマの言葉は淡々としており、話す相手を尊重していた。彼女は決して傲慢ではなく、常に謙虚であった。

アマヤはポアニマが証拠を持って電話してくると確信していた。アマヤはその声から、ポアーニマが少し興奮しているのがわかった。

「奥さん、父が大学のカフェテリアであなたに会ったという確かな証拠があります」とポアニマは言った。

「その証拠は何ですか、ポアーニマ？アマヤはドキドキしながら尋ねた。ポアーニマの話をもっと知りたいという熱望があった。

″父のファイルからアマヤに関するメモをいくつか発掘することができたが、それはあなたに関するものだったと強く信じている″そしてポアニマは最初の一文を読んだ：「8 月 2 日にアマヤに会った。

アマヤの体全体が震え、制御不能な存在が狭いトンネルを抜けて彼女を啜りながら進んでいるような、押しつぶされそうな感覚に襲われた。奔流に包まれた無限大の真空の中で、彼女は圧倒的な曖昧さを体験した。そして彼女は、息苦しさを和らげる征服行為に交錯しながら、茫漠とした無重力感を味わいながら、継ぎ目のない虚空を移動した。

アマヤは椅子に腰掛け、落ち着いて行動するよう心に命じた。椅子に座りながら、彼女はその最初の出会いを思い出した。それは 1995 年 8 月 2 日の水曜日だった。

「ポアーニマ、2 つ目の証拠は？落ち着きを取り戻したアマヤは、こう質問した。

″ロータス ″という彼の家への訪問についてだ。ポアーニマは突然立ち止まった。

アマヤは耳を疑った。8 月 5 日の金曜日にカランの家に泊まりに行ったのだ。

「お父さんのフルネームを教えてください」とアマヤは頼んだ。

「彼はカラン・アチャリヤです」とポアニマは答えた。

アマヤは数秒間黙って座っていた。

″奥さん、あなたは私の父について秘密を持っています。彼を助けられるのはあなただけだ。彼はいつもあなたの名前を唱えています」プアーニマは不安そうに助けを求めた。

「ポアーニマ、あなたはお父さんの一人っ子なの？とアマヤは尋ねた。

「はい、私はエヴァ博士とカラン・アチャリヤの一人っ子です。1996 年 7 月 31 日、私はバルセロナで生まれました。

「ポアーニマ」アマヤはもっと何か言いたげに彼女の名前を呼んだが、やめた。

「はい、奥さん」ポアニマの答えは、問い合わせのように聞こえた。

「ポアーニマ、私はアマヤよ。何かご用ですか？とアマヤは尋ねた。

「奥さん、すぐにチャンディーガルに来てください。父に会う。きっと父もあなたの存在に気づくはずです。彼は意識を取り戻すだろう。高知からチャンディーガルへの直行便がない場合は、チャーター便をご利用ください。全部払えるよ。父はこの国で最も裕福な人の一人だから、お金の問題はない」。ポアーニマはアマヤを説得できるか不安だった。

「いつチャンディーガルに来ればいい？アマヤが訊ねた。

「今日から始めてください。もしよければ、高知に来て自家用機でチャンディーガルまで送りますよ」。ポアーニマは申し訳なさそうに言った。

「私は弁護士です。月曜日から 1 週間、約 40 件の案件がリストアップされています。私のクライアントにとって、請願書は生死にかかわる問題だ。この事件は彼らの家族にも影響するし、私にも責任がある」とアマヤは病状を説明した。

「奥さん、父は死ぬかもしれません。来てください」とプアーニマは懇願した。

「私の最優先事項である顧客の苦しみをなくしたい。どうしてもとおっしゃるなら、土曜日にお宅に伺いますよ」。アマヤは正確だった。

「ありがとうございます。私があなたにすぐにチャンディーガルへ来てほしいとお願いした理由はもう一つある。父の安否が心配です。命が危ない。多くのプロのライバルたちは、私たちの製薬会社の前例のない成長を消化できないでいる。社内に彼らのために働いている人がいるかもしれない。私は最も信頼できる医師と看護師を指名し、彼のケアに当たらせた。それに、私は父と多くの時間を過ごしています」。ポアニマの言葉には苦悩があった。

「父親を守るには細心の注意が必要だ。彼の周りに信頼できる人たちがいてよかった。ちなみに、高知からデリーまで飛行機で行き、そこからチャンディーガルまで乗り継ぐことができる。旅行のことは心配しないで、何とかするから」とアマヤは言った。

「もちろんだ。明日、夜の8時半に電話しましょうか？

「おやすみなさい、奥さん」。

「おやすみ、ポアニマ」とアマヤは答えた。

突然、完全な静寂が訪れた。エバは、カランがアマヤの代わりに病院の記録に記入した名前であり、パスポート、ビザ、生年月日、住所、その他の書類のコピーであった。生まれた赤ちゃんはエヴァとカランの娘だった。

アマヤは泣いた。音はなく悲鳴だったが、彼女の心臓は破裂し、苦悶は激しかった。アマヤは 20 年ぶりに自分自身をコントロールできなくなった。「泣いて泣いて、この 24 年間の苦しみと惨めさを洗い流してください。アマヤは 2 時間以上も何も考えず、ただ虚無感と真っ暗闇を体験していた。

またしても、彼女は何千本もの細長いシャフトが連なるトンネルの中にいた。永遠の深淵がすべてを食い尽くした。しかし、どこからともなく幼児が泣き出した。アマヤはその子のところに行きたくて、目的地に着くことなく走った。モンスーン前の急流の断続的な不協和音のような雷鳴の中、何千もの人たちがキツネのように吠え、吠え、鳴いた。叫び声はさらに激しくなり、恐ろしくなった。津波の轟音が悲鳴を抑えていた。空高く迫りくる水の壁とそのパワーは、すべてを破壊し、立ちはだかるものを粉々にする。彼女は何時間も一緒に波の上に浮かんでいた。鼻孔、喉、肺、胃が破裂するような死の感覚だった。

アマヤは何百軒もの家が離れているのが見え、そのうちの 1 軒に手を伸ばそうとした。どういうわけか、彼女は白いサリーを着て頭を剃った女性だけが人間を拒絶する大きな家に入った。その息子たちは、望まれずに寺に捨てられた。

「私たちは未亡人だから、人間として生きる権利がない。

「でも、いつかあなたにも未亡人がやってくる。

「彼女を呪わないで」と別の女性が嘆いた。

「今日、あるいは明日、そうなることは避けられない。ロボットがあなたの遺体を集め、深い隙間に放り込み、そこでネズミのように腐らせるのです」最初の女性はまるで聖書を読んでいるかのように言った。「人生は無意味な闘いだ。それに意味を持たせようとしても、誰も受け入れてはくれません」と盲目の女性は続けた。

未亡人になることは死と同じようなものだが、一方が平民であるようには見えない。女性たちは苦しみ、死ぬだろう。女性がいなくなれば、男性もいなくなる。400 万年前から、このように話し、考える動物がいた。彼らが自分の足で歩けるようになるまで 50 万年かかった。言語の創造には 100 万年以上かかった。彼らはこの惑星の隅々まで植民地化し、ネアンデルタール人を追い詰め、彼らの女性と恋に落ち、いくつかのハイブリッドを作り、オーストラリアとアメリカ大陸のほとんどすべての動物を破壊した。彼らは火、鉄鉱石、武器、料理、農耕を発見した。宗教は、神々、化身、処女懐胎、生贄、輝く剣、何百ものオアシスでの夜襲、ユダヤ人の虐殺、女性の改宗、子供の結婚、十字軍、ジハード、タリバンなどで栄えた。

宗教の創始者たちは軍隊を率い、平和な人々を侵略し、何千人も虐殺した。女性や幼い少女を妻や妾にし、信仰を広め、いたるところで何千もの首が、祭壇の生贄動物のように血に染まった剣で切断された。勝者は想像上の現実のために礼拝所を建て、それを慈悲深いと呼んだ。その架空の存在は人間を恐怖に陥れ、彼らのためにすべてを決め始めた。女たちは勝者の所有物であり、肉欲的な快楽のために若い娘たちが溢れ、酒の小川が流れる天国が約束されていた。司祭、マウルヴィス、詐欺師たちによる冒涜の罪で、多くの者が首を落とされた。彼らは神話を体系化し、伝説を書き直し、魔術書を配布し、古代の文化や遺物を一掃し、信仰を拒む者を絶滅させた。最後に、人類はここにいて、人類のいない惑星を待っている。妊娠中に目を摘まれた宗教的狂信者の犠牲者である。夫と一緒に歩いているときに足首が露出していたため、夫が撃たれたのだ。

隣接するトンネルに怪物がいた。アマヤは、はるか遠くにいる彼の背後に、かすかな光を見ることができた。しかし、山のように立ちはだかり、トンネルを頭上に運ぶ獣に打ち勝つのは、彼女にとって至難の業だった。彼女は彼の監視の目から逃れようと、這って彼に近づいたが、彼の足元を通り抜けるには長い時間がかかった。その怪物は性奴隷である若い女性の強制収容所を守っていた。野獣と戦い、野獣をやっつけて、キャンプに隠れている奴隷の人々を救うのだ。性奴隷の強制収容所があり、数百万人が腐っていた。彼女は塀を乗り越えて畑に入った。このような人間の悲劇に遭遇したことはない。女たちはみな裸で、頭には髷を結い、手はなく、足は鉄の柱に鎖でつながれていた。腐敗が進み、切断された両手が山のように重なっているのが入り口付近に見えた。その不愉快な光景が彼女を打ち砕いた。

性奴隷たちは怯えた猿のように泣き出し、胸が張り裂けそうになった。彼女は鎖を一本ずつ断ち切っていった。この仕事を完了するのに何年もかかった。彼らは嵐のように門に向かって走り、空腹に耐えながら怪物を食い尽くした。この騒動が巻き起こした激震は、強制収容所の隅々にまで響き渡った。搾取され、鎖につながれた女性たちの解放、自由への闘いだった。アマヤも加わり、2 人は雲の壁のように移動した。

「アマヤは、ポアーニマと話した後、深いショックを受けていた。真夜中だった。彼女は 21 年ぶりにヴィパッサナーを欠席した。心の動揺があまりに激しかったからだ。しゃがんで、両手を太ももの上で蓮華座の姿勢に保ち、瞑想するのは困難だった。それまで 24 年間、起きている間ずっと夢を見ていた娘と話しているのだ。彼女と直接会い、話し、抱き合いたいという切望が尽きなかった。しかし、ポアーニマと話す内なる喜びが欠けていた。

ポアーニマから感情的な距離を置き、彼女の人生、幸福、充実感を得られるようにしたい。それでも彼女は、できればプアーニマが父親と会うことで、自分の苦しみをなくしてほしいと願っていた。ポアーニマと人生を共にすることは、彼女の娘にはなれないのだから。ポアーニマは、母親が四半世紀も夢見ていた、心の中で愛撫していた人ではなかった。スプリヤはアマヤにとって自分のものだったが、ポアーニマは他の誰かのものだった。突然、カランはよそ者になった。大学で出会ったカランは、優しく、愛情深く、行動的で、仲間であり友人だった。しかし、娘とともに姿を消したカランはエイリアンだった。

それからアマヤは眠り、3 時間の不穏な眠りの後、6 時に起きた。久しぶりに遅くまで寝ていた。ヴィパッサナーを 1 時間やれば、心はコントロールできる。瞑想の後、彼女の心臓から巨大な石が永遠に取り除かれる喜びがあった。彼女はその自由を満喫していた。

彼女の権利と人生

サン・セバスティアンから戻ったアマヤは、独特の内なる喜びとカランとのより深い絆を経験した。アマヤは彼のことを子供の頃から知っていると思っていたし、どこに行くにも一緒だった。彼女は彼のサッカー、サッカークラブ、株式市場、バイク、車、そして他人に対する評価を好むようになったが、闘牛はまだ嫌っていた。彼女の一体感と一体感は日に日に増していった。アマヤは、二人に多くの共通点があることに気づき、驚きを隠せなかった。そのおかげで、彼女はカランの愛をより深く理解することができた。朝早く起きると、彼はベッドにコーヒーを入れてくれた。カランは毎日、朝食に何か特別なものを作ることにこだわった。彼は朝食に牛の目を揚げた。アマヤは、スクランブルエッグにトウガラシ、スライスしたタマネギ、カシューナッツのかけら、クローブ、カルダモン、シナモン少々、塩少々を加えたものを好んだ。おいしかったよ。

アマヤはカランを傷つけたくなかったので、牛の目を食べた。ジャーナリズム学部に行くときはいつも大学のカフェテリアで昼食をとっていた。カランとアマヤは一緒に夕食の準備をした。カランとの食事はいつも心温まる経験だった。彼は太陽の下にあるどんなことでも話をし、ジョークを飛ばし、『*Tere Ghar Ke Samne*』ではデヴ・アナンドのためにモハメド・ラフィのヒンディー語のラブソングを歌った。カランは最後の食事を作った後、毎日自分でキッチンを掃除し、モップをかけることにこだわっていた。アマヤは毎朝大学に通い、それ以外の日はシェアビジネスで忙しかった。

週に一度、プールを空にし、緑色の洗剤で掃除した。カランとの生活は快適で、心配するようなことは何もなかったし、彼との生活に問題はなかった。時折、アマヤはカランに愛されすぎていると感じることがあった。彼女は彼と喧嘩をしたかったのだ。口論や摩擦のない生活は、彼女の心に軽い失望をもたらした。大学の図書館で一人で座っているとき、彼女はカランを謎の人物だと思い込んでいた。時折、彼女はカランにケンカを申し込んだ。アマヤの訴えを聞いて、カランは笑った。

″時には私の意見を否定し、私のエゴを傷つけ、私を泣かせるべきだ。あなたは私の人生をトラブルフリーにし、私たちの絆を完璧なものにしてくれている。私は両親が喧嘩しているのを見たことがあるが、30 分もすれば仲良くなっていた。そんな喧嘩の中にも美しさがあった」とアマヤは説明した。

人権に関する研究のために新聞社、テレビ局、図書館、公文書館などを訪れ、データを収集するツアー中、カランは彼女を一人にしたくなかったため、同行した。彼はアマヤのホテル予約や旅行スケジュールの手配に優れていた。彼は、そのための根回しに意欲を見せた。カランとの生活は完璧なシンフォニーだったが、彼女はその完璧さに恐怖を感じていた。このような状況が悲劇と想像を絶する痛みにつながるのではないかという不安があった。アマヤがカランに恐怖と不安を打ち明けると、カランは彼女を強く抱きしめ、胸に抱きしめた。アマヤは彼の体の匂いが好きだった。彼の脇の下に鼻を触れることで、彼女は至福のエクスタシーを味わった。そして、二人は愛し合った。彼らは親友として育っていった。友情におけるロマンス、分かち合いにおける親密さ、信頼における結束、そしてカランは次第にアマヤとして、アマヤはカランとして進化していった。

カランはアマヤに、大学に行くための車を買うためと、研究のためのデータ収集のために、彼女の銀行口座にお金を振り込みたいと言った。カランに口座番号を伝えると、2 日後には新車のベンツが彼らのガレージに届いた。アマヤは銀行残高を確認したところ、同じように高価なものを購入するのに十分なお金を見つけた。しかし、彼女は ″身元を明かしたくない友人 ″による移籍を見て、少々困惑していた。アマヤは笑って、カランを ″謎の男 ″と呼んだ。カランは笑った。

彼らは南側のバルコニーで、ディスクラヴィアピアノとともに長い時間を過ごした。それは、伝統的なアコースティック・ピアノに現代的なテクノロジーを組み合わせたものだった。アマヤが初めてピアノを習ったのは、ローズが所有していたアップライトだった。マドリッドのロレート・スクールのグランドは堂々としており、アマヤはその美しいキーボードでかなりの時間を過ごした。カランは、ピアノを弾くことで手と目の協応が整い、敏捷性が向上し、高血圧や呼吸数が減少すると信じていた。ピアノを弾くことで心臓の病気が大幅に減少し、免疫反応と指、手のひら、手の器用さが向上した。集中力を研ぎ澄まし、脳をより活性化させ、注意力を高める。アマヤは、カランが本心から、しかし医師のように語っていることを知っていた。彼女はピアノを弾くことが、ピアノが奏でる音楽を聴くことに役立っていることを自覚していた。ピアニストは一度に多くのことをこなし、曲を読み、あなたが弾いている音を聴き、同時にペダルを踏む。カランは、ピアノは自分の人生、願望、未来を調整する方法を教えてくれると言うだろう。アマヤは、ピアノを弾くことの身体的、医学的な利点に関する記事や本を読んだことがあるのだろうと思った。

マドリードのロレート学校の修道女たちは、精神的あるいは霊的な利益を主張した。彼らはピアノ文化を発展させ、内面化させることに重点を置いた優れた音楽教師だった。彼らはアマヤにピアノを弾くのは簡単だと言った。音楽は自然現象であり、宇宙の言語だった。修道女たちは、銀河や星や惑星は音楽でコミュニケーションをとっていると説明した。神が宇宙を創造したとき、音楽で語り、宇宙はそれぞれの音を学び、何十億年もの間、自らそれを演奏した。その音楽は宇宙の隅々まで響き渡り、宇宙人が私たちの惑星を訪れたとき、彼らは音符で話した、と修道女たちは笑顔で言うのだった。ピアノを弾くことが人間の脳を変えた、とカランは言った。カランは、イルカ、チンパンジー、ゾウ、ウシ、イヌ、ネコ、クジャク、ニワトリ、そしてネズミまで、あらゆる動物がピアノの音楽を聴きながら喜びを表現することを考えた。ピアノとその音楽を弾くことは、脳を刺激し、心を高揚させ、人生を謳歌するよう皆を励ます。

「ピアノを弾くことで、音、音程、和音を認識し、音感を養うことで、聴覚を向上させます」とカランは説明する。

「アマヤ、あなたのエネルギーレベルは常に高い。ピアノを弾きながら、ピアニストは新しい神経接続を加えるんだ。

「健康的な思考、より良い集中力、成功する行動など、脳とその機能を助けます」とカランは続けた。

アマヤは、まるで神経科医のような口ぶりだった。彼の意見では、活力ある脳は楽しい記憶、癒しの意識、魅力的なスピーチ、力強い言葉、コントロールされた感情的反応を生み出す。アマヤはカランを感心したように見た。彼の説明は的確で科学的だった。

「ピアノを弾くことは、あなたを精神的に注意深く、若々しく、活気に満ちた状態に導いてくれるわ」マドリードにいた頃、ローズはアマヤにそう言ったことがある。シャンカル・メノンは彼女の才能を高く評価し、長時間彼女のそばで演奏していた。ローズはロンドンのバグリーズ・レーンにあるピアノ・ショップで購入したアップライトを持っていた。アップライトは素晴らしいピアノだった。響板はスプルースで、弾力性があるため最も反響が大きい。ピアノの響板はカーブしており、スピーカーのコーンのような王冠がついていた。ピンブロックには安定性の高いカエデを使用した。八十八個の鍵はすべて、一本の木から作られたモミの木である。ケースはオーク材で、リムはメープルとマホガニーのコンビネーションだった。外装と背柱は黒檀だった。

「偉大な科学者は優れた音楽家だった」と、ローズは音符の読み方と両手での弾き方を教えながら娘に言った。アマヤは物覚えが早く、ロレート学校の修道女たちはアマヤが技術を習得するよう励ました。

バルセロナから戻り、うつ病から回復したアマヤは、母親と一緒にカスケードを見下ろす村の家に滞在しながらピアノを弾き続けた。母親と過ごした 3 年間、ローズは一貫してアマヤの打ちひしがれた人生に音楽の環境を作ろうとした。アマヤが高知に移って弁護士業を始めたとき、ローズは彼女に新しいスタインウェイアートグランドピアノを贈った。アマヤは毎週土曜、休日、日曜の夕方、何時間も一緒にプレーした。音楽が彼女の人生に生み出した魔法は信じられないほどで、ヴィパッサナーとともに彼女の人生を完全に変えた。しかし、彼女の心の中には、最愛のスプリヤに会いたいという希望がちらつき続けていた。

電話がかかってきたのは 8 時半だった。「奥さん、チャンディーガルからよろしく。私はポアルニマです」。

「こんにちは、ポアニマ」とアマヤは答えた。

「昨夜は眠れなかった。あなたがチャンディーガルに来たことを考えていた。それが私の探求の最終形となる。あなたがどこかにいて、父のことを知っていて、父を助けてくれると信じていた。それでも、私は消化することができない。あなたを見つけることができた。ポアーニマの言葉は、自己実現と希望に満ちていた。

「ポアーニマ、私の唯一の意図は、あなたが苦しみを克服するのを助けることです。私があなたの家を訪問することが、この点であなたの役に立つのであれば、それだけの価値がある」。アマヤの返事は、暗黙のうちに冷淡だった。痛み、悲しみ、憂鬱の世界をすでに超えていることを彼女は知っていた。ポアーニマは、苦しみや不安、憂鬱がないと感じられる意識状態に達する必要があり、アマヤはポアーニマを助けたいと思った。

「奥さん、親切ですね。とはいえ、あなたが私の父とどのような関係があるのか、父がどのような文脈であなたと関係を持ったのかは知らない。父の記憶と意識に深く刻み込まれているからだ。それは言葉にできない感謝の気持ちかもしれないし、沈んだ罪悪感の結果かもしれない。彼の中にあなたがいるのは確かです」とポアニマは語った。

アマヤはしばらく考えて、ポアニマが発した言葉、そのトーン、意図、背景を評価した。たとえストレートであっても、それを意味する 2 人の間に関係を築こうとする意図があった。アマヤのリーガル・マインドは思い込んだ。しかし、それについて声明を出したり反応したりする必要はなく、長い沈黙が続いた。

「個人的な質問をしてもいいですか？ポアーニマは低い声で懇願した。

「はい」とアマヤは答えた。

「娘はいますか？

「はい」とアマヤは即答した。

「彼女は何歳で、何をしているのですか？ポアニマはアマヤと良好な関係を築くために、いろいろなことを知りたがっているようだった。

「彼女の名前はスプリヤ。彼女は 24 歳で、君と同じ年だ。彼女が何をしているのかは知らないが、おそらくプロだろう″アマヤはできるだけ簡潔に、客観的に語った。

またしても、これ以上話すことがないのか、袋小路に入ったかのような沈黙が続いた。

「おやすみなさい、奥さん。ごめんなさい、はっきりしなくて、あなたの気持ちを傷つけたかもしれません」アマヤが向こうから聞こえた。娘の名前と年齢を明かしたことを後悔しながら、彼女の心は騒然としていた。

アマヤは翌日の案件を丹念に調べた。入会申し込みは 4 件で、初回審問が 3 件、最終審問が 1 件だった。彼女はすべてのファイルに目を通し、議論の重要な論点についてメモを取った。最後の裁判は 20 歳の女性のケースだった。訴訟当事者であるディヴィヤは、32 年前にアブドゥル・クンジで生まれた彼女と 1 歳になる娘のために、適切な補償を求める嘆願書を提出した。彼はディヴヤと関係を持った後、彼女を捨てた。ディヴィアは、裕福な実業家アブドゥル・クンジと数年間親密な関係を持った後、彼の家に居候するようになった。ヒンズー教徒である彼女の両親は、イスラム教徒であるアブドゥル・クンジとの結婚に反対していたが、ディヴヤが 6 ヵ月間妊娠していたことを知ると、しぶしぶ同意した。アブドゥル・クンジは結婚して 4 人の子供がいたが、ディヴヤと法的に結婚することはできず、自分の倉庫の近くにある 2 部屋の家に閉じ込めていた。出産後、アブドゥル・クンジは女の子を産んだディヴヤを身体的に虐待し、2 週間も経たないうちに母子を捨てた。ディヴィアの両親は彼女を受け入れることを拒否し、マザー・テレサの修道女たちが彼女を救い出すまで、彼女は野良犬に感染し、廃墟と化したゴミ捨て場で何晩も過ごした。アマヤは、ケーララ州全土でこのような事件が何百件も起きていることを知っていたため、ディヴヤのために正義を貫こうと決意した。

アマヤは翌日、ポアーニマからのメールを見て少し面食らった。ポアニマは、アマヤの許可を得ずにメールを送ったことへの謝罪から始めた。彼女は、アマヤが最近『ウィメンズ・ライツ』*誌と*『ウィメンズ・ライフ』誌に掲載した記事からアマヤのメールアドレスを入手したことを明らかにした。チャンディーガルを訪れたとき、ポアニマはアマヤにアチャリヤ医師の家族を知ってもらうために、具体的な事実を話したいと思った。

ポアーニマの家族についての簡単な説明もあった。彼女はチャンディーガルで、愛情深く思いやりのある両親のもとで育った。10 年生までは修道女が経営する学校に通い、良い人間になるよう教えられた。アチャリヤ医薬研究センターに付属する病院での診療にかかりきりだったにもかかわらず、医師である母親はポアーニマの世話をするのに十分な時間を見つけていた。大げさではなく、ポアーニマは母親から愛の意味を学んだのだ。

彼女の父であるカラン・アチャリヤ博士は、アチャリヤ博士製薬会社の CEO であったが、父の死後、会長に就任した。若かりし頃、彼はパンジャブ州を代表し、サッカーで 3 度優勝した。アチャリヤ博士は優れたピアノ奏者で、彼らの家にはロマン派の大作曲家の音楽が響き渡っていた。神経学の博士号を取得し、アルツハイマーの治療薬を開発するかたわら、音楽が脳機能に及ぼす影響を研究した。

ポアニマの両親は切っても切れない間柄で、その愛はまばゆいばかりの美しさを持っていた。二人は若くして出会い、恋に落ちて結婚した。母親は 7 年ほど妊娠できず、うつ病になった。夫妻は 3 年間の長期休暇を取り、アチャリヤ医師は妻とともにマルセイユに行き、母親はそこで治療を受けた。アチャリヤ博士は 1 年間バルセロナに単身滞在し、2 年目にはサッカークラブの株を売買した。彼はすでに億万長者であり、父親の指導のもと製薬会社はうまくいっていたので、彼が株式市場に参入したのは意外だった。理由はわからないが、サッカークラブの株を売買することで頭がいっぱいだったのかもしれない。

アマヤはちょっと読むのを止めた。信頼できる人物の嘘が、彼女の個性、人格、人間としての尊厳を歪めていたのだ。アマヤは次の段落にもう一度目を通した。「この 3 ヶ月間、私はあなたを探し続け、あなたと話すやいなや、あなたの名前が具体的に書かれた文書や紙の傷まで真剣に調べ始めた。父が 25 年ほど前に書いたファイルの余白に、あなたの名前を見つけることができた。あなたが私に本物の文書を見せろと挑発したとき、私は検索し、あなたがバルセロナの海岸にある父の家を初めて訪れたことを知った。しかし、彼の株取引に関する記録はなかった。製薬会社の事業費という項目で、インドから家、車、その他の経費を送金した記録があった」。読み終えて、アマヤは再び立ち止まった。ポアーニマは、彼のシェアビジネスの記録をまったく追跡できなかった。

両親がヨーロッパに滞在して 2 年目の半ば、プアーニマはバルセロナで生まれた。しかし、妊娠中の母親がなぜ出産のためにバルセロナまで足を運んだのか、彼女には理解できなかった。マルセイユの有名病院には、設備の整った母子ケア施設が併設されており、母親はそこで治療を受けていた。

アマヤが最も信頼し、気にかけ、愛していた人物による、計画的なごまかしだった。彼女は読書中に苦悶の表情を浮かべた。〝静かに、落ち着いて〟彼女は自分の心をコントロールしようとした。

「奥さん、父の行動には不可解な点がありました。身重の妻をマルセイユに残して、どうして一人でバルセロナに留まることができたのか？それから彼はあなたと会うようになった。父とあなたとの関係を立証する証拠は何もない。しかし、私は父のファイルのどこかに隠れているかもしれない、さらなる証拠を探している。私はそれを掘り出して、すべての走り書きを読んでいる。私は父の意識を取り戻す手助けをしたい。彼を助けられるのはあなたしかいないと確信している」。アマヤはため息をつきながらメールを読み終えた。

アマヤは握り拳でテーブルを叩いた。耐え難い痛みが体を貫いた。バルセロナ、ロンドン、ジュネーブ、ウィーン、ヘルシンキの街路、公園、駅を 1 年以上歩き回ったとき、彼女は同じ痛みを何千回も経験した。彼女は生まれたばかりの子供を探すのに大変な時間を費やした。それは永遠の狩りであり、哀れな探求だった。傷心の旅路の合間には、恐ろしいほどの闇が彼女の虚無感を満たしていた。彼女は自らを軽蔑される人間へと進化させ、アイデンティティを失った無目的な遊牧民となった。ハイドパークで何時間も座ってどこも覗かず、ジュネーブの鉄道駅をあてもなく散歩し、ウィーンのドナウ河岸を歩きながら子守唄をうたっていた。彼女が耐えた痛みは、オイジスの惨めさの何千倍も激しいものだった。

アマヤはテーブルに頭をつけたまま、鼻で笑った。ヘルシンキでは、彼女の近くに座った大学生が「どうしてそんなに必死なの？なぜ泣くのですか？あなたの目には多くの悲しみがある。彼女はハンカチでアマヤの顔を拭いてあげた。「もう泣かないで。ここに長く座ってはいけない。暗くなってきたし、寒くなってきた。どうされましたか？一緒にコーヒーを飲みませんか？アマヤは彼女と一緒に行った。レストランは暖かく、コーヒーは湯気を立てていて、滋養に富んでいた。彼女はアマヤをホテルのロビーに案内した。「気をつけて、暖かくして」と彼女はアマヤの肩をポンと叩いた。「私はエサベルです。お困りのことがあれば、この街でいつでもご相談に乗ります」。エサベルは彼女に名刺を渡した。彼女はレストランでアルバイトをしている大学生だった。アマヤが彼女と一緒にいるときに経験した慰めは、永遠のものであり、痛切なものだった。アマヤは、幸せな人間たちが暮らすヘルシンキの中心で、温かい心を感じ取っていた。朝食を食べながら、アマヤはエサベルの優しい顔を思い出した。

朝食後、アマヤはオフィスに向かった。アマヤはさまざまなベンチの前に現れ、忙しい一日を過ごした。スナンダはアマヤを補佐し、ディヴィヤの裁判を 2 人の裁判官で審理した。被請求人は、デリーから最も高額な弁護士を一人指名した。彼はディヴヤの人生を淫らに決めつけ、彼女を裸にし、約 1 時間かけて全身に泥を塗り、法律用語でまくしたてた。アマヤは、ディヴヤの虐待された身体と痣だらけの顔を法廷に見せるのにさほど時間はかからなかった。アマヤは様々な法律に基づいて、相手の中傷に反論し、ディヴヤの権利を説得力を持って立証した。その評決の中で、裁判所はアブドゥル・クンジに対し、ディヴヤに 1000 万ルピーの賠償金を支払うこと、さらにディヴヤの名義で、子供の世話、保護、教育のために 1000 万ルピーを指定された銀行に預けることを要求した。

車で帰宅中、バルセロナがあった。彼女は毎日、大学から夕方 6 時ごろに帰宅するのを心待ちにしていた。カランは書斎で株の売買に追われている。「アマヤ、今日はどうだった？食べた？彼は愛情に包まれた質問をよくしていた。毎晩、アマヤが家に着くと、カランは彼女を抱きしめ、唇にキスをした。カランはいつも彼女がお茶とスナックを食べるのを待っていた。バルセロナのパンジャブ料理店やベンガル料理店では、サモサ、焼きナマク・パラ、ベドミ・プリ・ラセーラ・アルー、チャットパティ・アルー・チャットなどを軽食として定期的に提供している。

アマヤは、カランが表現する温かさと愛が、彼女の大学時代には未知のものであったことを信じ、彼の腕の中で信頼を楽しんだ。多くの若者がアマヤと一緒にいたい、永遠の絆を持ちたいと願ったが、アマヤは誰に対しても無条件で「ノー」と言った。彼女の複雑な心理が思春期にそれを要求したにもかかわらず、ボーイフレンドや人生を共にする伴侶はいなかった。独立心の産物であるアマヤは、誰かと結ばれ、一体感のある生活を送ることを拒絶した。彼女は孤独感も経験もなく、セックスの実験など考えたこともなかった。仲間を持ちたいという心の声に耳を傾けることはなかった。

自分のアイデンティティを確立することが自尊心を高めるということを知らない彼女は、身体的、感情的、社会的な発達につながる親密な仲間意識を持つことが不可欠だとは気づかなかった。バルセロナから帰国後、うつ病の時期、アマヤは、エロティックな快楽を求めて近づいてきた若い男たちや、長続きする関係を築きたいと願っていた男たちに失望を与えたかもしれないと回想した。彼女は自分の才能、特にディベート、スピーチ、博学な議論のリード、6 ヶ国語を操る流暢な表現力などを過信していたため、多くの人に無礼であったり、傲慢であったりした。他者から受ける賞賛や称賛は、アマヤに若者を理解する力を失わせた。学校にはアラスネという友達がいて、彼女にエウスケラ語を教えてくれた。しかしアマヤは、他のクラスメートとの友情が、適切な人生のパートナーを選ぶ際の健全な期待を強めるよう促していたとは知らなかった。友人を持つことを拒んでいた彼女は、大人の人間関係を成功させるための強固な土台を築くことができなかった。そのため、多くの人から人生の伴侶を選ぶことに悪影響を及ぼした。彼女の個人的な選択は彼女自身のものであり、ローズといえども誰にも相談したことはなかった。

少なくとも何人かの人々と親密な交友関係を持つことが、困ったときに彼らに近づく助けとなり、より優れた回復力を備えることになるということを、彼女は一度も理解しなかった。村に 3 年間母親と一緒にいたとき、彼女はあることに気がついた。カランを評価する上で助けになるような、異なる趣味、才能、外見、価値観、信念を持った友だちがいなかったことを。

学部時代、ムンバイでジャーナリズムを学んでいたときの同級生、アヌラーグとの思い出が鮮明だった。彼はすべてのプログラムや活動において、パフォーマーであり、オーガナイザーであり、リーダーであった。教師だけでなく生徒たちも彼を気に入っていた。学業では、アヌラーグは自分の将来について明確な計画を持っていた。政治家、官僚、実業家、映画スターが彼のスタジオを訪れた。アヌラーグは、社会におけるオピニオン・クリエーターや意思決定者となり、将来の政治家や政策立案者を決定することで、脚光を浴びることが大好きだった。彼の周りにはいつも多くの男女の学生が彼の従者のようにいた。アマヤはアヌラーグと友好的な距離を保っていたが、彼はアマヤの学業の優秀さ、人前で話す資質、ディベートの能力、感情的な成熟度を繰り返し賞賛していた。

アマヤは、多くのフレッシュな顔ぶれに囲まれた新しい場所で、再出発するための大学の斬新な機会に圧倒される思いだったが、彼らと友達になることは彼女の優先事項ではなかった。それにもかかわらず、アヌラーグは多くの友人を持つことを重要視していた。共通の興味や個性が未来を形作る上で重要な発言力を持つことを知っていたからだ。彼は、観客の印象に残るようなアイデアを練り、説得力のある力強い表現を天谷から学びたいと考えていた。それに、アヌラーグはアマヤとの交際を大切にしていたが、アマヤは敬意を払って距離を置き、仕事上の関係を信じていた。アヌラーグはアマヤともっと一緒にいたいと思っていたし、彼女と行動を共にすることを楽しんでいた。彼はアマヤと永続的な関係を築きたいと望んでいた。彼はチャンスがあればいつでもアマヤを笑わせようと頑張っていた。

アヌラーグは自信を持っていた。1 年目の最初の 2 ヵ月は、長続きする人間関係を築く上で非常に重要だった。彼はちょっとした用事でもアマヤの相手をし、学内のイベントにも一緒に参加した。例えば、ティーチャーズ・ウィークでは、教授陣が自己紹介をしたり、提供するコースについて説明したり、コーヒー・クラブでは、教授陣がターム・ペーパーを提出した学生を招待したりと、ほとんどの場面でアヌラーグは積極的に参加した。彼は暗にアマヤに話しかけるよう促した。音楽祭、チャリティ・ショー、演劇、ピクニック、その他の社交活動で、アヌラーグはアマヤの後を追い、そのようなイベントは彼に自然な交流の機会を与えた。

アマヤが所属していた学内組織はたくさんあり、アヌラーグはその中から選んで参加していた。アヌラーグは意を決してアマヤに近づこうとした。非構造化された学内活動では、より緊密なコミュニケーションの機会が多く、グループ・プロジェクトでは意見交換の機会が豊富だった。だからアヌラーグは、アマヤの近くにいるために、アマヤがメンバーであるプロジェクトを意図的に好んだ。2 年目の終わりに、アヌラーグはアマヤに 1 ヶ月間、父親の TV ニュースチャンネルでインターンシップをするよう勧めた。多くの学生がインターンシップに応募したが、選ばれたのは少数だった。アマヤがテレビのニュースチャンネルに研修に応募することを決めたとき、アヌラーグはそれを自分にとっての天啓として祝った。

次第に、アヌラーグはアマヤと温かい絆で結ばれるようになり、両親の広大な別荘での誕生日祝い、ディーパーワーリー、ラーム・ナヴァミ、スリ・クリシュナ・ジャヤンティ、元旦、ガネーシュ・チャトゥルティといったお祭りや家族の集まりに彼女を招待するようになった。アヌラーグはいつもバンドラにあるアマヤの家まで迎えに行き、ムンバイの賑やかな通りを横切り、彼の両親と 2 人の兄弟が住むマラバーヒルズまでドライブすることに興味を示していた。アヌラーグはマリン・ドライブに面した豪邸を誇りに思っていた。アマヤの最初の訪問は、アヌラーグのところで高校生だった双子の姉妹、アヌパマとアパルナの誕生祝いのためだった。1 週間前にアマヤを夕食に招待した彼は、アマヤが人ごみを嫌うことをよく知っていたため、家族だけが出席すると告げた。アマヤは教養のあるアヌラーグの父親に初めて会った。彼はアマヤを自宅に招き、この国の政治状況について話し合った。アヌラーグの母親はコンピューターサイエンスの修士号を持ち、ムンバイのさまざまなスラム街の女性に無料でコンピューターリテラシーを教える NGO で働いていた。彼女は家に入るとアマヤを優しく抱きしめた。彼女の親しみやすさ、素朴さ、そして気さくさにアマヤは驚いた。アヌパマとアパルナは、学校のこと、先生たちのこと、学校を管理する修道女たちのことをたくさん語り、アマヤの頬にキスをした。

シンプルな誕生日祝いだったが、豊かな愛情の交換だった。アマヤはアヌパマやアパルナと一緒にいるのが好きで、マラーティー語の献身的な歌やヒンディー語映画の歌を歌った。誰もが夕食を楽しみ、アマヤの存在に感謝しているようだった。アヌラーグの母親はローズについて尋ね、彼女がコーネル出身の建築家で、ロンドン、マドリード、ムンバイで仕事をしていると聞いて喜んだ。アヌラーグの父親は、シャンカル・メノンと彼が編集した『ザ・ワード』を高く評価していた。アヌラーグは夕食の間、敬虔な沈黙を守り、両親とアマヤの会話を聞いていた。誕生日パーティーとはいえ、アマヤは注目の的であり、アヌパマ・アパルナもそれに応じた反応を示した。

「アマヤが招待してくれてありがとうと言うと、アヌラーグの母親が言った。彼女はアヌパマとアパルナに、アラプーザのポートレースとカタカリという 2 つの絵を贈った。

バンドラの家に着くと、アヌラーグはアマヤに話しかけ、彼の家を訪問したことを喜んだ。誕生日パーティーの後、アマヤは何度もアヌラーグの家を訪れた。アヌパマとアパルナはアマヤと顔なじみで、彼女の存在を喜んでいた。母親はアマヤを家族同然に扱っていた。

「アマヤ、人生は私たちが作るもの。私たちはこの 3 年間、友人として付き合ってきた。"私の人生を一緒に作りませんか?アヌラーグは期待に胸を膨らませながら、最終学期の最後の月にアマヤに言った。

それは懇願であることにアマヤは気づいた。アヌラーグは良き友人で、成熟し、献身的だった。彼には彼の感情、欲望、展望があったが、アマヤはそれに親近感や愛情で応えることはなかった。アヌラーグとの付き合いは友人のようなもので、それ以上の関係はない。

「アヌラーグ、あなたは私の友人であり、これからも友人であり続ける。

「私は一生あなたを待つことができる。あなたは高価な宝石です。私たちは人生において偉大なことを成し遂げることができる。人生を築きましょう」とアヌラーグは懇願した。

「申し訳ない、アヌラーグ。あなたとの取引はプロフェッショナルなもので、他意はなかった。あなたは素晴らしく、知的で、ハンサムで、勤勉で成熟している。あなたは計り知れない好意と希望と誠実さを持った人だ。私に対するあなたの愛情は正直で、悪意はありません」とアマヤは説明した。

「アマヤ、僕は君のことが忘れられない。あなたは永遠に私の心の中にいる。僕の気持ちは君だけにある。自分のパートナー、生涯の伴侶を他の人に頼もうなんて考えたこともなかった。あなたの中に、私は満ち足りた人生を見る。でも、あなたには他に予定があるでしょう。幸運と明るい未来を祈ります」とアヌラーグ。アマヤは彼の声に深い悲しみを感じた。

「アヌラーグ、理解してくれてありがとう。私たちは永遠の友人です」とアマヤは言った。

「意図が変わったら、私に知らせてください。いつまでも待てるよ」とアヌラーグ。

「アヌラーグ、私を待たずに計画を進めてください。じゃあね」とアマヤは答えた。

「じゃあね、アマヤ」とアヌラーグは答えた。

その晩、アマヤはアヌラーグの母親から電話を受けた。「アマヤ、私たちはいつも君を愛している。アヌラーグの人生のパートナーはあなた以外に考えられない。私たちには多くの夢があった。あなたたち 2 人が私たちのテレビニュース・チャンネルに携わり、それを素晴らしい機関に発展させることだ。私はあなたを忘れられない」。

「マダム、私はあなた方を愛しています。でも、私の決断は最終的なものです」とアマヤは答えた。

「永遠に愛しています」と彼女は震えながら言った。

アマヤは彼女の言葉を長い間覚えていた。主に、村の家で母ローズと一緒にいたときのことだ。アマヤは、夏の間、滝が同じようにゴロゴロと音を立てているのに気づいた。心から泣いていた。

スーリヤ・ラオは違っていて、見た目も違っていて、振る舞いも違っていて、知的な話し方をする。彼はアマヤのロースクールでの同級生だった。長身で引き締まった体つきの彼は、鋭い知性を持ち、社会問題や法律問題を綿密に分析することができた。スーリヤはアマヤの仲間として多くの法廷闘争に参加し、多くの都市を一緒に旅した。彼は感情を交えることなく、法律と既存の高等裁判所や最高裁判所の判決だけを頼りに話した。

アマヤは初日、ロースクールの廊下の隅に立っていたスーリヤに会った。アマヤのように親しい友人もなく、キャンパス内を一人で歩き回ったり、図書館で何時間も一緒に座っていた。彼は鋭い質問をし、法的問題の根底にある多様な問題を浮き彫りにすることができた。教師たちは、スーリヤが参加したディスカッションに答えるか、チャンネルを合わせるか考えなければならなかった。スーリヤは自分の議論に反論したり、つまらない議論で他人と対立したり、相手を辱めたりすることはめったになかった。彼の説明は、他の人が議論を続け、合理的に分析できるように、オープンエンドなものだった。スーリヤは典型的な法律家で、物静かで物思いにふける内向的な性格だった。

スーリヤはアマヤと友情を築いたり、彼女の存在を好んだりすることに熱心ではなかった。それでも、チームとして模擬裁判やディベート、スピーチなどで一緒にいるときは、彼はアマヤの幸福に生き生きとした関心を寄せていた。彼は力強い演説家で、人権と正義について明確な言葉で簡潔に論じ、聴衆は彼の演説と学問に無条件の関心を示した。彼にとって、正義は政治的駆け引きの対象ではないのだから、多数派の福祉が正義に優先することがあってはならない。かつてインド憲法に関する討論で、スーリヤは、憲法集会の決定がすべての人のために条約の公平性を保証したことがないため、憲法は自立した道徳的手段ではないと主張した。彼はインドの部族を例に挙げ、誰も彼らの権利を守ろうとしなかった。憲法は選ばれた人々による合意事項であったが、彼ら全員が合意した法律を定めたものではなかった。それゆえ、正義を実現するために部族が反乱を起こすことは適切であろう。憲法は、自主的な行為であり、また憲法を制定した男女の自律的な決定であったため、相互利益のための合意であった。しかし、部族は互恵の対等なパートナーではなく、奉仕の相互性もなかった。他の憲法制定議会の議員たちは、高学歴で、地位があり、影響力があり、明瞭で、部族に欠けていた圧倒的な力を持っていた。したがって、部族には不当な法律を尊重する義務はない。部族にとって、憲法は一般的に契約に道徳的効力を与える言葉を実現しておらず、したがって道徳的に弱いものであった。憲法を承認した組織内での当事者の交渉力は、部族の利益に関して均衡していなかった。憲法を制定した異なるグループは部族を無視し、部族の自治と互恵主義の理想を否定した。憲法を成立させたグループは、部族の立場とは関係なく、自分たちの見解を固持していた。それ以来、憲法は実際の平等や機会均等を保証するものではなくなった。

スーリヤの提案は聴衆の間に激しい論争を巻き起こし、彼を反国家的で、インドに敵対する人間だと言う者もいた。スーリヤの曽祖父はインド国民会議のメンバーであり、自由の闘士であった。彼は彼とともにインド各地を旅し、英国に反対する人々を組織した。自由闘争に参加したため、イェラワダ中央刑務所に 4 年間収監された。テランガナに千エーカー以上の農地を所有する彼は、地主として、自分の農場で働く労働者や土地を持たない人々に 950 エーカーを分配する慈悲深さを持っていた。彼の息子は、支配階級の反貧困政策に失望してインド共産党に入党し、獄中で亡くなった。スーリヤの父親はマオイスト運動（革命的共産党）に参加し、大衆動員や武装反乱によって国家権力を掌握しようとした。アンドラ・プラデシュ、オディシャ、バスタルの部族で 40 年以上活動し、中央の準軍事要員と戦った。スーリヤの母親は毎日 8 時間から 10 時間農場で働き、3 人の子供たちの世話をし、父親の話や平等、機会均等、人権、正義といった考えを子供たちに教え込んだ。スーリヤは献身的なマオイストとなり、部族の正義のために戦う決意を固めた。スーリヤは学業に秀でていたため、すぐに奨学金を得て有名な教育機関に入学した。

アマヤとスーリヤは、チャッティースガル州の部族で 1 ヶ月のフィールドワーク・プロジェクトを行うことにした。スーリヤは、父親が 15 年以上そこで働いていたことから、ダンテワダ県のスクマ地方を提案した。スーリヤがアマヤにこの話をしたとき、彼女は部族のことを知りたいと感じ、働きたいと言った。スーリヤの毛沢東主義者としての経歴を知らなかった法科大学院は、スーリヤとアマヤに部族間でのフィールドワーク・プロジェクトを奨励した。スクマでの人々の社会的、経済的状況を観察するのは恐ろしいことだった。政府、鉱山会社、企業関係者、森林官、商店主、官僚、政治家たちによる非人間的な搾取に、多くの村のほとんどすべての男性、女性、子供たちが苦しんでいた。ひどく貧しい人々は、荒廃したアドベや竹の家に住んでいた。アマヤとスーリヤが滞在した部族のほとんどは、他の入植地からの立ち退き者だった。政府は先祖代々の土地を鉱山王たちに渡し、彼らは石炭採掘、鉄鉱石、石灰石、ドロマイト、スズ鉱石、ボーキサイト、セメント工場を建てた。多くの村は、政府がすでに採掘のために土地を提供しているため、住民は短期間のうちに現在のコミュニティから追い出されるだろうと伝えた。何千もの部族が極度の飢餓と貧困にあえぎ、人権侵害の最悪のケースのひとつとなった。身体的暴行やレイプは日常茶飯事で、多くの子供たちがそのような状況で生まれ、アマヤが目の当たりにした人間的悲劇は想像を絶するものだった。多くの女性や子供たちは、森の中で食べられる根や葉を探して命を落とした。学校がないため、多くの子供たちは読み書きができないままだった。医療施設は存在せず、人々は身体的に小さく、弱々しく、惨めに見えた。

アマヤとスーリヤは部族の家族の家に滞在し、彼らとともに森から根、葉、種子、蜂蜜を採取しに行った。たまに、料理用の乾燥した小枝を集め、頭に載せて運んだ。女性たちとともに、森で採った根や葉を野外で薪を使って調理したり、換気もできない家に併設された小さな台所で調理したりした。膨大な数の部族が、政府や企業のエリートたちからの極端な搾取や抑圧に苦しんでいた。天谷は多くの女性や子供たちに、主に健康や子育てについて話を聞いた。

粗末な夜食の後、村人たちはほとんど全員、村の中心部にある焚き火を囲んで男も女も子供も一緒に踊った。スーリヤは歌と踊りの合間に彼らの方言で語りかけ、構造改革のための反乱の必要性を説いた。政府の福祉プログラムと NGO による社会事業は、周辺の社会的・経済的発展をもたらした。しかし、彼らがもたらした変革は、人権と正義を達成することができず、効果がなかった。スーリヤは、彼らが享受したことのない収入、富、政治力、機会を部族に与えるよう主張した。

それでもスーリヤは、基本的な権利や自由を経済的な利益と引き換えにしてはならないと主張した。極端な社会的・経済的不平等のため、所得と富の平等な分配が必要だった。それに、部族が何千年も暮らしてきた土地は彼らの先祖代々の財産であり、そこから立ち退かせる権限は政府にはなかった。部族の土地から生み出された富が、政治的に影響力のある富裕層に流用される中、スーリヤは、すべての人、特に社会の底辺にいる人々の利益のために富を分配するといった平等の原則を要求した。富と機会の分配は、恣意的な法律に基づいてはならない。それゆえ、鉱山王が生み出した富は、部族のような最も裕福でない人々の利益のために働く必要があった。

大雨、雷、強風の中、人々は小さな小屋に身を寄せていた。突然、何人かの若者が走ってきて、低い声で〝警察だ、警察だ〟と言った。女性や子供たちは大声で泣き出し、男たちは走ってジャングルの中に消えていった。青年はアマヤとスーリヤを手伝って、渓谷に着くまでできるだけ速く走らせ、岩の下に隠れて一晩過ごした。スーリヤはアマヤに、武装警察は少なくとも半年に一度は集落を襲撃し、若者たちに無差別に発砲し、その過程でどの村も数多くの若者を失ったと語った。部族は政府のなすがままだったため、文句を言う窓口はなかった。スクマ村での滞在中、アマヤのスーリヤに対する尊敬の念は倍増した。

彼は抑圧された人類の正義のために戦う男であり、正義を否定して部族を服従させるために権力を悪用した抑圧的な政府に反旗を翻した。

「アマヤ、法律の勉強を終えたら、私はこの場所に戻って、この人たちと一緒に過ごし、彼らの意識を高めようと思う。私は平等、機会均等、富の分配のために戦います。それが私の考える正義です」と、スーリヤは岩の下に座って言った。

アマヤはスーリヤを見た。彼の目は、カスミソウの梢を燃やす森の中で稲妻が光っている間に見た松明のようだった。スーリヤはすでに部族の一員となっていた。「スーリヤ、私はあなたの誠実さ、献身、そしてビジョンを賞賛します」とアマヤは答えた。

「私が何であるかは重要ではない。その目的のために、私とともにいてほしい。私たちは、抑圧され、声なき大衆のために正義を実現するのです」。スーリヤの言葉は正確で、力強く、客観的だった。村の真ん中にある広大なガジュマルの木のような花崗岩の天蓋から、彼らは跳ね返ってきた。アマヤは、その言葉が耳に響いたにもかかわらず、どう言えばいいのか、どう反応すればいいのかわからなかった。

「スーリヤ、私はあなたとあなたの仕事を高く評価し、賞賛しているが、私には私の計画がある。人権ジャーナリストとして、私は国民、官僚、政府を啓発することができる。私の電話は違うんだ」とアマヤは説明した。

「わかったよ、アマヤ、でも思ったんだ」とスーリヤが言った。

スーリヤとの日々を思い出すと、まるでグーズベリーをむしゃむしゃ食べているようで、苦くて辛くて酸っぱくて甘かった。マタデロ・マドリッドの観覧車が断続的に 100 万個の光を放つように、ダンテワダの部族が居住するスカイラインと融合した自然のカーニバルで、ホタルが木々に覆われた丘を照らす、岩の下の隠れ家の中の夜は、その後も何年も独特の魅力を放っていた。

しかしバルセロナで、カランはゼウスのような外見でアマヤを捕らえ、誘惑的な言葉で彼女を魅了し、自分の意図を明かさずに魅惑的な抱擁の中に彼女を陥れた。アマヤは彼を信じ、信頼し、彼は灯台のように立ち、雨の夜でもダンテワダの洞窟のように煌々と輝いていた。アマヤはカランと一緒にマドリードに行き、父親が編集する『*ザ・プリント*』に匹敵するような新聞 5 紙と、アヌラーグに匹敵するようなテレビのニュースチャンネル半ダースから調査用のデータを集めた。いつものように、カランは旅程を組み、航空券とホテルを予約し、現地視察、インタビュー、観光地訪問、エンターテイメント、そして最後に闘牛のスケジュールを決めた。アマヤは闘牛が嫌いだったが、カランが選んだのだ。彼女は彼がどこへ行くにも一緒に行きたがった。カランはマドリードでの 10 日間、毎日の活動と訪問の手配にかなりの時間をかけた。

彼女の自由

アマヤは、この 10 年でマドリードが大きく変わったことに気づいた。空港はまばゆいばかりに美しく、道路は驚くほどきれいで、交通は規制されていた。街は光と広告で輝き、ビルは信じられないほど美しく、建築物は驚異的で、テクノロジーはいたるところで目にすることができた。ホテルはサラマンカのセラーノ通りにあり、アマヤはこのような豪華な場所に住んだことはなかったが、カランはすぐにくつろぐことができた。彼は何事にも気楽で、アマヤに気を配ってくれた。ガーデンレストランで夕食をとった後、二人は市内を散策した。アマヤは、13 年間幼少期を過ごした場所に見覚えがあった。通りは人であふれ、人通りのないところもあり、ほとんどすべての交差点で音楽、ダンス、その他のエンターテイメントが催され、お祭りムードが漂っていた。

アマヤとカランは延々と話し続け、話を共有し、観察し、互いを楽しんだ。彼と一緒に歩くことはとても素敵な経験だった。真夜中頃、彼らはホテルに戻った。28 階にある彼らの部屋の窓からは、トッレ・バンキア、トッレ・ピカソ、トッレ・デ・マドリッド、トッレ・エスパシオ礼拝堂、そして多くの教会や大聖堂の尖塔が見えた。

予定通り、アマヤはスペインで最も古い新聞のひとつで人権問題を扱うシニア記者にインタビューした。レポーターは英語で話し始めたが、アマヤが流暢なスペイン語を知っていたため、スペイン語に切り替えた。彼女は質問し、記者は彼女が満足するようにすべての質問に客観的に答えた。記者はアマヤとカランをアーカイブに連れて行き、人権を扱った多くの記事やイベント記事を見せた。図書室には 10 万冊以上の本があり、さまざまなテーマやジャーナリズム、政治、宗教、芸術、文化、経済、その他関連するテーマがあった。図書館に併設された博物館は素晴らしかった。彼らは約 1 時間かけて様々な展示を見て回った。記者はアマヤに 12 ヶ月間図書館を利用するためのデジタルパスワードを発行し、そのおかげで彼女は過去 5 年間、人権に関する新聞のウェブサイトを開くことができた。アマヤは彼に、ケーララ産のデーヴァダル材で作られた精巧なカタカリの彫像を贈った。彼女の新聞社訪問は 4 時間ほど続いた。アマヤとカランはホテルに戻った。カランは SUV を 10 日間借りていた。

テレビ局の事務所を訪れたことで、彼女はメディアに掲載されたニュースの信憑性を考え直すようになった。テレビキャスターは天谷に、どんな出来事も番組を作った人たちの展望やイデオロギーに基づいて映し出される可能性があると語った。「歪曲された事実が幻想を生み出すように、客観的な真実は存在しない。彼は同じニュース専門チャンネルで 18 年間働いた経験があり、ニュースというものの存在を疑っていた。テレビ番組を見た人でさえ、説明を見ることを好んだ。写真や映像は、キャスターやレポーターを明確にすることによって初めて意味を持つ。「説明のない出来事は、意味も信憑性もない。画家が自分の絵にサインで名前をつけるように、芸術もそのような細部がなければ価値がない。テレビ番組では、それが政治的な出来事であろうと、市場での爆発であろうと、宗教的な集会であろうと、映像、色の組み合わせ、アングルなどが、その解明によって意味を持つ。殺人の場面でさえ、勇敢な出来事であったり、愛国的な物語であったり、裏切りであったり、解釈はどうであれ。つまり、真実は観察者の中にあり、彼女だけがその価値、信憑性、意味を生み出すのです」とキャスターは続けた。彼にとって、人間存在の概念の外に人権はなく、人間の住まいの外に神はなく、社会集団の外に国家はなかった。人が意味を与えるとき、それは特定のイデオロギーを前提とする。したがって、個々の人間以外の価値は存在しない。

レストランで夕食をとった後、アマヤとカランはエル・レティーロ公園まで歩いた。アマヤとカランは噴水に面したベンチに座り、テレビキャスターの言葉を思い出していた。アマヤは、彼の提案の多くを受け入れるのが難しいと感じた。しかし、カランにとっては、アンカーが表現するほとんどのアイデアが現実を表していた。アマヤは驚いた。カランの考え方が初めて自分とは違っていたのだ。それにもかかわらず、彼女はカランの愛を尊重した。

「カラン、私にとって正義とは、社会、抑圧によって苦しむ人々への愛の表現なのです」。

「正義とは個人が定義するものであり、その個人とは私のことです」とカランは答えた。

「個人やコミュニティの嗜好が、別の個人やグループにとっては抑圧的であるかもしれない」とアマヤは言う。

「正義は私に始まり、私に終わる。私が優先するのは、パートナー、子供、両親、兄弟、その他の家族だ。後の段階では、それは地域や社会へと広がっていく。だから、個人の好みが最終的な基準なんだ」とカランは説明する。

「人間本来の価値を守ることは可能なのか？もし正義が個人とその家族の問題だとしたら、より大きな社会とその存在はどうなるのか？人間性を否定する一方で、個人やコミュニティの懸念を受け入れるなら、自由も平等も機会均等も永遠になくなってしまう」とアマヤは危惧を表明した。

「個人の自由以外に自由は存在しない。平等も機会均等も、個人のアイデンティティが失われた社会では意味がない。個人は家族を愛し、個人は皆、自分の家族の幸福を考える。人類への愛は無意味であり、ユートピアであるため誰にもできない。個人があって、家族があり、共同体があり、国家がある″カランは断言した。

″自由、平等、正義は個人に限定され、大きな文脈では意味をなさないということか？″アマヤが質問を投げかけた。

「確かに、どのような文脈においても、個人を第一に考える。私は宇宙に色、音、味、意味を与える。私が存在するから宇宙が存在する。私がそこにいなければ、それは消えてしまう。だから、すべてが個人中心なんだ」とアマヤを見ながらカランは説明した。

「他人の善と自分の善をどう区別するのか？とアマヤは尋ねた。

「私の不安、心配、痛み、悲しみ、幸福、喜び、そして希望は私のものだ。私が意味合いと強弱をつけるので、誰も完全な意味を理解できない。私がそれを部下に伝えると、彼らは部分的に理解する。個人として、私は自分の感情を形作り、自分が作り上げた枠組みのシルエットの中で他人を見る。私が何であるか、私に何が起こるかは、私の知覚の意味に基づく私の関心事であり、誰もそれを全体として共有することはできない。もし他の人たちが、私が作った構造の中で充実感を得ることができれば、私のことをよりよく理解してくれるかもしれない。しかし、私は唯一無二の存在であり、他の人たちは自分の願望や希望に従って自由に構造を発展させることができる。他人が期待する、あるいはそれに値するよりもずっと多く、そのサービスに対して存分に支払う。その過程で、誰もがそれぞれのやり方で自由、平等、正義を享受することになる」とカランは分析する。

″個人が第一で、社会は関係ない″と言いたいのか？とアマヤは質問した。

「それ以上に、僕にとっては、すべての文脈で僕が一番なんだ。私の仲間、私のコミュニティ、そして私の国を含めてね。私が私を愛するとき、私は彼らを愛する。愛する人を否定することによって愛は存在しない。物語の主人公は私であり、行動の主人公は私である。

「親しい人をどう見る？

″私は親しい人を見ている。彼らにとって大切なことは私にとって重要であり、そのためには何でもする。カランは無条件にそう答えた。

「人類全体に対する責任をどう説明するのか？アマヤが訊ねた。

「人類という単位は存在しないのだから。形も長さも幅も密度もない概念だ。一人一人が自分を大切にすれば、問題は残らない。それに、私が知らない人を愛することはできない。例えば、シベリアの荒野に咲いている花や、ベンガル湾にいるイルカ、南極大陸にいるペンギンには何の感情も湧かない。人類愛という概念は神話だ。広島と長崎に原爆を投下している間、ヘンリー・トルーマンは人類のことなど考えていなかった。スターリンは 1000 万人以上の人間を生身の人間として殺した。ヒトラーはアウシュビッツ、テンビンカ、ベルゼック、チェルムノのガス室で何百万人ものユダヤ人を絶滅させることに何のためらいも持たなかった。毛沢東の下、中国の田舎では何百万人もの死者が出た。インド分割後、ヒンドゥー教徒とイスラム教徒は 1000 万人以上の同胞を虐殺した。チャーチルはベンガル飢饉で 600 万人以上のインド人を死に追いやり、スペイン人は 16 世紀にラテンアメリカで何百万人も殺した。フランス、ベルギー、ドイツはアフリカで同じことをした。イランがイエメンやシリアでやっていることは同じだ。犯罪、テロ、戦争、占領によって苦しむのは個人であって、人類ではない」とカランは説明する。

「個人の選択の自由は公正な社会の条件か？とアマヤは尋ねた。

「自由は個人の選択であり、それは責任を前提とする。一部の人々にとっては、自由は奴隷であり、おべっか使いや奴隷であり続けることを好む。個人の外に自由の原則はない。幸福を得るために生きることが私の自由であり、人生に決まった目的があるわけではない。私たちが目的を創造する瞬間、将来何が起こるかわからないが、個人は自由に考えることができる。

「それにもかかわらず、私たちは未来に到達しようと努力する。つまり、人生を生きるということは、探求を実行することであり、その有用性を知っている欲望なのだ。行き詰まりや行き止まりに直面したとき、私は自分の選択の意味を理解するのに最適なように、適切に設計し直す。私の目的には、私の仲間だけでなく、私も含まれている。個人の行動なくして道徳は存在し得ないのだから。個人の外側にある道徳は、人間性と同じように抽象的なものであり、私の外側に存在する道徳は、私を悩ませるものではない。私にとって重要なのは、人生に対する私の解釈です」とカランは説明する。アマヤは彼の主張が明晰で、彼が大切にしているある信念に基づいた概念であると感じた。

「自分の選択をどう説明する？例えば、あなたは私を泊めることに決めた。私たちは互いに愛し合い、信頼し合っている。アマヤはそれを知りたがった。

「私の選択は解釈的なものであり、私がワンネスを体験している人々にとって良いと感じるものだ。あなたは見知らぬ人だったが、今では私の人生の一部だ。もちろん、すべての決断は利己的なものであり、そのような選択から得られる利益を個人が評価するものである。あなたの決断もまた、利己的な動機の結果である。利己的な動機は人間関係における生命線である。愛、信頼、共感は、自己利益につながる決断の産物である。愛としての愛、信頼としての信頼は存在しない。あなたは誰かや社会に共感しているかもしれないが、共感はあなたの未熟さや弱さを表している。それは苦痛であり、傷つき、人格に影響を与え、自尊心を破壊する。常に悲しみを感じ、人生において否定的な傾向を持つようになるのは、共感の産物である。最初は誰かを助けるつもりでいたのに、怒りや落ち込みから、次第にその人さえも憎むようになる。プロフェッショナルな関係は常に誰にとっても有益なものだからだ。家族への愛は自己愛の結果である。ここでいう愛とは尊敬を意味する。あなたを産むという私の選択は、何が私の家族と私のためになるかという自己の熟慮によるものでした」。

「カラン、よくわかったよ。あなたは自分を愛しているから、私を愛しているのよ」とアマヤは答えた。

「その通りだ。あなたの場合もきっとそうだろう。自分自身を愛していなければ、私を愛することも、他の誰かを愛することもできない。自己は私たちの存在の中心である。私は私のニーズについて物語を作り、私は存在する。私は人生のあらゆる瞬間に、他人のストーリーとニーズを評価し、再構築している。私の人生を全体的なものにしてくれる、切り離すことのできないもう一人の個人と私の存在を感じることができる。それこそが帰属意識の秘密であり、人生における究極の選択なのだ。それは、2 人の個人による最小グループの親密なメンバーシップである。アマヤ、最近、あなたは私の人生におけるそのような人だ。しかし、それは変えられる。カランの言葉は明確で一貫しているとアマヤは思った。

〃だから、カラン、あなたは価値観、アイデンティティ、未知の人間の責任を引き受けるかもしれない方向性を考えないのですか？〃とアマヤは尋ねた。

「いや、アマヤ、私はそのような責任を負いたくないんだ。私は自分の近くにいて、感じ、触れ、見、聞くことができる人を大切にする。彼らの苦悩と喜びは私自身のものであり、私は彼らから自分を切り離すことはできない。私の宇宙は、身近な人々と私に限られている。彼らに会うまで、私は彼らに親近感を持っていなかった。歴史上、カースト制度は 5000 年以上も存在し、一部の人間は檻に入れられた動物よりもひどい扱いを受けてきた。しかし、私はそれに同意も関係もしていないので、責任はない。より広い文脈で言えば、私は先祖の犯罪や国や宗教について答えることはできない。ムハマンドとその軍隊が夜襲でアラビアのオアシスに広がっていたユダヤ人社会を虐殺し、消滅させたことについて、現在のアラブ人に責任を問うことはできない。同様に、イスラム教徒に対する十字軍をフランシスコ法王のせいにすることはできない。それに、自分にとって正しいことをするのは犯罪ではない。

少なくとも、カランの意見はアマヤにとって不適切な部分もあったが、彼女は何も言わなかった。求愛から 3 ヵ月後、カランは初めて自分の個人的な信条について語った。将来への不安や心配が言葉にならず、恐怖に包まれていた。しかし、アマヤはカランを愛し、彼の純粋さを信じていた。真夜中頃ホテルに戻ると、カランはアマヤを抱きしめ、〃愛しているよ、アマヤ〃

と言った。そしてカランを見て、アマヤは微笑み、彼の頬にキスをした。

カランの存在はアマヤを高揚させたが、テレビのニュースキャスターに会った後の彼との話し合いは、人権や正義に対する彼の認識に何か問題があるのではないかとアマヤを不安にさせた。アマヤは内面化された価値観に対立する 2 つの信念に直面し、一貫性のない質問と相反する答えを形作った。その結果、カランのイデオロギーを受け入れるのに永遠の葛藤があったが、彼女は彼を人として愛していた。アマヤは、彼が正直で、寛大で、愛情深く、刺激的な人物であることを知っていたが、彼の価値観との不一致を感じ取っていた。アマヤは幼少期から、両親の影響で直感的な知性に長けていた。ローズは、音楽、ダンス、芸術、建築、衣服、食物、文化、祝祭、集団、群衆など、あらゆる次元、表現、色彩の人間性を愛した。彼女は他人の悲しみに共感した。

シャンカル・メノンは理性的に問題に対処した。外務員として、そして後に編集者として成功したのは、客観的で科学的な事実分析と前向きな姿勢によるものだった。彼は研究によって生み出された知識を尊重し、科学的な方法を応用して人間の行動を解釈した。心の支配を拒否し、自分の心と相談し、頭の鋭敏な判断を受け入れた。ローズとシャンカル・メノンは、自分たちの心が優れた知性を持っていると強く信じていた。それは繊細で抽象的だが、人間の願望やニーズ、一体感を認識できるものだった。心の知性は、人を他の動物とは異なるユニークな存在にし、共感、慈愛、社会奉仕、コミュニケーション、そしてすべての人のための正義を達成するためのより深いコミットメントを定義する。真理は心の中で進化し、仲間を助けたいという願望の中で芽生え、善良な行動を育む。彼らにとって心臓は、慈愛の音楽を聴くことによって道徳が発芽し、花開く子宮だった。ハートに目を向けなければ、個人は満たされず、本物ではなくなる。無情な人生は混沌としていて、目的もなく、愛もなく、無駄が多い。ローズはアマヤに、ファシスト、テロリスト、堕落した政治家、宗教原理主義者、利己的な人間には心がないとよく言っていた。シャンカル・メノンは、心と頭のバランスをとることが人生を成功させるために不可欠だと考えていた。「心の声と頭の声を同時に聞きなさい」と彼はアマヤに言った。心と頭のバランスが取れていないとき、争いが生じた。

アマヤは、心と頭が高い位置にある環境で育ち、ローズとシャンカル・メノンから受け継いだ価値観を内面化した。その上、ロレートでの教育は道徳的、倫理的価値観に基づいていた。ザビエル大学と法科大学院は、揺るぎないヒューマニズムを刻み込んだ。「信念、考え、期待、欲望、夢を削ぎ落とせば削ぎ落とすほど、衝突の可能性は高くなる」と、シャンカル・メノンは娘が卒業のためにジャーナリズムを学びたいと言ったときに言った。「良心的なジャーナリストであれば、人間社会、特に政治、金融、法律、宗教における堕落を容易に認識できる。職業に就くのは、心がそれを望み、頭がそれを支持する場合だけだ」と父親は忠告した。アマヤは勇気をもって世界に立ち向かう準備ができており、ローズとシャンカル・メノンは彼女の理想でありヒーローだった。

カランの言葉は、アマヤが持つ基準に挑戦するものだった。彼女は、彼が彼女の愛情を削いだり、対人関係の衝突を促したりするようなことは何もしていないことを知っていた。それどころか、彼の愛情は彼女の期待以上のもので、すでに完璧の域に達していた。しかし、社会的責任と人間性に関して相反する 2 つの信念が存在するため、彼らの価値観には違和感と混乱があった。アマヤは、自分の不安はむしろ抽象的なもので、カランとの日常生活とは何の関係もないことを知っていた。彼女の分析によれば、カランは人生を精一杯生きようとし、アマヤにもそうするよう促した。カランは、恵まれない人々を自分の人生の不可欠な一部として受け入れることで、居心地の良い場所から抜け出すための変化を起こしたくなかった。

それはアマヤの心の中に戦争を生み、彼女は自分の中の葛藤に気づいた。彼女は自分の心、直感的な声に耳を傾けたかった。しかし、心が彼女を支配し、感情的にさせることは望まなかった。アマヤは心の声に耳を傾け、心を捨てるよう頭に求めた。

彼女は、客観的な現実に基づいた合理的な決断とともに、心の最終層を受け入れることが不可欠だと考えていた。彼女は、気まぐれな心を捨て、エースとノーを天秤にかけ、優先順位を見極め、自分の決断を後押しし、影響を与えている間違った信念を特定することにした。彼女は自分の心の葛藤の原因である心のシグナルをしっかりと見極め、最終的にカランから受けた愛に応え、彼と幸せで満足のいく人生を送ることを決意した。人類全体からの切り離しに関する彼の意見は、彼女の人生に影響を与えるものではなく、むしろカランという個人を理解するのに役立つものだったのだ。

アマヤはカランと過ごすすべての瞬間を楽しんでいた。5 日間にわたるインタビューとデータ収集の後、彼らは夕方、アマヤが小学校を卒業したロレト学校を訪れることにした。車を駐車した後、二人は正面玄関まで歩き、そこからアマヤは 16 世紀に建てられたゴシック様式の建物を見た。その敷地内に入ることに特別な喜びを感じ、カランが彼女と一緒にいることに内なる喜びを感じていた。アマヤがロレートの学生であることを知って喜んでくれた。カランを彼女に紹介しながら、ふたりは挨拶を交わした。修道女はフランス人で、マドリードに来たばかりで、以前はフランス、スイス、オーストリアで働いていたと話した。アマヤが音楽室に行ってピアノを弾きたいと言い出したので、修道女が案内した。アマヤはクラシック音楽を学んだグランドにキスをした。アマヤはカランを一緒に遊ぼうと誘い、ふたりはしばらく遊んでいた。アマヤは素晴らしい、ノスタルジックな体験をし、修道女の優しさに感謝した。アマヤはカランに、自分が勉強した教室、図書室、実験室、運動場などを見せた。学食でコーヒーとビスコチョを飲みながら、彼女はカランといろいろな話をした。

アマヤはカランと街の迷宮を歩くのが好きだった。小さな庭のある交差点で、彼らはバイオリンを演奏するカップルを見た。

「とカランは言った。

「ええ、確かに、少女と少年の愛の歌のように聞こえます」と天谷は答えた。

″そうだよ、アマヤ、君はそれをよく感じ取っている。まさに騎士道精神に彩られたラブソングだ。村娘と恋に落ちる兵士の歌とか、市場で少女と出会う少年の歌とか。とカランは言った。

小さな観衆がピンと張り詰めた静寂の中で音楽に耳を傾けていた。ヴァイオリニストの娘は 10 歳から 12 歳くらいだろうか、白いクーポンを持って庭園の入り口に立っていた。アマヤは、最高 200 ペセタを支払う人々を見た。「いくら払ってもいい。お金を払わずに入るのは自由です」と少女は笑顔で言った。カランが彼女に 3000 ペセタを渡すと、少女は驚いた。

「セニョーラ、セニョール、グラシアス（マダム、サー、ありがとう）」と少女は言った。

「ディオス・ベンディガ（神のご加護を）」とカランは答えた。

「セニョール、早く子供を産んでください」。

「Una nina como tu（あなたのような女の子の子供）」とカランは答えた。

アマヤは笑顔でカランを見た。カランも微笑んだ。

カランは実にミステリアスだった。彼は皆を愛し、困っている人を助け、寛大だった。

二人はそこに立ち、1 時間音楽を聴いていた。素晴らしい演奏だった。アマヤは彼らが演奏する音楽に唖然とした。

「音楽は人、動物、鳥をつなぐ。それは自然の表現であり、究極的には宇宙のものなのです」とカランはホテルに戻る車の中でコメントした。

「音楽はあらゆるものを包み込み、永遠、無限へと広がっていく。

「音楽は人々の行動を形成し、知性を刺激し、心に活力を与え、人生を刷新する。

「感情を表現することで、音楽は私たちを健康にし、成長させ、気づきを与え、安定を与える。音楽の力は聴く者の心に直接入り込み、その内部構造をまろやかにし、喜びの構成へと導く。聴き手には徐々に変化が現れ、それは心の落ち着きとともに実質的なものとなる。音楽は聴き手がいなくても存在できるが、聴き手だけが音楽に意味と充実感を与えることができる。つまり、ヴァイオリニスト、彼女が生み出す音楽、そして聴き手の間には相互依存関係があるのです」とアマヤは分析する。

カランはアマヤを見て微笑んだ。「アマヤ、君の言葉は素敵だ。人間はあらゆるものに意味を与える。音楽の意味は個人によって違う。幼少期は、音楽への愛情を誘発するのに最適な時期であり、その表現が抵抗なく子供の心の奥深くに入り込むことができるため、意味を生み出すのに最も適した時期である。″カランの言葉はシンプルで本物だとアマヤは思った。

アマヤは文化が音楽に影響を与えることを知っており、セッティングを開発し、静寂をもたらし、広大さ、深さ、音楽の無限の美しさを作り出した。あらゆる芸術を包含するように、音楽の主要な感情的特徴は、反応は違っても、どの社会でも類似していた。それは、人間の感情とその意味に対する認識が多様だったからだ。ある文化では、感情的な環境はニュアンスに富み、音楽表現はより具体的だった。アマヤは、リズムのアーティキュレーション、プロミネンス、テンポといった音楽構造が、社会の中で人々の心や相互作用に影響を与えることを認識していた。「アマヤはカランを見て言った。

「本当だよ。音楽は人の不安、痛み、苦悩、心配、自殺傾向、その他多くのネガティブな感情を減少させることができる」とカランは答えた。

ホテルに着くと、カランはアマヤを抱きしめて言った。

「あなたは私を再形成し、私の愛を解きほぐしてくれる」彼の顔を見つめながら、アマヤは答えた。

テレビのニュースチャンネル、公文書館、図書館への取材や訪問はうまくいった。アマヤは最初の作業で十分な量のデータを収集し、カランは解釈のためにそれらを表形式に変換するコード化に興味を示した。カランが統計データを分析し、さまざまなテストを適用できることを知って、彼女は幸せを感じた。

最終日は闘牛の日だった。カランは、マタドールとアクションに近い、日陰の最前列のチケットを 2 枚購入していた。マドリード滞在の最終日は、マドリード近郊の歴史的に重要な場所を訪問した。朝一番のデボド神殿は、紀元前 2 世紀ごろにエジプトのアメン神を祀った神殿だ。アマヤは、エジプトが 1968 年にスペインに神殿を寄贈したことを知っていた。アマヤとカランはこの壮大な建造物を 2 時間ほど歩いた後、アトーチャ駅を見に行こうとした。突然、アマヤは不安と吐き気と疲労を感じた。「カラン」と彼女は呼んだ。すぐにカランは彼女を手に取り、駐車場に向かって歩き出した。車内では、吐こうとするアマヤの顔をタオルで拭いた。「アマヤ、妊娠したみたいだね」カランは産科医に向かって車を走らせながら言った。

20 分ほど検査と調査をした後、産科医が出てきてカランに笑顔でこう言った。

「先生、いい知らせをありがとう。私はそれを知りたかった。私たちにとって、この上ない喜びです」とカランは興奮気味に語った。

「どうぞお入りください。

「アマヤ、おめでとう。とても幸せです」と彼女の頬にキスをしながら、カランは言った。アマヤは微笑んだ。

「カラン、愛をありがとう」と彼女は答えた。

″私は世界一幸せな男だ″彼はまた彼女にキスをした。

「もう少し休ませたほうがいい。3 時間くらいここにいさせましょう」。

「もちろんです、先生」とカランは答えた。

カランは外で待っていた。アマヤが出てきたとき、彼女は微笑んでいた。「カラン、私は大丈夫。

「愛するアマヤよ。信じられないよ。赤ちゃんは私たちの言うことを聞いている。カランは彼女を抱きしめた。彼は興奮していた。

「しばらく休養が必要だ。家事全般は私がやります」運転しながらカラナは天谷を見た。

アマヤはまた微笑んだ。「うとうとしているね。ホテルに着いたら、ぐっすり眠れるよ」とカランは言った。

ホテルに着くなり、カランはアマヤを横にさせた。彼は彼女の寝顔を見ていた。1 時間後、アマヤが立ち上がると、カランは彼女をそっと抱きしめた。「愛してるよ、アマヤ。嬉しさを表現する言葉がありません」と付け加えた。

「私は幸せよ、カラン。

彼らは部屋で夕食をとった。「健康的な食事が必要よ。体重を増やして、早く回復して赤ちゃんに母乳をあげられるようになるのよ」彼女の目を見て、カランは言った。

「確かに、カラン」と彼女は微笑んだ。

彼らは闘牛のチケットをキャンセルし、バルセロナへのフライトを 1 日早めた。家に着くと、カランはアマヤを抱きしめ、自分の体に押し付けた。"愛している"彼女の耳には、彼の柔らかな連呼が聞こえていた。アマヤはカランの変化を観察した。前日まで、彼は彼女の親友であり、人生のパートナーであったが、瞬く間に母、姉、父、兄、夫、息子へと変貌を遂げた。カランは栄養価の高い料理を最高のレストランに注文することにこだわっていた。彼はアマヤに毎日の嗜好を相談し、3 食と健康的なスナック 2 品のリストを用意した。リストには新鮮な果物や野菜、水分も含まれていた。彼はアマヤに、食事とおやつにはカルシウム、鉄分、12 種類の主要なビタミンが含まれている必要があると言った。魚は主要な要素であり、赤ちゃんの成長を害するような食べ物は避けるよう主張した。そのような食品には、高水銀魚、加工魚、生卵、カフェイン、もやし、洗っていない野菜などが含まれる。カランはいつもアマヤと一緒に食事をし、栄養があり、味が良く、ビタミンが豊富であるように気を配っていた。彼はストレスのない生活を送るため、最初の１カ月はアマヤに仕事をさせなかった。

カランはアマヤに、自分の精子とアマヤの卵子との受精は卵管の膨大部で行われ、その結果、受精卵、つまりふたりの赤ちゃんが生まれたと話した。そして突然、″女の子だ ″と言った。

「どうして知ってるの？

「あなたのような娘を持ちたいという願望があるからです」とカランは答えた。

「ああ、カラン」とアマヤは叫んだ。

「愛してるよ、アマヤ」と繰り返した。

「アマヤはカランを見つめながら言った。

「娘は家族への贈り物です」とカランは言った。

「彼女は宝石になるでしょう」とアマヤは答えた。

カランは「彼女はあなたのように最高に美しくなる」と予言した。

「カラン、あなた」アマヤはそう言って笑った。

カランはアマヤのために調節可能な椅子を３脚、食堂用、居間用、書斎用にそれぞれ注文した。

最初の１カ月間、カランはアマヤに大学へ行くことを思いとどまらせた。２カ月目の全期間、彼はジャーナリズム・スクールにいる天谷に連絡を取り、一日中、来客のために共用のゲストルームで待ち、天谷との食事にも気を配った。３ヶ月目から、彼はアマヤに運転を勧めた。カランは彼女が温かいシャワーを浴びるのを手伝い、清潔なタオルで髪と体を乾かした。二人は夕方になると手をつないで浜辺を散歩し、彼はいつも彼女のそばにいた。散歩の後、カランはアマヤが裸でプールで一緒に泳ぐのを手伝い、赤ちゃんが水の美しさと機敏さを感じられるようにした。最初の３カ月間、カランはセックスを完全に禁じた。ひとたび愛し合うようになると、彼はアマヤと胎児を傷つけないように注意した。そして 26 週目からは完全に禁欲した。

カランはアマヤの検診と治療のために、最高の産科病棟を持つトップクラスの病院を選んだ。アマヤは 26 週目まで 4 週間に 1 度産科医を訪れた。第 26 週から第 32 週までは 3 週間に 1 回、第 32 週から第 36 週までは 2 週間に 1 回、そして出産までの 36 週間は毎週 1 回であった。産科医はアマヤとカランに、赤ちゃんの到着の準備について話した。彼女は、アマヤの妊娠を最後の生理の初日から数えることを可能にし、37 週目以降ならいつでも赤ちゃんが生まれることを期待するようにと頼んだ。医師はアマヤに、受精は最後の生理の初日から 2 週間後に起こり、受精卵が子宮に定着するまで 5〜7 日かかると告げた。第 9 週の超音波検査で子宮、膣、腹部のサイズを確認した後、医師はアマヤとカランに 8 月第 1 週の初めには出産できると告げた。

週末になると、アマヤとカランはカタルーニャの村々や、フランスとの国境にあるリンゴ園やブドウ園の奥深くまでドライブに出かけた。そんなある日、カランはアマヤにワインの試飲に行くことを告げ、二人はカジュアルな服装で、まるで内輪のイベントのように出かけた。カランはテイスティング・プランを持っていたが、アマヤは初心者だった。ワインの試飲会に参加したことはなかったが、アマヤは興奮を覚えた。

「カタルーニャとルーションが出会う場所には、何百ものブドウ畑があります」カランはアマヤに、ワイナリーに入りながら、双方のカタルーニャ人が優れたワインメーカーであることを語った。

「ここで何をするんだ？とアマヤは尋ねた。

「ワインの試飲をしましょう」とカランは答えた。

「本当に？赤ワインを飲んだら、赤ちゃんに影響はありますか？アマヤは不安を口にした。

「毎日飲む白ワインだけを味わう。最高級の赤ワインを少量飲む分には何の問題もありません」とカランは答えた。

「科学的知見はあるのか？とアマヤは質問した。

「検証された結果はまだないが、赤ワインが母体や胎児に悪影響を与えないことを証明した研究もある。イタリア、スペイン、フランス、カリフォルニアでは、何百万人もの女性が毎日ワインを飲んでいる。もちろん、ワインは父親にも害はない」。カランは笑った。

アマヤとカランは、少し離れたオープンホールで若い女性や男性たちがワインの試飲をしているのを見た。

「どうやってワインを味わうのか？アマヤが訊ねた。

「見て、嗅いで、味わって、判断する。

「これらすべてのカテゴリーの専門家である必要がある」とアマヤは声明を出した。

″誰もが予備知識のない初心者としてスタートする。長期にわたってワインをテイスティングすることで、知識、技術、態度を身につけることができる。まず、色、不透明度、粘度（ワインの厚み、粘着性、糊っぽさ、ネバネバ感）を調べる。ワインを瓶詰めする際、すべてのボトルに名前、畑、場所、ブドウ品種の詳細が記載されており、5 分以内に見つけることができる。でも、グラスでワインを味わうときは、詳細は語られません」とカランは説明する。

「ワインの香りを見分けるには？アマヤが訊ねた。

「香りは、使用されたブドウの種類を物語っています。一次、二次、三次とあり、豊かであったり、弱かったり、魅力的であったり、夢中にさせるものであったりと、さまざまな次元があります」とカランは付け加えた。

「それはいいね。あなたのワインの知識には敬服するわ」とカランを称え、アマヤは言った。

「味蕾はどんな味でも区別できる。酸味は、ブドウがやや酸性であるため、いくつかのパラメータによって決まる。舌でテクスチャーを判断することができます。味には長続きするものもあれば、儚いものもありますから」とカランは説明する。

「カラン、ワインの品質はどうやって決めるの？とアマヤは尋ねた。

″ワインを選ぶかどうかは、そのワインの多くの特徴によって決まる。まず、バランスが取れているのか、耐えられないのか、酸味が強すぎるのか、アルコールが強いのか、強壮剤なのか、水っぽいのかを判断しなければならない。テイスティングしたワインがユニークか、余談的か、一過性のものかを決めるのはあなただ。最も重要な決断は、その輝く特徴と自分が気に入るかどうかだ。女性を裁くようなものだ」。カランはアマヤを見て微笑んだ。「さあ、ワインの試飲をしましょう」カランはアマヤをワインの試飲会場に案内した。

彼らはさまざまなカテゴリーのワインを試飲し、評価ノートを決めた。カランはアマヤをワインメーカーに紹介し、ワインメーカーにメモを提出しながら試飲したワインについて話し合った。帰る前に、4 本入りの赤白ワインを 20 箱購入した。

裁判所から戻る途中、車をガレージに停めていたアマヤは、カタルーニャとフランスの国境にあるワイナリーで購入したボトルのことを思い出した。初日にカランが 5 箱しか食堂の地下室に移動できなかったため、彼らは 2 日間バルセロナのガレージに留まった。

その夜、アマヤは 2 人の新しい顧客を獲得した。エリザベスは 30 歳で家政学を専攻し、5 歳と 3 歳の 2 児の母である。夫のトーマス（35 歳）は小さな旅行代理店の社長で、聖地訪問の企画でいつも忙しかった。年 4 回、ヨーロッパでは 45～50 人のグループを対象に開催。彼はすべての訪問を手配し、グループとともに旅をした。約 7 年前、トーマスは宗教団体のカトリック司祭であるジェームスの資金援助を受けて旅行代理店を始めた。イタリア、ドイツ、ベルギーで神学と教会学を学んだジェームズは、大学時代の友人であるトーマスにインスピレーションを与え、旅行代理店のコンセプトを考案した。彼は聖地とヨーロッパにコネクションを持っていた。ジェームズは、トーマスの家に併設された旅行代理店のオフィスをよく訪れていた。最初の数年間は、トーマスとジェームスは何時間もかけて一緒に計画を立て、毎回綿密に訪問し、代理店は大成功を収めた。サービスがきらびやかだったため、2 年以内に何百人ものウェイティングリストができ、トーマスは幸せで裕福になった。

一方、ジェームズはエリザベスと不倫関係を始め、ふたりは毎日性的な親密さを楽しんでいた。トーマスが一行と聖地やヨーロッパに行くたびに、ジェームズはエリザベスと夜を共にし、彼女はジェームズが二人の子供の父親であると確信していた。その後、ジェームズはウィーンに移り、彼の宗教団体の国際事務所で総長とともに働いた。出発前、ジェームズはエリザベスと結婚する用意があると約束し、トーマスがもういないのであれば、彼女と子供たちをヨーロッパに連れて行くと約束した。エリザベスはヨーロッパでジェームズと一緒に暮らしたかったが、トーマスを排除したくはなかった。アマヤは辛抱強くエリザベスの話を聞いた。エリザベスのナレーションが終わると、アマヤはしばらくの間、深く考え込んでいた。そして低い声で、エリザベスに臨床心理士に早く会うように勧めた。

25 歳のファティマは恐ろしい表情をしていた。アマヤが座るように言うと、彼女は何かに怯えたように震え、ヒステリーを起こした。椅子の端に座り、ファトマは自分の物語を語った。ファティマは市営の学校で 5 年間、小学校の教師をしていた。16 歳のときにユスフ・ムハメッドと結婚した。結婚して半年も経たないうちに、ユスフはカタールに渡り、大きな冷凍装置で高給を得て働いた。彼は毎年一度家を訪れ、ファティマと 1 カ月を過ごしたが、9 年経っても子どもはできなかった。ユスフには両親と、結婚している 4 人の姉妹、そしてドバイとクウェートにいる 4 人の兄弟がいた。

ファティマは学校の教師で、州政府から給料をもらっていたため、ユスフはファティマをカタールに連れて行きたがらなかった。その上、末っ子のユスフは両親と仲が良く、ファティマが不在の間、年老いた両親、特に寝たきりの母親は 65 歳を過ぎていたため、一人になることを知っていた。ユスフがカタールに去った後、父親はファティマに性的虐待を加え、毎日レイプするようになった。それが彼女にとって耐え難いものになると、彼女は抵抗し、そのような時には、彼はファティマとユスフの名義で家を譲渡することを約束した。彼は息子に、ファティマが年上の男性に性的な迫害を加え、自分と寝るよう強要していると言うのだ。ファティマは苦悩の理由を夫に打ち明けようとはしなかった。彼にとって、両親はアッラーからの素晴らしい贈り物だった。ファティマはアマヤに、離婚を申請してひとりで暮らしたいと言った。しかし、彼女は義父とイスラム原理主義者に怯えていた。アマヤは後輩に、関連書類をすべて集め、離婚と適切な慰謝料に加えて、ファティマの警察による保護を求める申請書を裁判所に提出するよう指示した。

1 時間のヴィパッサナーの後、アマヤはポアーニマからの E メールに目を通した。それは彼女の父親がカリフォルニアの大学で博士号を取得した研究に関するものだった。アチャリヤ博士は、イギリスの大学院でアルツハイマーの治療法の研究を始め、博士課程でついに効果的な薬を開発した。彼は多くの国で、認知症の人を対象に、さまざまな状況でテストを行った。薬剤を白ワインに溶かした後、夕食時または夕食後に患者に投与する。検査結果はどこも陽性で、アチャリヤ製薬は上市寸前だった。「私の父は偉大な科学者で、彼が作った薬はアルツハイマーの効果的な治療薬でした。彼はきっと医学で最高の賞を受賞したことでしょう」とポアニマは書いている。

ある研究者グループが、薬物を悪用して一般人の脳を誘惑し、エクスタシー、多幸感、幻覚をもたらす可能性があることを発見した。つまり、医療従事者、政治指導者、宗教狂信者、あるいは精神病質者が、人間の脳を思い通りに形成する権威と権力を濫用する恐るべき可能性があったのだ。その結果は恐ろしく、壊滅的なものになるだろう、と彼らは結論づけた。その結果、この薬は発売中止となり、製造工程が禁止され、内容物の公表も禁止された。

「率直に言って、父はその誤用に責任を負っていない」とポアニマは締めくくった。

アマヤは、「あなたは真実を知らない、ポアニマ」と思った。彼女はメールを読んだ後、反省していた。バルセロナの食堂のセラーに整然と並べられた、カランがルーションとの国境にあるカタルーニャ北部のワイナリーから購入した白ワインのボトルのことを、彼女はもう一度思い出した。

娘を妊娠

妊娠はカランの愛の美しい関与であり、アマヤの子宮の中でカランが変容する経験であった。アマヤは、カランとの最初の出会い、彼女の中に赤ん坊が宿ったこと、そしてその成長過程を反芻した。アマヤは繰り返し、カランとの一体感、切っても切れない絆、そして起きている間中カランと自分をつないでいる希望の糸について考えた。彼女の内と周囲にある彼の存在の静けさに唖然とした。カランは彼女の意識を磨き、知覚を集中させ、エネルギーを活性化させ、彼への信頼を高めることで希望を輝かせた。どこを動き回っても、何を見ても、新しい色が彼女を熱狂させ、人生のビジョンが彼女の中で膨らんでいった。涼しい風のように、アンダルシアの香りのように、独特の香りを放つ夜咲きのジャスミンのように。アマヤはカランの世界に閉じこもり、彼の魔法のような存在に神秘を感じていた。

アマヤは最初の数カ月間、頻繁に吐き気をもよおしたが、カランが彼女を気遣ってくれた。初めて赤ちゃんの心音を聞いたとき、アマヤはお腹に隠れていたカランの心音だと思った。慢性的な背中の痛み、気分の変化、ジェットコースターに乗っているかのような気持ちの浮き沈みが絶えなかったにもかかわらず、カランは彼女の頬、首、手のひら、腹部にキスをし、ぬるま湯に浸したコットンでマッサージをしてくれた。彼は長時間ピアノを弾き、アマヤが彼のそばに座って一緒に弾くのを手伝った。一人ではない彼女は、カランの無条件の愛と彼の絶え間ない存在に自信を持った。彼女が原因不明で感情的に動揺していたり、身体的に適合できないときはいつも、彼女の横に座り、手を握り、足をマッサージし、膨らんだお腹に耳を当てて赤ちゃんの動きに耳を傾けて慰めた。アマヤはカランが近くにいることを楽しみ、彼の優しいタッチを待ち望んだ。

カランはアマヤに、自分の中で育っている娘はキラキラした目をしたアマヤに似ていると言った。カランは彼女の妊娠、交際、彼との親密さを誇りに思っていたため、彼女は赤ん坊がカランにとって貴重な存在になることを知っていた。彼女は、ふたりとも経済的に健全で、子どもに幸せな未来を与えてくれると確信していた。カランはアマヤに、疑い、心配、悲しみ、苦悩、不快といった迷いの感情を抱えながらも、喜びを感じ、健康でいるよう励ました。彼は彼女に、楽しい経験を思い浮かべ、胎児の笑顔や手足を動かす顔を想像するよう促した。カランはアマヤに事前に陣痛に備える方法を説明し、アマヤはカランを妊娠中のアマヤだと思っていた。その香りは美しい愛の記憶を呼び起こし、唯一無二の一体感と信頼感をもたらす。カランは最初の 1 カ月間、アマヤがヨガの蓮華座に座り、瞑想するのを手伝った。彼は彼女にも同席し、彼女はカランとの電撃的な親密さを体験し、ストレスを解消し、不安をコントロールし、自己認識を高めた。プラナヤマをしているとき、アマヤは宇宙には 3 人しかいないと感じた：カラン、赤ん坊、そして自分自身だ。彼女はまた、カランから優しさが果てしない流れのように流れ、宇宙の隅々まで広がっていくのを感じた。

アマヤは銀行から、″名前を明かしたくない友人″から彼女の口座に 20 万ドルが振り込まれたことを知って驚いた。「なぜそんな大金を私の口座に振り込むのですか？どうすればいいんだ？アマヤはカランに尋ねた。

「必要でしょう」とカランは笑顔で言った。

「あなたはいつも私のそばにいてくれる。

「お金は力を与えてくれる。私たちが予測できない状況でも、それはあなたの安全を守ってくれます」とカランは言った。

「だから、入院費に使える」とアマヤは主張した。

「そのための資金は十分にある」とカランは答えた。

アマヤはカランを見て微笑んだ。しかし、彼女の心には未知の苦悩があった。

アマヤは家庭料理を好み、カランは朝食、昼食、夕食を作った。彼女は彼が料理をするのを見るのが好きで、一緒になってみずみずしい野菜を切っていた。最初はブルズアイを選んでいたカランだが、オムレツを作るのが大好きだった。彼女は卵に塩、胡椒、クローブ、カルダモン、青唐辛子、トウガラシ、コリアンダーの葉を 1 枚ずつ加えて泡立てた。焦げ付かないスキレットにオリーブオイルを引き、溶き卵を流し込む。カランとアマヤはフライパンから食べて、二人とも美味しく食べた。カランは、パンとチーズを包んだオムレツの小片をアマヤの口に入れるのを忘れなかった。昼食には魚のフライ、ラムチョップ、玄米とジューシーな野菜があった。

ダージリン・ティーは夕方、サモサやカチョリとともに東側のバルコニーで飲まれた。ビーチを散歩した後は、プールで 1 時間泳いでリフレッシュし、好きなときにピアノを弾いた。夕食時にソフトミュージックを聴くのは、赤ちゃんが好きそうだからというのが理由だった。夕食後、彼らは 30 分ほどニュースを見ていた。アマヤはよく眠った。時々、彼は彼女の額や手や足をマッサージし、膝の上に彼女の頭を乗せながら低い声でヒンディのラブソングを歌った。彼らは毎朝、アマヤが起きるとすぐに、カランが用意した湯気の立つベッドコーヒーを飲み続けた。

26 週目から 30 週目まで、カランはアマヤと一緒に毎日大学に行き、ジャーナリズム学部の共同ゲストルームで一日中過ごした。彼はアマヤがデータを表形式に体系化し、統計的検定で分析し、論文全体をコンピューター化するのを手伝った。アマヤは作品を完成させる前に、研究監督と入念な打ち合わせを行った。30 週目以降、アマヤは自宅で過ごし、毎週カランと一緒に産婦人科を訪れた。カランはそれぞれの医師の言葉を記録し、病院の薬局で処方された薬を集めた。アマヤの妊娠初期から、カランは細心の注意を払ってすべての指示に従い、アマヤに薬を投与した。アマヤは、どの薬をいつ飲まなければならないか、悩むことはなかった。カランはすべてを知っており、まるで患者の世話をする注意深く献身的な看護婦のように管理してくれた。

一方、アマヤは研究を完成させ、指導教官の承認を得て大学に論文を提出した。カランの名前が謝辞と監督の名前にフラッシュバックした。アマヤは子供の頃から、自分の仕事を時間通りにきちんと仕上げることに細心の注意を払ってきた。時間内に仕事を終えることで、アマヤは高等法院の優秀な弁護士の一人として輝くことができた。裁判官たちは彼女を誠実な弁護士とみなし、法廷を誤導するようなことは決してしなかったし、弁論で法律を超えたことを言ったことも一度もなかった。

夕方事務所に着くと、アマヤはすべてのクライアントに会い、後輩たちに新しいクライアントのケースファイルを準備し、翌日の審問のリストを作り、最終審問にリストアップされたケースのフォローアップをするよう指示した。寝る前にメールをチェックしていると、ポアーニマからのメールを見つけた。

「こんにちは、マダム。″今日は、私の両親についてもっとお話ししたいと思います。言葉では説明できないほど、母は父を愛し、信頼し、親密であった。彼女は女の子の子供を産みたいと言い、父はその願いが現実になるようにと彼女を安心させた。母は私の顔を見て、自分の目を疑い、何日も泣き笑いした。私の誕生から１年後、ヨーロッパからインドに戻った母は、家族や親戚、友人たちと何日もかけて私の誕生を祝った。私の誕生日は毎年、アチャリヤ製薬会社にとって重要なイベントであり、母は会社の全スタッフに臨時増員を発表することを忘れなかった。

″夫と同じ性別のレプリカを持つ喜びは、母の心には計り知れないものがあった。私はよく、彼女が自分の夫に似た女の子の子供を好んでいたことを思い出した。それは、父親が自分に似ているのを見て、赤ちゃんは自分のものだと自信を持ち、より多くの時間を子供と過ごし、世話をし、愛情を注ぐからかもしれないと思った。しかし、母が間接的に夫に赤ちゃんが自分に似ていると保証する必要はなかった。父が妻の貞操を疑っているなんて想像すらできない。でも、なぜ母は夫に似た女の子の子供を産みたがったのでしょう？ほとんどの場合、母親は自分が産んだ赤ん坊の世話をするものだ。それは進化論的な欲求でもあるが、男は自分が子供の生物学的な父親かどうかわからない。つまり、父親に似ている子どもは、自分が実の父親であることを父親に納得させることができるので有利なのである。父親には、子供が自分の子供であることを保証するという重大な利益がある。赤ん坊が生まれるとすぐに、父親は赤ん坊を見て、身体的な類似点を探す。母親は父親を説得しなければならない。しかし、なぜ母は夫に似た男の子を好まなかったのだろう？私はまだ納得のいく答えを探している。”

アマヤは少し読むのを止めた。*ポアーニマ、それは君の母親が実の母親ではなかったからだ。*彼女は夫の子供を産みたかったのだ。しかし、あなたへの自然な親近感と無条件の愛を持つために、彼女は自分の性別の子供を求めた。再び、彼女は読み始めた：「母は私の姉であり、友人であり、同時に師でもあった。私たちの関係は愛と信頼によって発展してきた。彼女は私に自立する方法とリスクを冒す方法を教えてくれた。私たちは互いを愛し、互いの感情を理解し、拒絶されることへの恐れはなかった。子供の頃、彼女は私の応援団長だった。

「父は私の人生において、他の誰も補うことのできない感動的な役割を果たしてくれた。彼は、私のビジョン、理想、認識を形成する手助けをしてくれ、私の感情的、認識的、知的、精神的な成長の柱として、いつも一緒にいてくれた。私の人生のルールを決める手助けをすることで、彼は日常生活の中でそのルールを実行に移した。彼が与えてくれた精神的、肉体的な安心感は、私の全体的な成長と使命に関与してくれたという意味で、驚くべきものだった。愛情深く、協力的な彼は、私を望ましい専門教育と資格の取得へと導いてくれた。私も両親と同じように神経内科の外科医になった。彼の存在は、特に家族、親戚、教師、友人など、人との関係を区別するのに役立った。彼のおかげで、私は人間関係の機微と意味を、多様な次元、状況、層で感じ取ることができるようになった」。

もう一度、アマヤは読むのを止めた。そう、彼はさまざまな仮面をかぶり、自分の利益のために激しい感情を表現した。何が現実で何が幻想なのか、区別がつかなかった。

朗読はこう続いた：「思春期から青年期にかけて、私は精神的な支えと安心を父に頼っていた。彼は私に、良い関係とは何か、そして私が大人になってからどのような関係を築くかを熱心に教えてくれた。愛情深く優しい父は、私にとって理想の親であり、将来の人生の伴侶にもそのような資質を求めた。私の心理的適応に彼が果たした役割は計り知れない。それは幼児の頃から始まり、子供時代、思春期、青年期、そして大人の女性になっても続いた。彼が私の人生に与えた影響の大きさを実感した。父は私の模範であり、私の安心、愛、信頼の基盤であり、あらゆる状況における私の試金石である。私の自信、自尊心、達成意欲は、家族内のさまざまな出来事を通して進化し、父の性格を反映するようになった。彼は私の教育に並々ならぬ関心を寄せてくれたので、父親が娘に無関心な他の娘たちよりも成績が良かった。父は偏見を持たず、他人のことを悪く言うことはなかった。彼は、部外者と健全な関係を築くことに慎重かつ成熟するよう私を励まし、さまざまな人生哲学や交流の様相を知る機会を与えてくれた〞

アマヤはちょっと読むのを止めた。「人生の伴侶を選ぶ際には、決して自分を欺くことのないよう慎重にならなければならない。ポアニマ、幸運を祈るわ」アマヤがつぶやいた。突然、彼女はカランが赤ちゃんを迎えるために準備したことを思い出した。

妊娠 36 週目のカランは、寝室、キッチン、ダイニングホール、トイレ、書斎、バルコニーと、アマヤの後をつけまわした。彼はワインボトルを保管しているセラーや車、ガレージを含め、家全体を掃除し、殺菌した。カランはアマヤのために柔らかい服や毛織物、ベビーベッドと呼ばれる幼児用ベッドなど必要なものをすべて購入し、アマヤと赤ん坊の服を別の袋に詰めた。カランは毎日、アマヤの妊娠中から専門的な医療を提供してきた産科医と話をしていた。彼はアマヤの状態のわずかな変化も報告し、医師の提案について詳細な報告書を残していた。カランは包装紙も含めて不要な医薬品を燃やし、空になったワインボトルはすべて洗剤でよく洗って購入先のワイナリーに返却した。アマヤがカランに、なぜワインボトルを洗っているのかと尋ねると、カランは自分の礼儀作法であり、シャトーも感謝していると答えた。アマヤは、カランが家を掃除し、モップをかけ、すべてを整頓していたことを思い出した。

突然雨が降り出し、空には雷が鳴り響いた。アマヤはヴィパッサナーをする前に、オフィスに隣接する自宅の正面玄関に鍵をかけ、窓を閉めたかどうか、もう一度確認した。

翌日もアマヤは忙しかった。さまざまな裁判所で審問があったからだ。夕方、彼女がオフィスに戻ると、乳幼児を 2 人連れた若い女性が待合室にいた。ワヤナドに住むライザ・トーマスは、コンピューターサイエンスの修士号を取得し、ベンガルールの国際企業で 4 年間働き、高額の給料をもらっていた。ライザは 4 年目にカサルゴッド出身のアブドゥル・アジズという青年に出会った。彼はライザに、自分はドバイにある会社の高官で、取引のためにベンガルールに来ており、1 年間滞在する予定だと言った。その後、二人は頻繁に会い、恋に落ち、結婚を決めた。ライザは、正統派クリスチャンの両親がイスラム教徒との結婚に反対していることを知っていた。アブドゥルには市内に数人の友人がおり、彼らはイスラム法に基づく婚礼を手配した。

結婚後、アブルはライザに、パスポートとビザをなくしてしまったので、グジャラート海岸から船でイエメンとドバイに向かうと告げた。驚いたことに、ライザはアブドゥルがグジャラート州の政府職員に簡単に賄賂を贈れることを知り、彼の友人が船を手配した。しかし、数時間後、彼らはパキスタンの船に乗り込み、インド出身の工学部出身者を中心とした多くの教育を受けた男女が、アフガニスタンやイエメンに戦争をしに行くことになった。日以内に、彼らはイエメンの老朽化した港に到着した。イエメンに着くや否や、アブドゥルは姿を消した。ライザは彼と二度と会うことはなく、テロ活動に従事する 200 人以上の人たちと一緒にキャンプに滞在した。収容所での生活は地獄のようだった。ライザは少なくとも半ダースの男を頻繁に性的に満足させなければならなかった。

彼女の主な仕事はコンピュータの操作で、イランからのメッセージを解読し、サウジアラビアと戦っている人たちに伝えることだった。ほとんど毎日、12 時間から 15 時間働いた。ライザは外出の自由がなかったため、屋外で何が起こっているのか知らなかったが、戦闘機の轟音を頻繁に耳にした。彼女の子供たちは医療の助けなしにそこで生まれた。男児であれば斬首を免れたが、女児には運がなかった。収容所の管理者たちは、彼女たちが生まれたその日に首を切った。ライザは子供たちの父親が誰なのか知らなかった。

4 年目、ライザはマンガロール出身のアブという男に出会った。アブがライザに約束したのは、半年以内に彼女と子供たちをキャンプから脱出させることだった。ある夜、基地の近くで散発的な爆撃があり、多くの負傷者や死者が出た。アブが子供たちを抱きかかえ、海に向かって走り出した。日目にマラバールのベイポアに上陸した。ライザはコジコデの家族の家に 1 ヵ月間滞在し、彼らの助けを借りてアマヤに会うために高知に向かった。

アマヤは、ライザが有効な渡航書類を持たずにイエメンに渡航したこと、そしてビザのない 2 人の子供を連れて帰国したことを、すぐに警察に知らせるべきだと述べた。アマヤは、ライザと子供たちが安全な住居を見つけるのを手伝い、さらに適切な仕事についても尋ねるつもりだと、彼女を安心させた。

また、パラッカド地区のある部族のコミュニティーに住むディーパさんは、母親と一緒にやってきた。聡明なディーパは高校を卒業し、専門課程の入学試験に備えた。両親は森林局で警備員として働いており、ディーパは 3 人兄弟の長女だった。8 カ月ほど前、デリーの大学で人類学を専攻する博士課程の学生、クリシュナン・ナンブーディリが部族調査のために半年間彼らの村に滞在した。彼はディーパの両親に下宿と寄宿を要求し、ディーパの専門学校受験と 2 人の兄妹の勉強を指導し、さらに彼の費用を支払うと約束した。彼らは喜んでクリシュナンを家に泊め、ディーパの母親が作った料理を一緒に食べた。

ディーパは夏休みだったため、クリシャンは彼女に同行してさまざまな家を訪問し、日当 400 ルピーでインタビューやアンケートの記入、スケジュールの観察などをしてデータを集めるよう依頼した。ディーパは、科学的ツールと人類学的データ分析手法を使って、自分たちの民族についてより深く学ぶことができたので、この仕事を大いに楽しんだ。その上、ディーパはクリシャンの人柄、研究の才覚、人道的配慮に魅了され、次第に彼との関係は親密なものになっていった。半年間彼女の家に滞在し、データ収集を終えた後、クリシュナンはデリーに戻り、ディーパに毎日電話をかけ、博士号を取得したら結婚すると約束した。しかし、ディーパにクリシュナンからの電話やメッセージはなかった。アマヤと会う約 1 カ月前、ディーパは妊娠していることに気づき、ディーパが 18 歳未満の未成年であったため、両親は深い精神的苦痛を感じていた。彼女は入学試験を受け、専門課程に進まなければならなかった。ディーパの母親は、ディーパが胎児を中絶できるかどうかを知りたがっていた。

妊娠中絶医療法によれば、アマヤはディーパの母親に、中絶にはディーパの同意があれば十分だと言った。彼女は未成年であったため、後見人の承認も有効であり、いずれの場合も、レイプによる妊娠の場合は 20 週まで中絶が可能であった。ディーパは未成年で未婚であったため、レイプの生存者、独身女性、その他の弱い立場の女性に対して、安全な中絶のための妊娠期間を 24 週まで延長する規定があった。

ディーパはアマヤに、クリシュナン・ナンブーディリとの性的親密さは合意の上であり、強姦罪には当たらないと言った。アマヤはディーパとその母親に、未成年であるディーパには同意を与える能力がないため、ディーパの同意は関係ないと説明した。つまり、ディーパとのセックスは、彼女の同意の有無にかかわらず、クリシュナン・ナンブーディリによる法定強姦だったのだ。性犯罪から子どもを守る法律は、いかなる性行為に関与した未成年者にも正義を与えるものであり、クリシュナ・ナンブーディリは同法に違反した罪で有罪になった。アマヤはさらに、この法律では、両親または保護者が特別少年警察隊または地元警察に犯罪を報告することが義務付けられていることを伝えた。これを怠ると犯罪となる。アマヤはディーパの母親に、この違反行為を警察に通報するよう促した。

それを聞いたディーパは泣き出し、クリシュナン・ナンブーディリをまだ愛しており、警察に通報するのは反対だと言った。アマヤは、クリシュナン・ナンブーディリはディーパが未成年であることを知っていたと話した。また、彼は偽りの結婚の約束をした。彼の性的親密さは、被害者の長い苦しみの人生を混同させた。それゆえ、刑罰は法的なものであるだけでなく、社会的、心理的に必要なものであった。刑罰は復讐でも抑止力でもなく、道徳的な要請であり、彼はそれに値するものだった。

アマヤの予想通り、ポアーニマからメールが来ていた。彼女は、アマヤがデリーを訪れるのにあと 3 日しかない水曜日であることを思い出し、空港でアマヤに会うのを心待ちにした。ポアニマは、父親が昏睡状態でもアマヤを認識し、彼女の存在が回復につながると確信していた。前日、彼女は彼のファイルに、アマヤは優れたピアノ奏者であり、彼女の指はキーボードの上で優雅に、魔法のように動き、まろやかな音楽を奏でる、という走り書きを見つけた。天谷の好きな作曲家はモーツァルト、ベートーヴェン、ショパンだという。プアーニマの父親は、自宅の特別に用意された部屋にいて、彼女を含む製薬会社の医師たちが四六時中付き添っていた。彼女は、アマヤがしばらくピアノを弾いてくれることを願って、2 人と相談して部屋にピアノを置いた。医師たちが信じていたように、音楽は間違いなく父親の回復を助けるだろう。アマヤは、彼女とカランが南側のバルコニーに座って何時間もピアノを弾いていたことを思い出した。アマヤはよくカランの右側に座って一緒に遊んでいた。彼はしばしば演奏を中断してアマヤの音楽に耳を傾けた。ピアノを弾きながらアマヤにキスをし、抱きしめたことを忘れることはなかったが、カランはその卓越した音楽で愛と愛情を表現した。カランに騙されていることを知りながらも、アマヤはカランを恨んでいなかった。アマヤは、ヴィパッサナー・トレーニングを受けた後、彼に強迫観念があったのではないかと考え、彼を免責したが、娘に会いたいという思いは消えなかった。アマヤはカランと一緒にいても興奮しなかった。プアーニマはさらに、何人かのピアニストに短時間演奏してもらったが、父親の容態に変化はなかったと語った。

ポアーニマはまた、アマヤがカランと何カ月も一緒にいたというメモを見つけたとメールに書き、ポアーニマをかなり苦しめた。母親は妊娠中、夫の無条件の愛と献身を必要としていた。母親は父親を絶対的に信頼していた。ポアルニマは、この世で二人ほど愛し合える人はいないと知っていたし、父親は妻のためなら何でもする用意があった。ポアーニマは、特に母親の妊娠中という重要な時期に別居したことを反省したと説明した。ポアーニマは、父親がなぜアマヤを自宅に招き、一緒にいるのか理解できなかった。そのような一体感がしばしば性的な親密さにつながるのだが、彼女の父親はなぜ他の女性と不倫関係に発展したのだろうか？セックスは生物学的な欲求であり、愛は感情的なものだった。しかし、他者に対する明確なコミットメントがあるからこそ、意識的な信念と行動によって信頼が高まった。既婚者である彼女の父親は、母親から託された信頼を、許されざる形で不当に侵害した。

突然、アマヤは読むのをやめた。妻に対する背信行為であり、弁解の余地はない。しかし、彼の妻もまたそのような行為をする当事者であり、第三者に対する犯罪を成立させ、部外者は何年にもわたり、正義を否定することで彼女の人権を貶め、数え切れないほどの苦しみを味わった。ポアニマがバルセロナで父の家に滞在していた女性を責めるのは簡単だったが、その女性は疑いなく父を信頼していた。ポアーニマは知的で、好奇心旺盛、分析的で、真実を突き止めたいという抑えがたい欲求を持っていた。

ポアーニマは、父と母の間に確執があったことをまったく思い出せないと書いている。彼女は、ヨーロッパでの生活が黄金時代だったと話していた。エヴァ医師は何度も夫を褒め称え、子供を持つための彼の粘り強い努力を称賛した。ポアーニマは、バルセロナでの夫の行動を 1 年間完全に知っていたことを示すかもしれない、と声明を出した。

とはいえ、エヴァ医師が彼に他の女性と関係を持つことを勧めることは決してない。プアーニマは、マルセイユには妊娠中の母親の面倒を見てくれる資格を持った医師や看護師がいると確信していた。彼らの製薬会社は、当局が禁止しているにもかかわらず、すでにアルツハイマー病の治療薬を開発していた。神経疾患の他の治療法も開発されようとしていた。会社の名声と名声は高まる一方で、父親が亡くなった後、彼女の父親が会社を引き継ぐと、会社は飛躍的に成長し、名声を獲得し、富を蓄えた。

カランは、アマヤに物理的な害を与えなかったにもかかわらず、完全な信頼と賞賛の架空の世界を創り出すために、薬を使って実験した。彼女が彼に遺した愛は疑いようのないものだった。彼女は彼の誠実さ、正直さ、寛大さを疑わなかった。数カ月後、彼女は彼が自分の口座に振り込んだお金、家と車が娘の値段であることに気づいた。同時に、彼は赤ん坊の母親の心を修復不可能なほどへこませ、信じられないような弁償をした。こうして、彼が譲渡した富は役に立たず、価値がなく、卑しいものとなった。

父親は収入の 25 パーセントを慈善事業に寄付し、主に子供と女性の福祉のために使っていた。娘の誕生後、エバ博士は人生哲学を書き直し、飢餓、貧困、非識字、不健康を撲滅するために多額の寄付をすることで、自分が変わったと語った。

人間は進化の過程で変化することができる。深い眠りにつく前に、アマヤはこう分析した。

翌日、アンナンマの最終審問があり、子供たちが申請した。アンナンマは、ローマ教皇のもとでシロ・マラバル教会に属する上流中産階級の家庭の出身だった。夫のマタイはエルナクラム県の農村部に 12 エーカーの肥沃な農地を所有する農夫で、ココヤシ、アレカナッツ、ゴム、カシューナッツの木を栽培していた。土地からの収入は、家族の一次的、二次的な必要を満たすのに十分だった。マタイとアンナンマ、そして彼らの子供たちは幸せで豊かな生活を送った。彼らは、教区の教区司祭や司教が経済的支援を要請するたびに、教会に現金と善意を寄付した。彼らは比較的裕福だったため、多くの修道女や神父が彼らの家を訪れ、教会が主催する宗教プログラムや活動に参加するよう求めた。彼らはイエスの受難と死について繰り返し語った。イエスは神の子であったにもかかわらず、謙遜になり、人類のために、人類の罪のために苦しみ、十字架で死なれた、と修道女と司祭はマタイとアンナンマに語った。「教会の指示通り、イエスの足跡をたどって天国で富を築きなさい」と彼らは言うだろう。修道女や司祭たちは、毎月自宅で祈りの集いを開き、近隣住民を招き、ロザリオで祈り、毎晩ロザリオを唱えるよう求めることで、聖母マリアの帰依を促した。アンナンマとマタイの家族は深い祈りの雰囲気に包まれ、子供たちは勉強そっちのけで祈りに集中した。「あなたは罪を犯すたびにイエスを十字架につけている。だから私たちは主の花嫁なのです」修道女たちはアンナンマとマタイに言った。彼らは罪を憎み、イエスを傷つけたくなかったし、地獄に行きたくなかったからだ。

神父たちがペンテコステの祈りのために彼らの家を訪れた。数日後、彼らはアンナンマとマタイに、何千人もの帰依者が集まって祈ることのできるディヤナ・ケンドラム（祈祷所）で 10 日間行われるディヤナム（ペンテコステ派の大規模な祈祷会）への参加を勧めた。ディヤーナ・ケンドラムのモットーは、″永遠の天罰から自分を救い、イエスのもとに戻って魂を救う″ことだった。長女に兄弟の面倒を見るよう頼んだ後、アンナンマとマタイは 10 日間ディヤーナムに通った。何千人もの信者たちとともに生活し、祈るというのは、夫妻にとって新しい経験だった。大声で歌い、踊り狂い、幻覚状態で祈りを唱え、未知の言葉でしゃべりながら、彼らはイエスとマリアを賛美した。聖霊の霊感によって、彼らはペンテコステの祈りが彼らの展望を変えたと信じていた。

ディヤーナムは 7 時頃から始まり、夜の 8 時まで続いた。神父たちは宿泊と寄宿を有料で手配した。食事は粗末で、寮の設備も標準以下だったが、イエスと聖母に会うために天国に行くための祈りの準備として、誰も文句を言わなかった。主席司祭が会衆の中から選ばれた数人の頭に触れると、会場は大ヒステリーに包まれた。祈り、ルビ、線香、魔法、そして超自然的な出来事を示す手持ちの鐘の音が渦巻く熱狂的な雰囲気の中、司祭は「ハレルヤ、ハレルヤ」と叫び、聖なる霊が鳩の姿で自分たちの上に降りてくるよう繰り返し求めた。地面に倒れ、転がり続け、異言で話し、女性も男性も、まるで人が取り憑かれたかのように振る舞った。祭司たちがイエスの体と血であるはずのパンを裂き、ぶどう酒を飲んだとき、多くの人々が祭壇で復活したイエスを目撃した。

ディヤーナ・ケンドラムで最も重要な出来事は、司祭が主に女性から悪魔を追い出し、杖で殴り、シリア語、ラテン語、曖昧な言語で祈りを唱える悪魔祓いであった。病人の癒しは主席司祭が行った。

アンナンマとマタイは、まるで天国のイエスとマリアと一緒にいるような気分になり、帰宅後も祈りの雰囲気に包まれた。アンナンマはマタイに同行し、ケーララ州のさまざまな場所で10 日間に及ぶペンテコステの祈祷会に 4 回参加した。子供たちは学校に行かなくなり、牛や家禽は飢えと病気で苦しむようになった。最も深刻だったのは、農地の不始末だった。飢えと不健康がのぞき、子供たちは放浪者になり、家族喧嘩が頻発し、マタイは暴力的になり、アルコール中毒と麻薬中毒になった。アンナンマはマタイに祈祷会への出席を止め、精神科医に相談するよう求めた。しかし、アルコール依存症を克服するためにディヤナムに頻繁に通うようになり、さまざまな祈りのセンターに足を運んだ。マタイは、信者が大勢集まること、大声で祈ること、異言で話すこと、悪魔を追い出すこと、薬なしで病気を治すこと、処女マリアに奇跡を起こすよう懇願すること、幻覚のような踊りが好きだった。マタイは、古代の食人族のように、迷信と、パンとぶどう酒をイエスの体と血に変容させる魔法の、作り物の世界にとどまった。司祭たちは、マリアとイエスのもとにとどまり、貞潔な生活を送るよう勧めた。アルコール依存症が治るようにと、彼の頭に手を置いて一緒に祈った。一方、長女はコインバトールから村を訪ねてきた既製合成繊維の服を売る人物と駆け落ちした。

アンナンマはもう十分だと考え、アマヤに会い、この問題について徹底的に話し合った後、マタイにこれ以上土地を売ることを制限し、祈祷会への出席を止めるよう申請した。さらにアンナンマは、瞑想センターの司祭と地元の司教に対し、家族の平和と経済的安定を壊したとして、1 兆ルピーの賠償金を支払うよう命じるよう裁判所に求めた。最終審問で、アマヤはこの件を詳しく説明し、マタイが残りの 3 エーカーの土地と家を売ることを制限するよう裁判所を説得した。裁判所はマタイに、家にいて畑仕事をし、子供たちの世話をし、適切な食事、教育、安全保障を与えることが彼の責任であると告げた。裁判所はマタイに土地と家を売らないよう指示した。

さらに裁判所は、神父と司教に対し、アンナンマに 1 ルピーを賠償するよう命じた。教会は意図的に、悪意を持って、平和、調和、経済的な幸福を破壊した。人々を宗教的奴隷に改宗させることは厳しい犯罪であり、禁固刑を求刑するものであった。

夕方オフィスに着くと、アマヤは新しいクライアントに会った。彼女の名前はカルヤニ・ナンビアール。引退した政府職員で、海洋学の主任科学官として働いていた。カリヤーニはボストン大学で海洋生態学の博士号を取得し、34 年以上政府で働いていた。彼女の夫はカルギル戦争で戦死した兵士で、一人っ子の 40 歳くらいの娘は知的障害を持っていた。カリヤーニのキャリアの最後の頃、彼女は 3 年間の長期休暇を取らなければならなかった。カリヤーニが職を辞したとき、政府はカリヤーニが職を放棄したと言って年金の支払いを拒否した。カリヤーニは他に収入がなかった。彼女は娘の面倒を見るために、経済的な安定を切実に必要としていた。事態の深刻さを理解したアマヤは、後輩たちにすぐに裁判所に提出する書類を準備するよう頼んだ。

寝る前、アマヤはメールに目を通しながら、ポアーニマからのメッセージを見つけた。短かった。

「こんにちは、奥さん。今日、父の走り書きから、いくつかの不愉快な事実をたどることができました。アマヤが吐き気を繰り返したので、マドリッドの産婦人科に連れて行った。医師はアマヤが妊娠していることを認めた。奥さん、私はそれを読んで恥ずかしく思いました。あなたが妊娠したからではなく、父が母を騙し、罪のない女性を騙したからです。彼は母を不当に扱った。あなたには妊娠する権利があったけど、父が結婚していて、妻が身ごもったことは知っていたはずだ。父を誘惑し、何カ月も一緒にいて、父の子どもを妊娠させたのは、あなたの誤った判断です。正義と人権に関する哲学をどこに隠したのですか？自分が犯した卑劣な行為を恥じるべきだ。異母姉のスプリヤがどこにいるか知りたくない。私は彼女を憎んでいるわけではないが、あなたの中傷的な振る舞いを憎んでいる。あなたは邪悪な振る舞いをした。私にはあなたに対する敬意はない。おやすみなさい。ポアーニマ″

アマヤは涙を流しながらも、感情を抑えようとした。その夜は拷問のようだったが、それでもいつものようにヴィパッサナーを 1 時間修行した。予想通り、深い眠りに落ちる前の最高の癒しだった。

彼女の希望

アマヤは朝から 8 件もの裁判を抱えており、忙しい一日だった。最終審問には、人権侵害の最悪のケースのひとつである、1 年前に申請された 30 代後半のヴァナジャの申請があった。彼女は、森林管理官が農地を焼き払い、家を壊し、イノシシを殺したと主張して、農民の生活を容赦なく破壊したことに対する補償を求めた。森林官の反応は非人間的であり、インド憲法に謳われている基本的人権を侵害している、とアマヤは主張した。ヴァナージャとその家族に対する残酷な扱いの結果は、壊滅的なものだった。自由、平等、機会均等、そして人間の尊厳を粉砕した。アマヤは、インド憲法の基本的権利のさまざまな条項や、インドが加盟している国連の世界人権宣言を強調し、裁判所を説得しようとした。森林管理官による人権侵害は文明社会では容認できない、と彼女はヴァナジャの農場で起きた事件を引き合いに出して説明した。ヴァナジャと彼女の夫は保護林に侵入し、木を切り、野生動物を殺し、3 エーカーを農場に変えた。アマヤは、村役場、パンチャヤット、収入役場、土地登記官事務所から必要な証拠書類をすべて裁判所に提出し、ヴァナジャとゴパランが土地とそこに建てられた家の法的所有者であることを証明した。土地の権利と所有権はヴァナジャと彼女の夫にあった。同時に、森林局の主張は虚偽であり、捏造であり、有効な証拠もない。したがって、彼らが農地と家を燃やしたことは法律に違反する。

アマヤは裁判所に、ゴパランの祖父が約 70 年前に森の隣の丘に 3 エーカーの土地と小さな家を購入したと説明した。その土地には政府から発行された必要書類がすべて揃っていた。ゴパランとヴァナジャは働き者で、農場でほとんどすべてのものを生産していた。主な作物は 1 エーカーの水田で、年に 2 回耕作し、1 年間の消費には十分だった。半エーカーのタピオカ、4 分の 1 エーカーのさまざまな種類の野菜、バナナの木で、年間

20 万ルピーほどの収入があった。残りの農地でゴム、カシューナッツ、ココナッツ、アレカナッツの木から得られる収入は、女児の教育費として年間 10 万ルピーの銀行残高を持つのに十分だった。また、マンゴーやジャックフルーツの木も 2、3 本あり、夏には最高品種の果物が収穫できた。ヴァナジャは 2 頭の牛と 1 頭の水牛から搾ったミルクを約 30 リットル売りさばき、子供たちを学校に送った後は、一日中、青草を刈り、飼料を集めるのに忙しかった。半ダースのヤギがいつも彼女の畜舎におり、売らずに家で使っていたヤギのミルクは子供たちの健康にもよかった。彼女の家禽は、彼らの日常的な消費に十分な卵と肉を与えてくれた。ヴァナージャはすべての仕事を大切にし、ゴパランと娘たちを愛していた。

アマヤは法廷で、ゴパランは理想的な農夫だったと語った。模範的な人間であり、銀行や金融機関から融資を受けることはなく、自分の足で立つことを信じ、良心的に国の福祉に貢献した。ゴパランは誰にも重荷を背負わせることなく、悪徳とは無縁の生活を送り、妻子を愛していた。夜の 7 時から 4 時まで現場で働いた。彼は農業全般を把握し、雨水を小さな貯水タンクに集め、豊富な水を確保した。敷地内の一角には小さな養魚池があり、魚を養殖していた。ヴァナージャとゴパランは、近代的な設備を備えた瓦葺きの家を建て、幸せで豊かな生活を送っていた。彼らは子供たちを専門学校へ進学させることを夢見ていた。彼らの家は森に隣接していたため、少なくとも年に数回、主にモンスーンの時期になると、夜間にイノシシが農場に侵入し、栽培、特にタピオカを荒らした。ゴパランはイノシシが大量にやってきて危険な行動をとることは知っていたが、彼らの家に近づくことはなかった。年前のモンスーンのある夜、ゴパランとヴァナジャは飼い犬が吠え続けるのを聞いた。アマヤはしばらく説明を中断したが、裁判所はヴァナージャとゴパランについてもっと知りたがり、アマヤに説明を続けるよう求めた。

ゴパランは立ち上がり、正面玄関のドアを開け、犬が長い間吠えていた理由を知ろうと鶏小屋の近くに行った。犬も一緒だった。突然、ゴパランは何かが突進してくるのを目撃し、一瞬のうちに襲いかかった。巨大なイノシシだった。騒ぎを聞きつけたヴァナージャと子供たちはドアを開け、ゴパランの方へ走っていった。彼らは、重傷を負ったゴパランと犬が地面に倒れているのを見た。ヴァナジャは隣人の助けを借りて、ゴパランを家から 30 キロほど離れた病院に移した。

ゴパランの腹部の傷はひどく、手も足も動かせない。全身に深い病変があり、犬は 2 時間以内に死亡した。怒った村人たちは 1 週間もしないうちにイノシシを檻に閉じ込め、その肉をごちそうにした。この事件を知った森林警備隊は、ゴパラン、ヴァナジャ、そして見知らぬ村人を第一報で告発した。バナジャは夫と病院にいたため、故郷で何が起こっているのか知ることはなかった。

アマヤは、村人たちが野ブタを捕らえたとき、ゴパランが重度の脊髄損傷で寝たきりになっていたため、病院に入院していたことを示す書類を法廷に提出した。3 ヵ月後、ヴァナジャはゴパランを家に連れて帰った。ヴァナージャとその子供たちにとって、彼の無能力は痛手だった。病院にかなりの額を支払わなければならず、日々の医療費は耐え難いものだった。バナジャの夢は目の前で崩れ去ったが、彼女は敗北を受け入れる準備ができていなかった。子供たちを学校に送り、夫に食事を与えた後、彼女は毎日 8 時間ほど農場で働いた。すべての仕事を時間内に終わらせることはできなかったが、彼女の勤勉さが役立ち、農場からの収益は励みになった。ヴァナジャは奴隷のように働き、子供と夫の世話をしなければならなかった。牛、ヤギ、家禽の世話は最も困難な仕事だった。ヴァナジャは 3 時間ほどかけて牛の飼料を集めた。彼女は家禽のために穀物も一袋持っていた。

イノシシを殺して 1 年も経たないある日、3 人の森林官がヴァナジャの家を訪れた。イノシシを殺したのは野生動物保護法に違反する行為である。彼女は野生の豚を殺すことに関与しておらず、夫と病院に入院していた。彼らは彼女に、20 万ルピーを払えば彼女の名前を犯罪から取り消すと言った。ヴァナジャは、病弱な夫の入院費と治療費にすでにかなりの額を費やしていたため、森林管理官に支払うお金がなかった。2 ヵ月後、森林警備隊がヴァナジャの家を訪れ、農地は森林の一部だと主張した。ヴァナージャと彼女の夫は不法占拠していた。彼らが建てた建物は無許可の違法建築であるため、1 ヶ月以内に家と土地を明け渡す必要があった。

ヴァナジャは村役場、パンチャヤット、地元警察署を訪ね、自分と夫が農地を所有していることを証明した。その家は不法占拠された林地にはなかった。村役場もパンチャヤットも、彼女の苦悩にはまったく関心を示さず、むしろ無礼な態度をとった。警察は彼女を罵倒した。彼女は違法に林地を占拠し、何年も耕作し、家を建て、野生動物を殺した。ヴァナジャは打ちのめされたような気持ちになった。隣人や村人たちから何の援助も受けられなかった。イノシシを殺したのは自分たちだと森林警備隊員に疑われかねないと思ったからだ。ある日、森林管理官と 10～15 人の森林警備隊員が土木作業車を持ってやってきて、何の前触れもなく家を壊し、農地の作物や果樹を切って燃やした。ヴァナージャとその子供たちは、なすすべもなく声をあげて泣いた。農場と家が火に包まれるのを見て、彼女の心は張り裂けそうになった。

一家は行き場を失い、20 キロほど離れた町の街角に身を寄せた。彼らは 1 週間空腹のまま野外に留まり、少女たちは病気になり、ゴパランは 10 日目に死んだ。ソーシャルワーカーがヴァナージャに会いに行き、彼女の哀れな状況を尋ね、彼女を助ける意思を表明し、森林官僚を告訴した。1 週間もしないうちに、ソーシャルワーカーはヴァナージャをアマヤに連れて行った。その日は土曜日で、オフィスはなかった。それでもアマヤはオフィスに行き、ヴァナジャの話を 3 時間聞き、ヴァナジャとソーシャルワーカーと一緒に焼け野原になった農地とヴァナジャと子供たちが滞在していた場所を見に行く意志を示した。

アマヤはヴァナージャとソーシャルワーカーとすぐに行動を開始した。焼け野原になった農地と取り壊された家は、まるで爆撃されたミライのミニチュアのようだった。アマヤは焼けた農場と家の写真を撮った。ヴァナジャはアマヤに、それは彼らの生涯の功績だと言った。ゴパラン、彼の父、そして祖父はそこに留まり、70 年間働いた。アマヤはその惨状を目の当たりにして言葉を失いながらも、森林管理署に赴き職員に面会したが、面会は拒否された。そして、ヴァナージャとその娘たちが滞在している場所を見に行った。飢えた子供たちは悲惨な様子で、熱に苦しんでいた。職業倫理に反するとわかっていても、アマヤは涙を抑えることができなかった。ヴァナジャの許可を得て、アマヤは数枚の写真を撮り、ソーシャルワーカーとともに少女たちを高知の病院に移した。NGO がアマヤを支援し、ヴァナジャが病院の近くに滞在できる場所を探し、野菜市場での雇用を手配した。

アマヤは裁判官たちに、焼かれた農地と取り壊されたヴァナジャの家の写真を見せてくれるよう祈り、裁判所もその意向を示した。モノクロの写真には、森林官の人権侵害がはっきりと写っていた。裁判所は、不幸な家族の基本的人権が著しく侵害されたことに衝撃を表明した。ヴァナジャが自立して生きる自由な選択を否定し、彼女の生計を破壊することで平等を否定した結果、森林管理官によるテロが起きた。三世代にわたる人々の 70 年にわたる勤勉な労働を排除し、森林官と政府が採用した専制的な方法で、女性と 3 人の女児を困窮に追い込んだことは、想像を絶する恐怖の犯罪であった。この犯罪は厳罰に値する。裁判所は 3 人の森林官全員に 10 年の禁固刑を下し、政府に彼らの勤務を打ち切るよう指示した。裁判所は、賄賂を要求した森林官僚にそれぞれ 10 万ルピーの罰金を科し、さらに 4 人の被害者に 1 ヵ月以内に 30 万ルピーの補償金を支払うよう求めた。和解金を支払わなかった場合、さらに 5 年間の牢獄生活が待っていた。

政府はヴァナージャとその子供たちに 1 ヶ月以内に 10 ルピーを支払う。森林局は、子どもたちが大学教育を修了するまで、毎年 10 万ルピーを援助する。裁判所はまた、農地をヴァナジャに返還し、6 ヶ月以内に近代的な設備を備えた家を建設するよう政府に指示した。評決は、自由、人権、正義の価値を支持するものであり、アマヤとヴァナージャにとって大きな勝利であった。

アマヤはこの日、もう 1 件、最終審問を控えていた。スールーが提出した申請書は、不正行為を行った州閣僚に対するものだった。アマヤの事務所が大臣の弁護士に嘆願書のコピーを送ったその日、彼女は大臣の私設秘書から電話を受け、アマヤにスールーの件を受理しないよう要請した。アマヤは彼に、彼女の仕事上の約束に口出しする権利はないと言った。彼は、大臣からの要請だと説明した。アマヤは断固として、大臣からのアドバイスは期待していなかった。一日も経たないうちに、大臣から電話があり、アマヤはスールーを自分のクライアントとして受け入れることを控えるよう勧められた。「大臣、余計なお世話です」と天谷は答えた。その夜とその次の夜、アマヤは見知らぬ人々から「教えてやる」と脅迫の電話を受けた。1 週間後、アマヤは裁判所に行く途中、リアガラスを叩く大きな音を聞いた。すぐに彼女は道路脇に車を止め、粉々になったリアガラスの破片が落ちているのを見た。アマヤは警察署に訴状を送り、事件を裁判所に届けた。アマヤは大臣との電話を録音していたにもかかわらず、それを訴状には書かないことにした。

法廷でアマヤは、2 人の乳児を持つ未亡人スールの申請について説明した。アブダビにいたとき、彼女の夫は窓ガラスの修理中に高層ビルから落ちて亡くなった。スールは、コッタヤムから車で 30 分ほどのマニマラ川岸に面した 30 セントの土地に 4 ベッドルームの家を持っていた。彼女はヨーロッパからの観光客にホームステイ用に 2 部屋を貸し出し、ケララ風の牛肉や魚などの料理を格安で作り、観光客はスールーのもてなしを楽しんだ。彼女の部屋は 1 年を通して満室で、ビジネスで十分な収入を得ていた。スールは子供たちの教育費を定期的に銀行に預け、母親の面倒を見ていた。後者は、スールーの家事や料理を手伝うだけでなく、彼女の家に滞在していた。

地元の立法議会議員（MLA）は、スールーの家の隣にある約 50 エーカーの土地を取得し、水のテーマパーク、レストラン 2 軒、観光客用の 2 ベッドルームの独立したヴィラ 50 棟を建設した。彼はこのプロジェクトに約 500 億ルピーを投資する予定で、湾岸諸国の実業家たちからパートナーシップを得た。国土交通省は、スールーの土地を取得しない限り、自分の公園への進入路を建設することは不可能であることを知っていた。ある晩、彼はスールーを訪ね、彼女の土地と家を売るように頼み、3 千万ルピーを提供した。彼は紙切れに数字の「3」を書き、その後にゼロを 7 つ並べた。まるでスールーに、自分がどれほど莫大な金額を支払う用意があるかを説得するかのようだった。スールーは国土交通省の担当者に、生活のすべてをこの土地に依存しているため、この土地と家を売る気はないと言った。その収入で家族を養い、子供たちを教育した。国交相はスールーを脅し、土地の引き渡しを拒否すれば、数日以内に彼女の死体がマニマラ川に浮かぶことになると告げた。スールーは断固として財産を手放さないと言った。同じ夜、チンピラが石や棒で彼女の家を襲い、スールーや彼女の子供たち、そしてそこで寝ていた観光客に怪我を負わせた。翌日、スールは警察署に行き、警察官に国土交通大臣に対する第一報を提出するよう求めたが、彼は拒否した。その警察官はスールーに暴言を吐き、″国交省に苦情を言おうとしてはいけない″と言った。しかし、投石や窓ガラスを割る行為は夜になっても続き、スールーはホームステイの経営が困難になった。観光客がスールーのホームステイを雇わなくなったため、彼女のビジネスは 1 ヶ月で破綻した。

アマヤは裁判所に、スールは土地と家を 3 ルピーで国交相に売ることに同意しなければならず、国交相は彼女に 1 ルピーを小切手で支払い、残りは 1 週間以内に支払うと約束したと説明した。土地登記官事務所で、スールは土地と家屋の対価として 1 ルピーを受け取ったという売買証書に署名した。スールーが売買証書にサインしたとき、国交省はスールーに家を明け渡すよう強要した。スールーは、そこから 5 キロほど離れた場所に 5 セントの土地と 3 ベッドルームの家を 95 ルピーで購入したが、主要な観光地から離れていたため、半年経ってもホームステイを希望する観光客は集まらなかった。スールはよく国交省の事務所に残高を聞きに行ったが、彼に会うことはできなかった。彼女は家族を養う収入がないことに不満を募らせた。

一方、国交相は閣僚になった。しかし、スールーに 2 ルピーの残金を支払うことはなかった。裁判所は配慮してくれたが、スールーは入所許可に伴う暫定的な救済は受けられなかった。最終審でアマヤは、大臣はスールーに家と土地の代金として 3 クローネを支払うと約束したが、彼は 1 クローネしか支払わなかったと裁判所を説得した。アマヤは、大臣が数字の 3 の後にゼロを 7 つ書いた紙を証拠書類として法廷に提出した。アマヤはライターの信憑性を証明するために 3 通の証明書を裁判所に提出した。1 つ目は、筆跡鑑定士によるもので、この紙の筆跡が大臣のものであることを証明するものだった。法医学の筆跡鑑定士は、その筆跡が 2 通目の証明書にある大臣のものであることを確証する例を数多く挙げている。別の科学捜査の専門家は、紙についた大臣の指紋を特定することができた。アマヤは自分の主張の合法性と正当性を説明した。裁判所は同大臣に対し、2 週間以内に 2 クローズと 3 年分の年利 15%、訴訟費用として 10 ルピーをスールーに支払うよう求めた。裁判所は、未亡人を騙すような牧師は続けるに値しないと判断した。

スールーは判決を聞いて喜び、アマヤに観光地であるヴェンバナド湖の近くに 4 ベッドルームの家を購入し、ホームステイ事業を復活させると告げた。

彼女の後輩たちはみんな帰ってしまった。寝る前、アマヤはポアーニマからのメールを見つけた。安楽椅子に座り、アナヤはそれを読み始めた：

「こんにちは、奥さん、

前回の連絡で失礼な言葉を使い、あなたの尊厳を軽んじたことをお詫びします。あなたの気持ちを顧みず、あなたの心がどう傷つくかを無視して、私の心境を無礼に表現するのは品位に欠ける。私が書いたことは真実でしたが、あなたが私の父と一緒に暮らさざるを得なかった状況を正確に知らずに、あなたを非難するような表現はすべきではありませんでした。私は父とあなたとの関係の次元を知らなかった。私に見えた状況を想像することは、事実ではないかもしれない。私の父のような一見まっすぐな人でも、あなたに会って家に招いたときには、崇高な意図を持っていなかったかもしれない。それに、あなたは彼の経歴や意図、計画を知らなかったかもしれない。

率直に言わせてもらうと、私は誰も憎んでいない。あなたはいつも特別で、私はあなたを探している間、あなたの心象風景を思い浮かべていた。直接会ったことがなくても、私の意識の中にあなたがどのように現れたかを投影することができた。それは単なる思い込みではなく、あなたの中にある私の心理的投影だった。それはなぜか。驚くかもしれない。初対面の人同士の間に、相手がどこかにいることをしっかりと感じながら、相互関係が存在する可能性があるのだ。互いに意識し合い、引き寄せ合う。彼らは相手が誰であるかを意識している。正確であり、同時に現象学的でもある。それは、不在の中にある他者の存在を互いに認め合うことであり、とても強烈ですべてを包み込むものだ。相手を見ずとも、触れずとも、匂いを嗅がずとも、音を聞かずとも、相手が誰であるかはわかる。

たいていの場合、あなたの感情、あこがれ、直感は正しいことが証明される。私が生まれてすぐに、あなたがそこにいることは分かっていた。あなたは私と肉体的、心理的、霊的に何らかの関係がある。私たちの間には個人的な依存関係があり、しかし私たちは自由であった。それがハートの親和性と呼ばれるものだ。私の内なる声は、あなたは私の近くにいて、切っても切り離せない存在だと告げている。私たちの感情、情動、欲望、ビジョンは相互にリンクし、永遠に結びついている。昨夜、私はあなたを忘れようとした。とはいえ、それは不可能なことだった。私があなたのことを忘れたり、遠くへ行きたいと思ったりするたびに、あなたはより大きな力と明るい表情で近づいてきたのだから。あなたは私の意識の流れであり、私の最も深い感情に水を与えてくれる。

幼い頃から身近にいた人を、まるで手元灯のように導いてくれた。母の存在は光り輝き、絶え間なく、癒しと刺激を与えてくれた。子守唄を歌い、物語を聞かせ、私が眠る前におとぎ話を読み、私が起きたときに寂しさや悲しさを感じないようにベッドのそばで待っていてくれた。彼女のタッチはソフトで優しく、気遣いがあり、彼女が話す前に私が話すことができた。彼女が私に触れていないとき、私は彼女の柔らかさを体験し、彼女が近くにいることに不自由を感じることはなかった。彼女は私のプレイスクールに一緒にいて、決して干渉せず、私がやりたくないことを強要することもなく、私と一緒にいて、永久に楽しい姿を見せてくれた。

私が学校に通っていたとき、彼女はまるで私には見えているが、他の人からは見えないかのように、私のそばに座っていた。彼女は私が教えられるすべての授業を学ぶのを助け、私と遊び、私の友人たちと一緒にいた。他の人からもらったチョコレートやケーキ、キャンディーを分け合った。彼女は私のそばを歩いていたが、次第に私の影となり、私を目立たせながらも常に私の伴侶となった。後ろ姿を見るたびに、彼女のルックス、笑顔、動きが好きだった。彼女の身振り、仕草、表情、そして呼吸の仕方まで、意識的に真似しようとした。高校時代、私は彼女ともっと一緒に過ごしたいと思っていた。私が自分の将来についてどう考えていたとしても、彼女が私に影響を与え、私を形作ってくれたことは知っていた。彼女が純粋で親切だと思ったとき、私は率直で寛大でありたいと思った。

私の思春期には、彼女は私の感情を感じ取ることができた。彼女は私の幸せを願っていたので、私は彼女の好意的な反応を経験することができた。彼女は思いやりがあり、気持ちが温かく、幸せな人生を送る方法を知っている信頼できる人だと気づいた。時に彼女は、完璧である必要はない、完璧は存在しないのだから、と言った。彼女はまた、私が弱気にならないように注意しなければならないとも警告してくれた。私は彼女の言葉の選び方が好きだったし、彼女の些細なミスや欠点が好きで、彼女が人間であること、そして人間であることが美しいことに気づかせてくれた。私が男の子やその仲間を好きになり始めたとき、彼女は私にこう言うように勧めた。友達は私を成長させてくれる。彼女の価値観は私の価値観に似ていたし、価値観や態度、考え方も似ていたので、私は彼女を好きになった。そのころ、彼女はときどき私にさりげなく触れてきた。私は毎日毎日、彼女の感触を待ち望んでいた。

彼女の笑顔は愛想がよく、寝ているときでも覚えていた。こうして、私と彼女の関係は、彼女が微笑んでいたからこそ、すんなりと小川のように流れていったのである。時折、彼女は自分の秘密を話してくれたが、それは彼女が私を信頼している証拠であり、私たちの関係はより深く強固なものになっていった。彼女は時々、私の気持ちや態度、価値観、嫌いなものなどについて個人的な質問をしてきた。私は彼女の気さくさが好きだった。彼女はますます個人的になり、私はより親密な絆を経験した。彼女は自分のことを話し、友情、勉強、キャリア、お金、食べ物、性的な妄想、交際相手、人生のパートナーについて腹を割って語り合った。私は彼女を理想的な友人として想像し、時には自分が彼女の教師であり、指導者であり、ガイドであるかのように振る舞った。私は彼女に健康管理の方法、定期的な運動の必要性、食べてはいけないもの、睡眠時間などをアドバイスした。彼女は感情的にオープンで、正直で、頼りになる。彼女が私を信頼して秘密を守れると言ってくれたとき、私はその言葉が自信につながり、とても嬉しく感じた。時にはユーモラスで、セックスについてもジョークを飛ばした。彼女が私を愛していたから、私は彼女を好きになった。私は自分を愛してくれる人を決して嫌いになれない。彼女が誰かを憎まなかったから、私は誰かを憎むことはできない。彼女は私に温かく接し、私が他人に対して礼儀正しくなければならないことを教えてくれた。

若い頃、彼女は私を平等に扱ってくれた。彼女は私や私の言葉、態度、意見を尊重し、私の交友関係に喜びを示し、私の親密な関係、特に異性との関係について尋ねることは控えたが、私の幸福に関心を示し、意思決定には慎重さを示した。その痕跡は彼女のいないところでも続き、私が自立し、自尊心を持つようになるのを後押ししてくれた。自分の意見と決断を持つという尊厳を私に植え付けたのは、彼女との付き合いの副産物だった。最後に、私は自分の性格、社会的視点、心理的指向性、感情形成、価値観に気づいた。彼女の所有権は私にある。

初めてあなたと話したとき、私はその声を聞いた。それは、身近で個人的な彼女の声であり、この 24 年間、私を人間として形成してくれた。私はあなたが彼女で、私は彼女とは違うと思っていた。彼女は自分で決断することで私を成長させてくれた。トンネルを歩いていても、真っ暗闇の中、手持ちのランプで彼女に会った。そして、あなたは彼女になり、希望の声になり、私は何度も何度もあなたを呼んだ。あなたが私に話しかけてくれたとき、私が経験した幸福は、私の存在の純粋な表現の最高の例でした。私の中には、永遠にあなたと話したい、あなたの話を聞きたいという願望があった。

君に会えるのを心待ちにしているよ。あなたに直接会い、あなたに会い、あなたに触れ、あなたを体験したいという異なる欲求がある。あなたと初めて話すまで、私の人生における最大の情熱は父の回復だった。今、あなたに会うことは、同じように強力な渇望となっている。私は長年、内なる目であなたを見てきたし、あなたがどう見え、どう話し、どう歩き、どう反応するかも知っている。私はあなたに似ていると確信している。最近、私はあなたに会うために鏡を見て、あなたの存在を体験している。一人でいるときは、何時間でも一緒に話している。みんなは私が狂っていると思うかもしれない。でも、私にとっては必要なことなんです。あなたと話すことは、私の心を表現することであり、あなたが私の手元に置いてくれた素敵な心を表現することなんです。

奥さん、あなたは誰ですか？私たちの関係は？

ポアーニマ”

寝る前にアマヤはポアーニマにメールを送った。

「こんにちは、ポアニマ。あなたのメッセージを読んで言葉を失った。どう反応すべきか、私の中にジレンマがあった。私を友人だと思ってくれていい。私とあなたの関係は、どの家庭でも見られる最も単純なものだ。おやすみなさい。

アマヤ”

翌日、アマヤを待っていたのは一通のメールで、彼女はヴィパッサナーを受けた後にそれを見つけた。

「親愛なる奥様、

あなたからの初めてのメールです。読んでいて幸せな気分になった。家族の中で最も単純な関係は、母と娘の絆である。でも、私にはすでに母親がいる。だから、あなたが私の実の母親であることはありえない。

それにもかかわらず、私の父があなたの卵子の半分を取り、私の母の卵子の半分と融合させたという仮説が成り立つ。アメリカ、シンガポール、イスラエルの一流大学では、2 人の女性から採取した卵子と 1 人の男性から採取した精子を融合させ、3 人の生物学的両親の最良の形質を融合させた子供を作る研究が進められている。このような可能性については、査読のある国際ジャーナルで 2 つの論文を読んだことがある。

あなたは以前、私と同い年の娘さんのスプリヤのことを話していましたね。あなたは彼女の居場所も何をしているかも知らなかった。愛情深く、魅力的な性格のあなたからは、どんな娘も離れられない。私は意識の中でスプリヤの存在に出会おうとしたが、無駄だった。彼女を振り返ったとき、私は自己の意識が現れた。意識は感情の正当性を試すことができる。心と同様、意識も人間の脳の副産物であり、高次の領域に属するものだ。マインドは危険な落とし穴のある間違った道へと導いてしまうが、コンシャスネス（意識）は正しく育成されれば、存在の喜びを正確に映し出す。つまり、肉体を超えた世界があり、知識やスピリチュアルなものではなく、自己の存在を純粋に認識することで、肉体や物質的な宇宙を超えた無に至るのだ。新しい科学であるため、神経学における意識の研究は接合段階にある。

私の中にあなたがいることを自覚していたので、初めてあなたと話したとき、あなたのことがわかった。それは自分の意識を理解することにほかならない。鏡に映った自分の姿を見たとき、そのコピーが自分のものであることはわかる。その意識は、自分の肉体的な限界を超えて、遠い土地を旅することにつながる。あなたの意識はホップすることができ、他の人々の意識と出会い、概念、アイデア、ビジョンを交換することができる。だから、私たちが今ここで感じているものを超えた存在がある。意識は決して死ぬことはなく、それ自体がエネルギーなのだから。

鏡の中の私はスプリヤを映すことができなかった。彼女を探すと、2 人ではなく私の顔が毎回出てくる。しかし、私の意識の前に現れたのは、私の顔だけで、スプリヤの顔ではなかった。最新の神経学的研究は、意識は人間の直感を使ってテスト・検証できるという仮定を証明しようとしている。この方法はスピリチュアリティや神秘主義、マジックとは何の関係もない。仏教の僧侶は、この方法を無の文脈で真理を確認するために適用する。それは完全な空虚の存在であり、それ以外の何ものでもない。ビッグバンの前には「無」があったが、その「無」は「空」でも「空虚」でもなかった。つまり、無は進化し、実体となる可能性を秘めている。純粋な物質的存在は、マインドやコンシャスネス、完全に発達した脳を持っていないかもしれないからだ。人間には感情があり、それは心の産物である。神経学の修士課程で、私は多くの仮説を検証しようとした。簡単に言えば、何かが存在するということは、その詳細よりも先にある。だから、スプリヤの存在は意識を通して感じることができる、それが私の理論だ。もし彼女が独立した存在として存在しなければ、スプリヤのフィーリングは失われる。私の実験では、スプリヤの存在を私の存在として経験した。

私が検証したかった 2 つ目の現象は、意識の中にある対象からの知識である。私は、知識とはある対象に対する人の意識の産物であると仮定していた。つまり、知識は対象と主体を前提とする。どのような知識も、対象の特徴と、知る主体の理解の特徴を持っている。それゆえ、知識は完全に客観的でも主観的でもなく、対象の完全性を反映するものではない。しかし人間の場合、対象が最初に持っていた知識は高次元へと変化し、その対象を知っている人間はその対象に対する認識を深めていく。主体は知っている、自分が知っていることを知っている。簡単に言えば、私は自分の意識を意識している。

この意識から、人間は肉体的存在を超えた高次の意識領域に行くこともできるし、感情のない本質を捨てることもできる。欲望も、苦悩も、悲しみも、痛みも、幸福もない段階だ。実質的には、心も感情も喜びも知的思考もない。純粋でシンプルな至福だけが存在し、私はそれをニルヴァーナと呼ぶ。私の将来の博士号はこの分野になるだろう。

奥さん、父がスプリヤの名前を口にするのを聞いたことがありません。もし彼女が自分の娘だったら、彼はきっと彼女のことを忘れられず、彼女のことを語り続け、私が彼から経験したような愛でスプリヤを包んだに違いない。父娘の関係は一時的なものにとどまらない。崇高な喜びに出会うためには、意識の広大さを探求する必要がある。愛とは意識のものであり、物質界を超えなければならない。私の人生哲学はシンプルだ。心を鎖でつなぎ、意識を解放し、カモメのように遠い島まで飛び、恐れを知らず、死からの解放を体験する。人間の努力はすべて、死を乗り越えようとする試みである。だから、もうひとつ可能性がある。直感だけど、私はあなたの Supriya だ。この前提は、検証可能な事実で検証できる。

もうすぐチャンディーガルに到着する。空港でお迎えします。あなたの存在が私に希望を与えてくれるからです。父が意識を取り戻すのを助けてくれるからです。さっきも言ったように、ピアノは彼の部屋にある。

良い一日になりますように。

ポアーニマ"

「私の意識は、あなたに会うために未知の土地へ飛び、人生の充実を体験していました。君は私が思っていた以上に成長し、私の想像を超えて成熟した。あなたの考えはよく練られており、反射的な意識の長年の産物である。アマヤは自分の存在とポアーニマの存在を体験し、突然カランとの会話を思い出した。″あなたの中に、私の存在のすべてがある″それを聞いたカランは微笑んだ。

夕暮れ前、二人は浜辺を歩いた。アマヤはそこから少し離れたところに、カランと 1 年間過ごしたロータスを見ることができた。「ウォーキングは体のバランスを保つのに良いし、正常な分娩を開始するのに役立ちます」とカランは言う。妊娠 36 週目ということもあり、カランは特に慎重に歩いた。彼はいつも彼女の味方だった。彼女は鮮やかな花をあしらった白い流れるようなドレスを着ていた。カランは T シャツにゆったりとしたパジャマ姿。彼女は夕日が反射する彼の顔を見るのが好きだった。何百人もの観光客、男も女も子供も、みんなお祭りムードだった。

アマヤとカランは海に向かって座り、絶え間なく打ち寄せる波に集中していた。海は彼女の気持ちと関係があった。遠くの海岸から漂ってくる空気の匂いは魅力的で、そよ風が髪を梳き、暖かな日差しが体を包み、海の音が耳に響く。

「子宮内の羊水であるアマヤは水と生物学的なつながりを持つ。多くの科学者は、水はすべての生物と共生関係にあり、生物に影響を及ぼし、特に人間の心を落ち着かせる効果があると信じています」とカランは言う。

「カラン、海の青は心だけでなく、心も安らげる効果があるとどこかで読んだことがあるわ」アマヤが答えた。

「その通りだよ、アマヤ。それに、海の広さとビーチの静けさが安心感を与えてくれる。私たちの心は、オープンスペースに隠れた敵がいないことを容易に認識できる。人類は何百万年もの間、暗い森や危険なサバンナの未知の危険から身を守るために洞窟の中で暮らしてきたのです」とカランは説明する。

アマヤはカランを見て笑った。「あなたは私の海、親愛なるカラン、あなたは私の海辺でもある。あなたはすべての隠れた危険から私を守ってくれる」とアマヤは言って微笑んだ。アマヤを見て、カランも微笑んだ。「海岸線にいるときは、愛する人と一緒にいて、楽しい思い出を共有し、電子機器をほとんど使わないので、幸せな気分になります」とアマヤは付け加えた。

「その通りだよ、アマヤ。科学者たちが証明したところによると、日光浴によって、私たちの皮膚はビタミンDとセロトニンを大量に生成・放出し、人間の脳内に多くの快感物質を発生させる。

アマヤの好きな料理を食べた後、二人は居心地のいい自宅であるロータスまで歩いたが、アマヤはカランと一緒にビーチやレストランを訪れることが二度とないとは想像もしていなかった。

朝食後、アマヤは突然腰に痛みを感じ、翌日には陣痛を経験した。下腹部のけいれん、軽い吐き気を伴うわずかな体液漏れがあった。骨盤が圧迫されているのを感じた。

「カラン」とアマヤは呼んだ。

「はい、あなた」と彼は答えた。

「今がその時よ」と彼女は言った。

「とカランが答えた。「家と車のスペアキーは、あなたのカバンの中に入れてあります」。彼は彼女の頬にキスをした。

カランは荷物をディッキーに移した。バッグは 3 つあり、1 つはアマヤ用、2 つは赤ちゃん用だった。アマヤは軽い頭痛を感じた。アマヤは定期的に病院の産科病棟を訪れ、妊娠初期から産科医に相談し、一緒に家にいた。カランがアマヤの車椅子を押すと、そこには医師がいた。アマヤは幸せな気分だったが、頭が重く、薄暗い世界にもぐりこんでいくような感覚だった。

「カラン」とアマヤは呼んだ。声はかすれ、もっと何か言いたかったが、舌が口の中でねじれた。フロントガラスからの蒸気のように、カランの顔が霞み、溶けていくのが見えた。「アマヤ」と彼は呼び、彼女は彼が最後に自分の名前を呼ぶのを聞いた。そして、アマヤは真っ暗闇の中に入っていった。

娘の誕生

その日は金曜日で、週の最終営業日だった。アマヤは早朝、その日の審理のためにリストアップされた請願書に目を通した。4 つのコートで、3 件の承認、3 件の暫定的救済、1 件の最終審理の計 7 件が行われた。アマヤはすべてのファイルに目を通し、それぞれの請願の要点を書き留め、スナンダが暇なら裁判を手伝うよう電話をかけた。

アマヤはスーザン・ジェイコブ氏が雇用局経営者のバル氏を相手取って提出した申請書の最終審問に出廷した。アマヤは事件の背景を詳しく説明し、法律違反、バルに対する法的措置の理由、被害者への補償と賠償の必要性を強調した。スーザンは看護の学部を卒業した看護師で、7 年前にバルの就職斡旋会社を通じてサウジアラビアの病院の仕事に応募した。スーザンはこの仕事に応募する前に 3 年間の社会人経験があった。バルは彼女に、ブライダで何百エーカーものナツメヤシ畑を所有する裕福な農家が経営する病院での高待遇の仕事を約束した。面接を受け、就職課に多額の約束金を支払った後、スーザンはバルとともにサウジアラビアに向かった。バルは 2 年に一度、アーユルヴェーダ治療のためにケララを訪れるナツメヤシ農園のオーナー、アブドゥラを知っていた。

スーザンはアブドラに会ったが、そこには男性医師が 2 人いる農民のための診療所しかなかった。彼女は、約束された給料がケーララでの給料の 10 倍だったので、このクリニックに入ることを決めた。女性用のホステルはなく、アブドゥラはスーザンに食事と宿泊を提供し、彼の豪邸で 2 人の妻と 9 人の子供たちと一緒に安全に暮らせると約束した。スーザンが彼の家に滞在するようになると、アブドゥラはスーザンに結婚を迫り始め、数日のうちに強制セックスが日常茶飯事となった。スーザンは自由を渇望し、アブドラの支配から逃れることを夢見ていたが、最初の子供を出産してイスラム教に改宗するまでの間、両親や外の世界との接触を着実に失っていった。

アマヤは、バルが発行したスーザンの任命状とスーザンのサウジアラビアへの渡航書類を裁判所に提出した。アマヤの説明によると、バルは看護師の資格を持つ女性を性奴隷に陥れ、悪意を持ってブライダの近代的な病院での高収入の仕事を約束したという。アマヤはまた、アブドゥーラがケララを訪れるたびに、バルがポン引きとして働いている証拠を裁判所に提出した。法廷では、バルの罪の重さとスーザンが受けた暴力の大きさに衝撃が走った。4 年以内にスーザンは 2 人の子供を出産したが、彼女の健康が損なわれたため、アブドゥラは専門家による治療のためにスーザンをリヤドに移した。スーザンの病気は治らず、6 ヵ月間入院した。そして 5 年後、スーザンはティルヴァラの実家に戻った。

アマヤは法廷に対し、バルは人身売買、レイプ、女性を他の宗教に強制的に改宗させ、同意なしに妊娠させた責任があると訴えた。それらはスーザンと国家に対する犯罪であり、被害者の心理的幸福を破壊し、彼女を深刻な精神的危機と身体的不能に陥れた。スーザンが経験した精神的苦痛、身体的不快感、個人的葛藤、アブドラの拘束下での性奴隷による苦しみは、スーザンの人間性を失わせ、自殺という選択肢を考えざるを得なくさせた。人里離れた未知の土地で、性捕食者のハーレムの中で 5 年間という極度の苦痛と試練を、彼女は意志の強さゆえに生き延びることができたのだ。スーザンは子供たちに深い感情的な愛着を持っており、子供たちをレイプ犯のところに永遠に置いていくことは苦痛だった。ケーララ州に到着した後、彼女は教養のある人々からさえ嘲笑や軽蔑を浴びることは明らかだった。アマヤは、人身売買、後宮への監禁、レイプ、出産強要はスーザンの基本的権利と人権を侵害するものであり、卑劣な犯罪であると主張した。

バルはスーザンの自由、平等、身の安全、人間としての尊厳を侵害し、スーザンはバルの雇用局が本物だと信じ、多額の手数料を受け取っていたため、罰が必要だった。アマヤは、バルには自由意志があり、理性的な判断ができるにもかかわらず、意識的に国の規範、価値観、法律に違反し、被害者に多大な苦痛を強いることになったと主張した。被害者にはまともな環境で働く自由を守る正当な権利があったが、加害者は彼女の権利を侵害し、自己利益のために犯罪にふけった。犯罪者の犯罪に対する社会の嫌悪感を反映するため、犯罪者に適切な刑罰を与えることは不可欠だった。

バルを罰することは社会的非難の表現だとアマヤは主張した。裁判所は、犯罪者の行為を糾弾することで、犯罪行為が処罰に値すると考える。法は市民を犯罪から守るものであるため、犯罪者は法を犯すことで不当な利益を得た。しかし、それは市民が法を受け入れ、法を犯すことから距離を置いたときにのみ可能なことだった。それを汚した者は、社会から不当な利益を享受することになる。共同体の均衡が保たれたのは、不当な利益が緩和される厳しい罰だけだった。アマヤはさらに、刑罰とは法的権威によって犯罪者に苦痛を与えるものであり、それゆえ犯罪者にとっては歓迎されない行為であるが、社会からは直接非難されるものである、と述べた。国家はバルを罰することで被害者に対する義務を表明し、その一方で秩序を回復することで一定の利益を得た。

バルは罰を受けた。国家が法律を作り、犯罪をその国の通念に反することと定義したのだ。したがって、これは公然の過ちである。バルはその違反行為について政府に責任を負っており、バルを罰する権限は国家にあり、罰は彼の悪行に対する当然の対応であった。不幸な女性に対する彼の罪は罪悪感を生み、刑罰は彼の罪悪感を取り除くための解決策であり、スーザンと国家に対する道徳的負債を負わせるものであった。アマヤは、バルは億万長者であり、主に違法行為によって富を築いたと法廷に念を押した。警察、官僚、政治家たちは彼の犯罪行為を無視し、彼らの多くがインド国内外で彼の歓待から利益を得ていた。アマヤは最後に、バルは処罰に値し、裁判所は処罰を与える権限を持っていると述べた。スーザンが適切な賠償金を支払っても、スーザンの苦しみが帳消しになるわけではないにせよ、バルには賠償金を支払う義務があった。

アマヤは自分の主張の合法性、合理性、道徳的強さを裁判所に納得させた。裁判所は、個人、組織、国家が個人の基本的権利を侵害した場合、賠償が義務付けられるとした。加害者は、十分な意図をもってスーザンの法的権利を傷つけ、精神的トラウマ、性奴隷、望まない出産、望まれない育児、自由の喪失、外国での収入減、イスラム教への強制改宗などの苦難を強いる。被告は被害者であるにもかかわらず、家庭内で見下されていた。裁判所はさらに、賠償金は被害者が経済的損失を取り戻すためのものであり、合法的かつ人道的なものであると指摘した。裁判所はバルに対し、保釈も仮釈放もない 10 年の厳刑を宣告し、3 ヵ月以内に被告に 15 兆ルピーを支払うよう指示した。裁判所は、犯罪者が定められた期間内に補償金の全額を支払うことを国に認め、そうでなければ政府が彼の財産を競売にかけて返還することを認めた。

後輩たちは月曜の朝しか出社しない。いつものように彼女はピアノを弾き、1 時間リラックスした音楽を聴かせてくれた。そして、ウッタル・プラデーシュ州で増加しているダリットの少女たちのレイプに関する記事を新聞に寄稿した。アマヤは、与党とその政治家たちは、ダリットの知名度を高めることを黙認していると主張した。ウッタル・プラデーシュ州では、ダリットの女性首相が在任中、ダリットは全人口の 21%が高等教育を受け、職に就いた。

その結果、ダリットの社会的・経済的状況は大幅に改善した。その後、上流階級を中心とする右派政党のメンバーが政権を握ると、追放された人々であるダリットを抑圧し、服従させるようになった。カースト上位の人々は、レイプがダリットの自尊心を破壊する最も強力な武器であることに気づき、意識的に教育を受けた少女たちを犠牲者に選んだ。ダリットの集団レイプは、ウッタル・プラデーシュ州の上位カーストの間では常識となっている。インドでは毎日約 10 人のダリットの少女がレイプされており、そのうちのかなりの数がウッタル・プラデーシュ州出身である、とアマヤは統計を使って説明した。

記事を送った後、アマヤはポアーニマからのメールがあることに気づいた。彼女はアマヤとの関係を美しい経験だと言い、それをとても大切にしていた。ポアーニマは、アマヤが 10 日も経たないうちにポアーニマの生活に欠かせない存在になったことを指摘した。お互いに会ったこともなく、遠く離れていたにもかかわらず、それは激しいものだった。二人の関係は深く、強固なものであった。子供の頃、そして思春期の頃、ポアニマは自分の内側に、そして周囲に、まるで母親の世話や保護のような、目に見えない力の存在を感じていた。アマヤと初めて話をしたとき、ポアニマはまるでとても親しい、切っても切れない、生まれたときから知っている人と話しているような気がした。共感、思いやり、信頼、そして愛が生まれた。

「あなたを想うとき、いつも母が見える。あなたは最初からそこにいるのです。

ポアニマにとって、母親は娘の心の拠り所だった。"あなたは判断力のない聞き上手で、決して卑下したり蔑んだりせず、上下関係を示すことなく、岩のように私に寄り添ってくれました。あなたの中には無条件の信頼と無限の愛がある。それは親友が私に与えてくれる以上のものだ」。ポアニマは、アマヤとの関係が感情的に満足できるもので、心理的にまとまっていて、生物学的に壊れにくく、精神的に反映されたものだと感じていた。それは、ほとんどまっすぐで、臆することなく、豊かで、高揚感があり、永続的な交友関係だった。「若い女性なら誰でも、パートナー以外の友人を欲しがるものだが、その相手が母親であることが多い。私の幼少期には、あなたの愛情深いケアと存在感が恋しかった。幼少期には先生として、思春期にはメンターとして、そして青年期には友人として、あなたを尊敬していたことでしょう」。ポアーニマは明言した。

アマヤはメールを読みながら立ち止まり、スプリヤのことを考えた。私は、有害だと思われるものすべてからあなたを守りたかった。生物学的にも心理学的にも、母親は子供の人生に大きな影響力を持つため、娘は母親により執着した。娘なら母親の機嫌を簡単に理解できるが、父親は謎のままだ。母親は子どもの成長過程で常にそばにいるが、父親は感情的に不在で心理的に遠い存在であり続ける。ポアーニマは、彼女の言葉遣いや仕草、反応が魅力的で活力を与えてくれるから、子供にとって母親とコミュニケーションをとるのは簡単だと書いている。

父親はコミュニケーションに問題があり、話し方が微妙で、形式的で、意味を理解するのが難しい。感情的なこと、教育的なこと、対人関係、性的なことなど、子どもが心配事に直面するたびに、子どもは母親と分かち合い、助けを求めることを好む。母親が子どもの話を聞き、理解することで、父親はアドバイスや指示を与える。

アマヤは再びメールに没頭した。

「母親だけが妊娠できるのです。私はこのことについて深く考え、ある理由を見つけた：女性が妊娠するのは、生物学的な理由だけでなく、母親になり、子供を育て、子供が大人に成長するのを見届けたいという意志があるからである。生まれてくる子供を愛し、生まれてくる子供の愛を広げる。女性は、9 カ月間身ごもる子供のために痛みを覚悟する。生まれてくる赤ん坊をあらゆる危険から守り、その到着を待ち望み、子守唄を歌い、昼も夜も愛撫し、腕に抱っこし、泣くたびに母乳を与える。父親が行いたくないのは、純粋で単純な愛なのだ。現代科学は男性に子宮を発達させることができるが、男性の心理は出産や育児に反対である。女性の心理は正反対だ。彼女は肉体的な苦痛を吸収する用意があり、出産のトラウマや育児の苦悩を受けることも厭わない。彼女はどんな状況でも、父親でさえも赤ん坊を守り、子供を守るために苦悩に耐える。つらい別離の中で、母親が子供に会おうとする姿は筆舌に尽くしがたい。

突然、アマヤは読むのをやめた。「そうだよ、スプリヤ、君への私の探求は、気の遠くなるような、永遠で底知れぬものだった。母親にしか理解できない。同じように、あなたが私を探し始めたのは、あなたが私の中に生まれたときからだ。あなたが私のもとを去ってから、私は最愛の娘を探し求め、終わりのない探求を続けるようになった。母を探す旅に終止符を打つのはいいことだが、決して旅を終わらせてはならない。旅の終わりに重要なのは、航海そのものなのだから。探している人物は彼女の近くにいるが、彼女を見つけると、誰か、何か、あるいは新しい目的地を探すために新たな捜索が始まる。それが人生の意味だ。始まりには最終性も連続性も終わりもない」。アマヤはポアニマが彼女の話を聞いていることを確信し、再び立ち止まった。

「今日は一日中、父の古いファイルを調べていました」とポアニマは書いている。「父と母が学生時代を過ごしたチャンディーガル、デリー、ロンドン、パロアルトの病院から発行された、白い封筒に入った母の古い診断書の束を見つけたのだ。父が母を一連の診察と手術のために連れて行ったマルセイユの病院からの報告もいくつかあった。婦人科医、産科医、腫瘍医を中心に、6 年間にわたり約 20 人の医師から報告があった。パロアルトの病院からの報告書には、母が妊娠できないことが書かれていた。チャンディーガルの病院では、母は中年になってから卵巣がんになる確率が平均以上だと言われた。母がマルセイユで受けた 2 度の手術は、将来の癌化を防ぐために、卵巣を摘出するものだった。唖然としながら報道を読み、ショックから立ち直れていない。

″私は、両親がどうしてあなたにこのような残酷なゲームを仕掛けたのか理解できなかった。それは詐欺であり、あなたは彼らの犠牲になったのだ。私の両親にも同じように、この悪行に対する責任があった。父は悪意を持ってバルセロナの大学のカフェテリアであなたに会い、その演技であなたを魅了し、その振る舞いであなたを誘惑した。きっと彼は、アルツハイマー病の禁止薬をあなたに投与し、白ワインと混ぜて幻覚の世界に閉じ込め、子供を孕ませたのかもしれない。あなたはいつも陽気で、愛情深く、思いやりがあり、信頼できる人だった。あなたは産科病棟で軽い昏睡状態が続いていて、医師は私を出産させるために帝王切開を行った。父は、あなたがどれくらい昏睡状態にあったかは挙げていないが、その理由を特定できる医師はいないと確信していた。母は初日にマルセイユから病院に到着し、病院当局に自分の妹であることを告げた。母は 18 日間、24 時間私と一緒にいた。結局、父は医師を説得し、あなたが昏睡状態にある病院に入院させるよりも、より良いケアと安楽のために赤ちゃんを自宅に戻すことを許可してくれた。必要な予防接種を受けた後、父は私をバルセロナの自宅であるロータスに連れて行き、両親はその日の夜にマンチェスターに向かった。父のファイルから、病院の記録に母の名前がエバになっていることを知り、私はまたショックを受けた。マドリードの産科クリニックが発行した診断書には、あなたはエヴァと書かれていた。繰り返しになるが、バルセロナの病院を初めて訪れたとき、あなたの名前はエヴァだった。事前に計画された犯罪であり、両親はあなたに対して許しがたい詐欺行為を働いた。あなたは父を自分の心以上に信頼していたが、父は決してあなたを愛さず、尊敬もせず、感情や心理的欲求、尊厳を持つ一個人だとも考えていなかった。彼は何の罪悪感もなく、あなたの人生を踏みにじった。父が犯した罪をお許しください。私は彼の罪に対して罰を受ける必要がある。アマヤは読むのを止めた。彼女の目は濡れていて、涙が頬を伝うのを感じた。

「でも、どうしてお父さんの罪をあなたが負わなければならないの？とアマヤは質問した。

「母を幸せにするため、心理的な後押しをするため、自殺傾向から救うため、父は邪悪な行動に出た。彼にとっては、あなたの愛はナイーブで、はかなくて、弱いものだったようだ。あなたが耐えた苦悩、あなたが服従した悲しみ、あなたが抱えた痛みを私は感じることができる。あなたは何年もの間、一緒に世界中を探し回っていたかもしれない。胸が熱くなり、私の夢を見、寝ているときでさえ私のことを考え、せめて数分でも一緒に過ごしたいと切望していたかもしれない。あなたは私に、最も愛されるという意味の Supriya という最も美しい名前をつけてくれた。私はあなたの愛、忍耐力、自尊心、信念、決断力に敬服している。自分を産んだ者の涙には耐えられないが、父親の嘆きは無視できるのだ。"アマヤはその段落を 2 度読んだ。

「あなたは私の最愛の母です。この 24 年間のあなたの苦悩は理解できる。愛する母よ、愛しています。ママと呼んでもいいい？

あなたのスプリヤ”

アマヤはしばらく黙って号泣していた。「親愛なるスプリヤ、愛しています」アマヤは心の中で言った。想像を絶する、耐え難く、打ち砕かれるような、人生を永久に変える欺瞞だった。24 年経っても、ひとつひとつの出来事を覚えていた。夕方の 6 時頃だった。アマヤが目を開けると、そこには医師たちがいた。「エヴァ」と呼ぶ声が聞こえた。「エヴァ、大丈夫だよ。目を閉じないでください。医師たちは彼女をベッドに座らせた。彼女の体にはたくさんのチューブがつながっているのが見え、医師はそれらを取り除いた。アマヤは安心し、自分自身と周囲を意識するようになった。「私の赤ちゃんはどこにいるの？「彼女は大丈夫です」と医師が答えた。「彼女に会いたい。お願い、見せて、私のベイビー」とアマヤは懇願した。「もっと休んだ方がいい。後で見せてあげましょう」と医師は言った。

看護師がアマヤにオレンジジュースを飲ませた。それからアマヤは朝 7 時頃まで寝ていた。

「エヴァ、あなたは 22 日間昏睡状態だった。翌日、彼女が起き上がったとき、医師が言った。アマヤは、医者がなぜ自分のことをエヴァと呼ぶのか不思議に思った。彼女は驚いて医師を見たが、何も言わなかった。

「ここに着くや否や、あなたは昏睡状態に陥り、すぐに帝王切開を行いました。娘さんは元気だ。昏睡の原因がわからなかったので、少し心配していました。

「私の赤ちゃんはどこ？とアマヤは尋ねた。

「彼女は健康で元気だ。今日は家に帰って娘に会うことができる。ご主人は 18 日に彼女を家に連れて帰りました。こんなに長く入院させる必要はないと判断しました。

「彼女は大丈夫ですか？アマヤが尋ねた。

「もちろん、彼女はそうだ。あなたの赤ちゃんは 37 週目に生まれた正期産です。病院の規則では、母親と新生児は出産から 48 時間後に帰宅できる。あなたは昏睡状態だったので、私たちは赤ちゃんを長期入院させることを考えました。でもその後、ご主人が赤ちゃんを家に連れて帰ることを許可しました」と医師は説明した。

「だから、私の赤ちゃんは家にいるのよ」とアマヤは笑顔を作りながら言った。

「ええ、彼女は元気です。お姉さんがここにいて、あなたと子供の面倒を見ていました。

″妹？″アマヤは少し驚き、医師を見た。彼女は、何か混乱があって、医者が他の人のことを話しているのかもしれないと思った。

「そうだ。あなたの妹は、赤ちゃんが生まれたその日にやってきた。彼女はとても親切で思いやりがあり、大きな助けとなった。彼女はお二人の面倒をよく見ていましたよ」と医師は付け加えた。アマヤは医者が何を話しているのか理解できなかった。人違いかもしれない。

「カランはどこ？アマヤが訊ねた。

「彼は毎日ここにいた。こんなにも愛情深い男性に恵まれて、あなたは幸運だ。この 4 日間、彼はここに来ていませんでした。家で赤ちゃんの世話で忙しいのかもしれませんね」と医師はアマヤの気持ちを傷つけないように気をつけたように答えたが、アマヤは医師の説明以上の不都合を感じていた。

「この 4 日間、私は一人だったのですか？とアマヤは質問した。

「心配しないで。私たちはあなたのお世話をするためにここにいます。きっとご主人が赤ちゃんの面倒を見てくれるでしょう」と医師はアマヤを慰めようとした。

アマヤは軽い朝食をとった。彼女は赤ん坊のことを考えようとしたが、頭の中は真っ白だった。その後、アマヤは約 3 時間に及ぶ一連の医療検査を受けた。昼食後、彼女は昼寝をし、医師は夕方 5 時ごろ戻ってきた。「あなたは健康です。心配しないで、今日帰りたければ帰ってもいいし、そうでなければ明日の朝でもいい。2 週間後に赤ちゃんと一緒に来てください」と医師は指示した。

「お札をください。私はその金額を振り込むことができます」と天谷は言った。

「ご主人はすでに経費を前払いしています。あなたの口座にはいくらか残っています。

「また来るから、そこに置いておいて」とアマヤは言った。

「ところで、昨日の夕方、ご主人に連絡を取ろうとしたのですが、携帯電話が壊れていたようです」と医師は言った。

アマヤは驚いて医者を見た。彼女は何か言おうとしたが、言わなかった。

「もう一度やってみようか？医師はアマヤに許可を求めた。

「先生、ご親切にありがとうございます。

アマヤは医者が帰った後、何度かカランに電話しようとしたが、医者が言ったように電話は通じなかった。

1 時間もしないうちに、医師が赤ちゃんの出生証明書のコピーを持って戻ってきた。「娘さんの出生証明書はすでにご主人にお渡ししてあります」と、医師はアマヤにコピーを渡した。

アマヤは 8 月 18 日に発行された 1 ページの書類に目を通した。赤ちゃんの誕生日は 7 月 31 日、時刻は午前 11 時半、性別は女性。父親の名前はカラン・A、母親はエヴァ・カプール。アマヤは自分の目を疑った。自分が現実の世界にいないと思い、身動きがとれなくなり、それ以上何も考えられなくなった。彼女はしばらくそこに座り、娘の出生証明書を眺めていた。

医師が戻って来て、スパイラル状に綴じられた 100 ページの診断書を渡した。「徹底的に調べてください。何度も検査や分析を繰り返したが、なぜあなたが昏睡状態に陥ったのか理解できなかった。神経学的に見て、あなたは 100 パーセント健康だ。でも、今後 3 カ月分のビタミン剤を処方しました。今後 1 年間、3 ヵ月ごとに神経科医に相談してください」と医師は提案した。

「もちろんです、先生」とアマヤは答えた。"さあ、帰ってもいいですか？"彼女は医師の許可を求めた。

「運転手が家までお送りします」と医師は言った。

「ありがとうございます、先生。なんとかなります」とアマヤは医者を安心させた。

「お大事に」と医師はアマヤと握手をしながら言った。

「先生、感謝しています」とアマヤは答えた。

彼女の車は病院の駐車場にあり、アマヤの運転に問題はなかった。家に着くと、ガレージは空っぽで、カランの車はなく、バイクは自転車置き場にあった。「どこに行ったんだ？アマヤは自問した。「カラン」と声をかけたが、返事はなかった。「カラン」とアマヤはもう一度呼んだ。彼女は、敷地内に誰もいないことに気づき、心が震えた。アマヤはガレージに鍵をかけ、家のドアを開けた。「カラン、アマヤよ」と彼女が叫ぶと、その反響音が何秒間も彼女の耳に響いた。初めてアマヤはカラン抜きでハウスに入った。アマヤはこれまで一度も彼の不在を経験したことがなかった。アマヤは電気のスイッチを入れ、突然の明るさに恐怖を感じた。「スプリヤ」アマヤは地面に倒れ込む前に大声で叫んだ。呼吸は困難だったが、頭を上げようとすると、しびれ、足と手は冷たくなり、頭の中は真っ白になった。彼女は何も考えられなかった。まるで死が全身の細胞を貫いているかのようだった。アマヤは何時間も動かず、朝まで地面で眠っていた。

空腹で喉が渇いても、アマヤは何時間も床に座って天井を眺めていた。彼女はシャンデリア、扇風機、壁掛け、絵画を見ていた。アマヤはゆっくりと立ち上がり、キッチンまで歩いて行き、食材で溢れた冷蔵庫を開けた。彼女はコンデンスミルクのパックを取ってキッチンに行き、それを沸かしてコーヒーを用意し、コンロの近くに立ってマグカップ一杯を飲んだ。キッチンの棚にはオート麦のパックがあり、彼女はミルクと砂糖を加えておかゆを作った。アマヤはお粥の入ったボウルを手に取り、食堂まで歩いて行き、テーブルの横の椅子に座ると、数分でそれを飲み干した。まだお腹が空いていたので、冷蔵庫の中を探した。大きなボウルに入ったパエリアがあった。

彼女は疲労とめまいを感じ、床に倒れ込み、スプリヤの夢を見ながらダイニングテーブルの脇で眠った。アマヤはローズと家でピアノを弾いていた。突然、ドアをノックする軽い音が聞こえた。「ママ、誰かがドアをノックしてるよ。見てきます」と言ってアマヤはドアに近づき、ドアを開けた。ローズはアマヤに続いて彼女の後ろに立った。アマヤは、ジーンズにＴシャツ姿の背の高い若い女性が目の前に立っているのを見た。「ママ、私はあなたのスプリヤよ。病院で私を探していたでしょ」にこやかな笑顔で、若い女性は彼女を紹介した。アマヤは彼女を見た。スプリヤは彼女のレプリカだった。「アマヤ、彼女はあなたよ」とローズが後ろから言った。「スプリヤ」とアマヤは叫び、彼女のモルを抱きしめるかのように走り寄った。突然、アマヤは目を開け、自分が床に横たわっていることに気づいて驚いた。″スプリヤ！″アマヤは叫んだ。「どこにいるんだ？私はあなたを探している」。彼女の声はかすれていた。

夜中の３時、壁掛け時計が時を刻んでいた。地面に座り、アマヤは辺りを見回した。物音に驚き、部屋から部屋へと歩き回った。彼女は暗闇、影、光、静寂、沈黙に対する恐怖を経験した。目には見えない脅威が周囲に迫り、彼女はその上空に危険が漂っているのを想像し、極度のパニックと不安を引き起こした。彼女は動悸が激しくなって汗をかき始め、極度の警戒態勢であたりを見回した。口が渇き、体に寒気を感じ、胸が痛み、鼓動が速くなった。アマヤは胃のむかつきと吐き気に襲われ、震えながらトイレに駆け込み、嘔吐を繰り返した。窓辺で何かが動いている。暗闇を背景にした爬虫類の影のようで、威嚇しているように見えた。彼女は食堂に駆け戻り、テーブルの下に隠れた。不明瞭さと沈黙が彼女を不安にさせた。恐怖を考えること自体が恐ろしいのだから。テーブルの下に座っていた彼女は、暗闇が嫌で嫌でたまらず、電気をつけたり消したりすることに苦痛を感じていた。イルカのように裸で、子牛を産む。

来る日も来る日も、暗闇と光に対する恐怖は増し、アマヤは寝室で寝るのを拒み、ダイニングホールに毛布 2、3 枚とベッドシーツと枕でゆりかごを作り、そこで安心して寝るようになった。時々、彼女はカランの髪が家の角からぶら下がっているのを見て、声を上げて叫んだ。料理中、天谷は包丁をすぐそばにおいて、いつでも使えるようにし、時には侍の殺陣のように、見えない敵と戦うように空中で包丁を何度も切りつけた。マドリードのロレートにいた頃、アマヤは黒澤明監督の『用心棒』を観て、映画の中の名もなきヒーローに憧れていた。アマヤは武士のように戦うために、枕元にもう一本包丁を置いていた。絶対的な暗闇が彼女を不安にさせ、完全な静寂が彼女を怯えさせ、影のない光が彼女を悩ませたからだ。眠ろうとしているとき、彼女は底なしの峡谷の千の絶壁の端を見て、異星人の奇妙な殴り合いや槍試合、マンモス生物の闘牛が現れた。アマヤは、自然を超えた苦しみと死の世界に足を踏み入れていると感じた。ジャンボジェット機ほどの大きさの鳥が頭上を飛び交い、祈りを求めている。

幻覚や妄想が行動や思考に現れるだけでなく、最初のうちは自分自身との接触を失うことが目立った。存在しないものが出現し、彼女は事実と虚構を区別するのが難しいことに気づいた。幻覚は稲妻のようで、彼女は声を聞き、存在しない匂いを嗅いだ。妄想が彼女の心を圧倒し、絶え間ない混乱を形作り、ハンマーで頭を殴ったり、ロードローラーの下に押し込んだりして死にたいと願った。時にはテレビのニュースチャンネルのように討論会のキャスターを務めた。フランス語、カタロニア語、エウスケラ語、スペイン語、英語、ヒンディー語、マラヤーラム語を話す他の人々と延々と口論を続け、彼女は精神分裂病の症状を表し、参加者たちは彼女をなだめようとしても無駄だった。不協和音は何時間も続き、招待講演者の間で殴り合いの喧嘩もあった。

天谷の機嫌はコロコロ変わり、あるときは笑い続け、あるときは何時間も怒鳴り続け、あるときはひたすら泣き続け、あるときは何日も悲しみに暮れた。彼女は、集中すること、料理すること、食べること、眠ることが難しかった。次第に、孤立を祝い、手や脚がうまく動かなくなるのを感じるようになった。彼女は入浴、歯磨き、髪をとかすこと、洗濯、家の掃除に問題を抱えていた。彼女の耐性は低くなり、ストレスが増すと自分に怒鳴った。真夜中に起きると、彼女は家の中をあてもなく走り回り、自分の考えと行動が矛盾し、自分でも奇妙に見えることに気づかなかった。アマヤは夜中の 2 時ごろ悪夢にうなされ、家の中をあてもなく走り出し、壁にぶつかって倒れ、意識を失い、翌日の昼までそのままだった。ひどい体の痛みを感じたが、怪我はなかった。

アマヤはすでに 2 ヵ月半、家の中で外の世界やその外見、色、音を忘れていた。広大な地中海、バルセロナのビーチ、旧市街の迷宮は、彼女にとって異質なものとなっていた。突然、彼女は自宅の南側のバルコニーに立ち、観光客たちが夜を謳歌しているのを見たいと強く思った。彼女は恐れと抑制を捨ててドアを開け、太陽の光、世界、その多様な色、動き、変化を目の当たりにして驚きを感じた。彼女は長い間ギャラリーに立っていた。孤独を感じながらも、それは画期的なことだった。

その夜、アマヤは居間に隣接する寝室で寝た。朝、彼女は歯を磨き、湯船につかり、朝食の準備をした。アマヤは午後まで家の掃除をし、洗濯をし、食事を作った。ランチを食べながら、彼女は夕方にビーチに行くことを考えていた。書斎には本があり、コンピューターもそのままだった。メールをチェックしていると、何通ものメールが彼女を待っていた。アマヤは、自分の銀行から「名前を明かしたくない友人」からの 5 ルピー（約 650 万円）の送金があったのを見て驚いた。アマヤがつぶやいた。「血税よ、子供を作るための代償よ」。そして静かに泣いた。

アマヤは赤ん坊の父親がスプリヤを盗んだことを認めた。「でも、彼は考えることができないの。

夕方、アマヤは外出した。世界は新しく見え、彼女は足早に歩いた。ビーチまでは 20 分ほどかかった。海は青く穏やかで、波は穏やか、そよ風はまろやかだった。海岸線は色とりどりで、何百人もの子供たち、女性たち、男性たちがいた。アマヤは海、波、岸辺、空、星、そして宇宙全体との一体感を感じていた。それは新しい、穏やかな経験だった。彼女は冷静さを保ち、失われた機会や悪化した人間関係、浮気やごまかしに腹を立てないようにしようと考えた。彼女は何キロも歩いた。夕食はキオスクで、魚のフライ、チキン、パエリアだった。アマヤは起こったことをすべて忘れようとした。それから歩いて家に戻り、真夜中まで眠った。

朝食後、アマヤはピアノを弾いた。キーボードの上で指が動いているのを見て、彼女は驚きを感じた。ピアノは彼女の身体と心を切っても切れない関係にしていた。慕っていた母親のこと、アンマ、ママ、お母さんから受けた人生の最初のレッスン、そしてピアノを弾くことまで思い出した。彼女にクラシック音楽を教えたロレートの修道女たちも、同じように共感的な心で献身的だった。夕方、アマヤはプールで泳ぎ、水に浮かんで青空を眺めた。

週に一度、アマヤは街の通りを長く歩き、周囲を見渡し、群衆の中に身を置き、ブラジル、アルゼンチン、チリ、メキシコからスペイン、ポルトガル、フランスを訪れ、さまざまな楽器を演奏する音楽家の小さなグループに耳を傾けた。彼らの音楽には独特の魅力があり、若いカップルの愛と別れを物語っていた。アマヤはいつも、彼らの貯金箱にお金を入れていた。ある日、彼女はカラフルな衣装を身にまとったロマニ族の夫婦を見かけた。アマヤはその女性にピアノを弾く許可を求め、彼女は承諾した。しばらくの間、二人は一緒に演奏し、その後、女性はアマヤに一人で演奏することを許した。アマヤは愛と一体感を歌ったヒンディー語の曲を演奏し、観衆が集まった。彼女は 1 時間、キーボードでマジックを繰り広げた。その日、夫婦は 2

倍以上のお金を集めて喜んだ。帰り際、彼らはアマヤにお金の一部を差し出したが、アマヤは笑顔でそれを返した。

アマヤは孤独を感じ、まるで何も喜びを与えてくれないかのようにに家にたどり着き、自分の中に何かが欠けているように感じ、孤独感は日に日に増していった。料理も音楽も水泳も、空虚感が増して彼女を飲み込んでいくのを助けることはできなかった。それは不本意な孤独であり、空虚さ、失われた人間関係、人生を分かち合う人の不在にさらされることだった。夜中に突然起き上がり、自分がどこにいるのか、なぜそこにいるのか不思議に思い、アマヤはあたりを見回し、自分は一人だ、まったく一人だと思った。彼女はつながりたかった。誰と関わり、話し、分かち合えばいいのかわからなかったが、誰もいなかった。その裂け目は無限に広がっており、彼女は何度もその裂け目を塞ごうとしたが、うまくいかなかった。切なく、温かく、心地よく、円滑な人間関係を築くことができなかった。夢と現実に押しつぶされ、色あせた古新聞のように、彼女は平伏した。

彼女の内なる声は、彼女には交友関係が欠けている、近くにいるはずの誰かから、あるいは自分の中にいるはずの誰かから遠ざかっているという感覚を告げていた。拒絶感がひどくなり、孤独感が強まり、他者との一体感を築けなかったことを自覚し、真正性を欠くようになった。足音も、激しい息づかいも、動く影も、愛しい人の匂いもない。抱きしめてくれる人も、「元気？ごきげんよう」、あるいは挨拶する：″やあ、アマヤ！″虚無の存在、浸透する無、虚無の広大さ、孤独の底知れなさが彼女を没入させた。彼女は、潜在的な拒絶、孤立、自分の存在の否定的な偏り、両親さえ避けて隠遁生活を送る方がいいという感覚、虚無のためにすべてを捨てるサニヤシンの兆候を認識した。

彼女は孤独に死ぬのだ。彼女の身体は退化して崩壊し、空っぽの頭蓋骨と骸骨が家の隅かプールの近くに横たわっている。アマヤは大声で笑った。しかし、皮膚のない、毛のない開いた頭が、彼女に質問して笑っていた：「どうして死ななきゃいけないの？スプリヤを探し、見つけて、愛する彼女を救い出せばいいいじゃないか」。どこに行けば会える？自問自答しながら、アマヤは書斎に向かって走った。一日中、彼女はコンピューターで赤ちゃんとカランの居場所を探していた。突然、彼女はカランのフルネームさえ知らなかったことが明らかになった。出生証明書には、カラン A という名前が書かれていた。アマヤはカランの生い立ちや詳細を探したが、無駄だった。彼女はカランのことを何も知らなかった。彼の両親や生まれた場所、所属する都市や州、住所、経歴、インド国籍なのか、スペイン国籍なのか、フランス国籍なのか、それともアメリカ国籍なのか、興味深い質問だった。彼を信頼し、完全に信じていた。惨めに彼の顔を思い出そうとしたが、コンピューターにも彼の写真はなかった。彼女はスペイン全土を旅している間、彼の写真をクリックすることはなかった。彼女はカランが家でご飯を食べているとき、ピアノを弾いているとき、プールで泳いでいるとき、ビーチを散歩しているときの写真を撮るのを忘れていた。蜃気楼のように、あるいは冬の初めのリンゴの木の落ち葉のように、彼の顔は記憶からやせ細った。彼女は、1 年間一緒に暮らしたカランが、彼が盗んだスプリヤを孕ませたことを何も知らなかった。

アマヤ、なぜあなたは世捨て人としてここにいるのですか？いつまでここにいるの？ここに住む目的は何ですか？彼女はそのどれにも答えることができなかった。*世界中にスプリヤを探しに行こう。*それは断固たる決断であり、彼女は荷物をまとめてロンドンに向かった。しかし、なぜロンドンを選んだのか、ロンドンのどこでスプリヤを探すのか、どれくらいの期間探すのか、彼女にはわからなかった。アマヤは 2 日以内にロンドン行きの飛行機に乗った。

娘を探して

スプリヤの誘拐はアマヤの人生で最も心を痛めた出来事であり、彼女はカランにそれができると心に納得させることができなかった。胸が震え、彼女は長い間反芻した。その喪失は痛みと悲しみを生み、カランの行動は恥と苦悩をもたらした。頭を機械の中に押し込められるような苦痛に耐えられなくなることもあった。屈辱は深い沈黙をもたらし、人と話すのが恥ずかしくなり、人と顔を合わせないようにした。ロンドン中の誰もが彼女の話を知っていて、彼女を笑いものにしておしゃべりしていた。エイリアンだらけの環境との接点を失ったのだ。他人との交流は屈辱的な体験だった。彼女は言葉や言い回し、言葉遣い、物や場所の名前さえも忘れてしまった。行動を説明するのに適切な動詞を思い出せないこともしばしばで、自分の周りの環境をどう表現すればいいのか、言語を通して世界に対する理解をどう表現すればいいのか悩んでいた。

アマヤは孤独で悲しくなり、ホテルの部屋から一歩も出ずに自分を憎むようになった。家政婦が毎日のように訪ねてくるのは娘を誘拐するためなのだろうかと想像し、スプリヤの安否を確かめるために必死であちこちを探した。スプリヤが父親と一緒にいるとわかったとき、一瞬慰めが生まれたが、すぐに悲しみと羞恥心が彼女の感情と精神のバランスを踏みにじった。彼女はスプリヤの安否を常に気にしていたため、自分に起こるかもしれない悪影響について考えたことはなかった。ロンドンに着いて 1 週間も経たないうちに、アマヤはアペックス・コーナーを横断中、交差点の反対側で乳児をベビーカーに乗せた夫婦を見かけた。突然、アマヤは大声で泣き、娘の名前を何度も呼び、夫婦のほうに駆け寄っていった。歩行者をかき分け、道路を横断しようとした。反対側に着くと、警官が早足で彼女に向かって歩いてきた。「何があったんだ？なぜ叫んでいるのですか？「私の赤ちゃんが、私の赤ちゃんが......」と呻きながら、

50 メートルほど離れたところにいる夫婦と乳母車を指差した。彼女の言葉は震え、体は激しく震え、足取りは不安定だった。トランシーバーで次の警官に伝言を伝えると、ボビーはアマヤと一緒に二人のところまで早足で歩き、少し先でもう一人の婦警に呼び止められた。アマヤと警官が彼らの前に立つ間、夫婦の顔には驚きの色が浮かんでいた。「彼らは違う」とアマヤは呟いた。「何事もなかったかのように、すぐにバギーを押し始めた。「奥さん、大丈夫ですか」二人目の警官がアマヤに尋ねた。しかし、アマヤは自分が何を聞いているのか気にも留めず、今聞いた言葉を反省することもなかった。

何日もあてもなくさまよい、ジェスチャーや表情で人の顔を見るのが怖かった。カランの顔を見たくなかったので、人の顔を見ないようにしていたが、スプリヤのことを思い出して胸がドキドキした。顔を覚えずにカランを認識しようとするのは、絶え間ない闘いだった。通行人はみなカランであり、彼との出会いが間近に迫っていることに内心戦慄していた。翌週、彼女はナショナル・エクスプレス・コーチ・ステーションに座り、バスの乗客が乗り降りするのを眺めていた。それからの 1 週間、彼女はヴィクトリア・コーチ・ステーションとオルドゲート・バス・ステーションにいた。彼が現れたらすぐに駆け寄り、顔も見ずに彼の手から赤ん坊を奪い取ろうと考えていた。そして、愛娘を連れてそっと立ち去った。

カランの手を振りほどき、スプリヤを救った英雄的な出会いを思いながら、地下の地下鉄を何度も旅し、彼女は周囲を忘れて大声で笑い、泣いた。アルパートン駅、バーントオーク駅、グッジストリート駅、レイトン駅、アーノスグローブ駅、クロックスリー駅、ウッドサイドパーク駅などで、彼女は何時間も彫像のように立ち続け、乗客に疑いの目を向けていた。彼女は人が近づくと、目を合わせる勇気がないかのように顔をそむけた。エレファント・アンド・キャッスルで、彼女の不安定な足取りを見ていた若い女性が道路を渡るのを手伝うと言った。「私はあなたを信用していない」と彼女はつぶやいた。

ロンドンでの 2 ヶ月目、アマヤは何日も食事をとらず、レストランに行くのはウェイターと話しながら注文をしなければならず、自己侮辱だと考えていた。お腹が空いた彼女は、勇気を出してグリーンパーク近くの食堂に行き、注文もせずに 30 分もそこに立っていた。彼女はホテルのルームサービスを望んだが、電話をかけた後に受話器を取り替えることが多かった。「奥さん、電話しましたか？アマヤは沈黙を守ることを好んだ。最初の 1 カ月はホテルからポーランド戦没者慰霊碑を眺めていたが、その後は外界と接触しないように窓を固く閉めた。1 日に 2 時間以上眠ることは難しく、昼と夜の区別がつかなくなった。彼女の時間の概念は、無限大に向かう秒と分の網の目のようになり、時間と日は存在しなくなった。経験したトラウマは果てしなく、彼女を静寂で包み込んだが、彼女は常にその掌握から逃れようと自分自身と格闘していた。

アマヤは無力感と不安で罪悪感に苛まれ、カランの意図を疑わずに信用してしまった自分を呪った。時々、彼女は彼がどんな顔をしているのか、彼は実在するのか、と考えていた。しかし、アマヤが彼について覚えていることがひとつある。アマヤはカランを憎むことはなかった。カランが自分に示してくれた愛情、気遣い、庇護を忘れることができなかったからだ。彼女が経験した傷は、ギリシア神話のアルゲアの傷の 100 倍も大きかった。それは、1 年間、愛と信頼と性的な喜びと親密な一体感を分かち合った相手から受けた不幸の大きさに歯止めをかけることができなかった彼女の無力を、はげしく思い知らされたことだった。その認識は彼女の心の奥底をつまずかせ、自分自身や他の人間に対する自信を打ち砕いた。教養があり、理性的で、世界中を旅し、さまざまな状況に置かれた何百人もの人々と出会い、さまざまな状況下での人間の行動を分析してきた女性に、なぜ、そしてどうしてこのようなことが起こったのだろうか？彼女は、最高の教育機関で学び、ジャーナリズムと法律を専攻した人物が、騙された犠牲者になることが受け入れられなかった。彼女は、自分の知性が広がり、理性が研ぎ澄まされ、知識が増えても、自分の心は乱暴で制御不能なままであることに良心の呵責を感じながら気づいた。その結果、裏切りや欺瞞から身を守るための適切な決断ができなかった。

アマヤは、娘を守れないことを知り、苦悩に打ちひしがれた。彼女は肉体的にも精神的にも病に倒れ、その結果、孤独に陥り、孤立し、自分の向上のために何をすべきかの判断力が鈍り、鏡に映る自分の姿を見るのが嫌になった。野暮ったい服装、乱れた髪、つり上がった目が彼女を怖がらせた。寝室とトイレの 2 つの鏡を古新聞で覆うことが、嫌悪感を抱かせる人物から逃れる唯一の方法だった。家政婦が来る前は、毎日丁寧に外していた。しかしある日、アマヤはトイレの鏡に貼った新聞紙を剥がすのを忘れてしまった。ベッドを倒し、ベッドシーツ、ベッドカバー、タオルを交換し、日用品を補充するために毎日訪れる家政婦は、遮蔽された鏡を見て驚きのため息をついた。「奥さん、大丈夫ですか」天谷を見て彼女は尋ねた。アマヤは屈辱を感じ、それから 2 日間、部屋に閉じこもった。ホテルの支配人がドアをノックした。彼女はアマヤと 30 分ほどおしゃべりをし、アマヤの外見や健康状態を心配し、適切な医療や食事なしにどうやって生きていけるのかと質問した。マネージャーはすぐに常駐医師に電話をかけ、アマヤを訪問させた。医師は彼女に薬を処方し、定期的に栄養のある食事をとり、専門的な心理療法を受けるようアドバイスした。

中年の心理療法士が夕方アマヤの部屋を訪れ、彼女の存在がアマヤに自信を与えた。そのセラピストの役割は、アマヤが感情的な問題を克服し、複雑な人生の状況に対処できるよう、心理療法を施すことだという。セラピーの目的は、マインドを強化し、感情を高め、感情を総合的に経験することだった。それは、アマヤが自分の能力と能力を発揮できるように意識を発達させるためであり、人生の喜びと幸福を経験することが目的だった。セラピストはアマヤに、ホテルから 1 キロ離れたクリニックの治療プログラムに参加するかどうかを決める自由があると言った。

アマヤはクリニックまで歩いて行った。セラピストは最初のセッションで、アマヤについて基本的な質問をすることで、彼女のことを知ろうとした。アマヤはセラピストに、バルセロナで生まれたこと、両親のこと、マドリード、ムンバイ、ベンガルール、バルセロナでの教育のこと、すべてを話した。彼女は、大学のカフェテリアでのカランとの出会い、ロータスでの共同生活、スペイン全土とフランスの一部を一緒に旅行したこと、妊娠、出産、そしてスプリヤの死について語った。セラピストはコメントや価値判断をすることなくアマヤの話に耳を傾けたが、アマヤは安心した。彼女は、自分の気持ち、感情、物語を共有できる相手を待っていた。最初のセッションの終わりに、セラピストはアマヤに、自分の心が苦痛を作り出していること、ストレスへの対処は自分のリソース次第であることを告げた。社会的サポートは重要な資源であり、セラピストはアマヤを支えた。彼女のサポートは、プレッシャーをコントロールし、気持ちをコントロールする能力を向上させる。アマヤは管理された環境で、毎日約 2 時間の心理療法を 12 日間連続で受けた。

セラピストの声は明瞭で、その言葉には意味があった。天谷が何を考え、何を感じているのか、彼女はいとも簡単に察知した。彼女の言葉や仕草は親しみやすく、温かく、励ましに満ちていて、アマヤのありのままの姿を、偏見のない態度で受け入れていた。アマヤは、セラピストが共感を示し、傾聴のスキルに優れていると感じた。彼女はアマヤに、当初は批判的でありながら友好的な思考プロセスで、各ジャンクションでアマヤがチームメンバーとして、あらかじめ決められた目標を達成できるよう手助けする、と伝えた。アマヤは自分の個人的な歴史について話している間、激しい感情の変化にさらされ、胸が張り裂けるように泣いた。時には怒りをあらわにし、激流のように吐き出し、セッションが終わるたびに肉体的に疲れ果てていた。

セラピストはアマヤに、事実を分析し、彼女が遭遇した問題を評価し、問題解決に自分の洞察力を使い、アマヤが心身の健康を達成できるように知識を再構築するよう指導した。彼女は自分の知識と技術を意識的に使い、アマヤが自分の問題を理解し、解決できるようサポートした。セラピストの前向きな姿勢、クライアントが自分自身を知ることに集中する。その結果、アマヤにとって有害なアマヤの思考プロセスに気づき、アマヤがストレスに対処する方法を特定するのに役立った。さらに彼女は、アマヤにカランとの交流を調べさせ、絶望と抑うつから立ち直るために彼女の思考、感情、気持ちを変えるガイダンスを提供した。リラックスしてマインドフルネスを達成する方法を説明し、セラピストはアマヤに希望と人生に対する新たな視点、そして共感と信頼、他者との思いやりの関係を与えた。やりとりはすべてクライアント中心で、セラピーは自助努力の訓練だった。12 回のセッションの中で、アマヤは自分の思考プロセスを本質的に習得し、経験から学び、自分自身の感覚を作り上げ、意思決定において自律的な力をつけた。それは自立を学び、心の傷を癒し、恐れ、恥、憎しみを和らげることだった。セラピストは彼女に、その後 3 年間は毎年心理療法を繰り返すよう求めた。

ロンドンでの 4 ヶ月の心理療法の後、アマヤはジュネーブ行きの飛行機に乗った。アマヤが空港からタクシーでレマン湖の西岸、別名レマン湖畔のホテルに向かったときは雪が降っていた。サン・ピエール大聖堂を訪れていたアマヤは、小さなポスターに目を留めた：湖畔の壁にある小さな建物に、「子どもたちとソーシャルワークをするボランティア募集」という小さなポスターが貼られていた。ガラス張りのドアから、アマヤは部屋の中で女性がノートパソコンに向かっているのが見えた：「ドアを開けてください。中は暖かかった。

「こんにちは、私はリーです」と手を伸ばすと、座っていたその人は言った。

「こんにちは、アマヤです。ボランティア・ソーシャルワーカーとして一緒に働きたいんです」アマヤはそう言って、リーを紹介し握手を求めた。

「それなら今日から始められるわ」とリーが答えた。アマヤは、何カ月ぶりかに自分の名前を呼ばれたことに喜びを感じた。

「もちろん、準備はできています」とアマヤは言った。

「私たちは、7 人の女性によって設立された*チャイルド・コンサーンという*組織で、ソーシャルワーカーと名乗っています。アジア、アフリカ、東欧、中南米諸国を中心に、里親、スポンサーシップ、教育、栄養、医療など、世界中の子どもたちの福祉のために活動しています。児童労働、結婚、児童虐待を積極的に廃止し、国際機関や加盟国の政策立案者に影響を与える。児童福祉のあらゆる側面が私たちの関心事です。*Child Concern* には恒久的な仕事はありません。私たちは皆ボランティアです」とリーは説明した。

その日、アマヤはオフィスで時間を過ごし、仕事について学んだ。ボランティア・ソーシャルワーカーには、資金調達、資金分配、管理、現場監督の 4 つの分野がある。ボランティアは*チャイルド・コンサーン*で 1 日から何年も働くことができるが、報酬はなく、交通費さえも支給されない。全員がボランティアとして参加し、世界人権宣言の名の下に、組織の資金を悪用することなく誠実に活動することを誓った。組織にはヒエラルキーがなく、誰も指示したり従ったりしなかった。*チャイルド・コンサーン*を立ち上げた 7 人の女性たちは働く女性で、毎日約 2 時間、メインオフィスやその他のオフィスで思い思いに過ごしていた。

同様に、ボランティアは活動する国を自由に選ぶことができたし、別の国で活動する自由もあった。12 ヶ月以上活動したボランティアは、政府、企業、銀行、団体、財団、協会、個人から資金を集めることができた。世界中で何千人ものボランティアが募金活動に参加し、莫大な資金を集めた。金融取引はすべてデジタルで行われ、現金取引はなかった。メイン・オフィスとサブ・オフィスに必要なコンピューター、プリンター、コピー機、スキャン機、通信機器、その他すべての機器、文房具、道具類はドナーから提供されたものである。家賃、税金、電気代、水道代、運搬費など、そのような経費を賄うために何百もの寄付者がおり、取引はすべてデジタルだった。

児童福祉に携わる複数の機関から提出されたプロジェクト案を、行政に携わるボランティアたちが評価した。評価は、各プロジェクトの問題点、目的、根拠、利益、財政的な実行可能性について行われた。現場監督は、プロジェクトを提出した団体を訪問し、その場で詳細な評価を行い、その真正性、歴史、意図を評価した。*チャイルド・コンサーン*社内のウェブサイトに徹底的なレビューを掲載し、最終的な判断を仰いだ。プロジェクトの提案書と評価報告書は、行政のソーシャルワーカーたちによって再度入念に調査された。彼らは、プロジェクトを実施するための資金援助を組織に与えるかどうかを決定した。その資金がプロジェクト目的のためだけのものであることに同意する必要があった。最後に、6 ヶ月分の資金がボランティアのソーシャルワーカーによって分配される。*チャイルド・コンサーンは*、すべての評価プロセス、現場監督、報告、資金の放出を 6 ヶ月以内に完了した。各代理店は、公認会計士による監査済みの決算報告書とともに、1 年ごとの報告書をデジタルデータで提出する必要があった。各段階でチェックとカウンターチェックが行われた。*チャイルド・コンサーンに*1 ヶ月以上在籍することを希望するボランティアは、管理部門または現場監督部門で働いた。彼らの仕事には、プロジェクトの評価や査定、プロジェクト運営資金を申請した機関や組織への現地訪問などに多くの時間が必要だった。

世界人権宣言の名の下に誓いを立てたアマヤは、ボランティア・ソーシャルワーカーとして*チャイルド・コンサーンに*加わった。彼女はボランティア最終日まで有効な管理局のウェブサイトのパスワードを受け取った。事務局には、彼女のほかに 8 人のボランティアがいた。アマヤの最初の仕事は、すべての国で前日の夜中までに参加したボランティアのリストを作成することだった。合計で 1004 人がさまざまな役職に就いていた。また、*チャイルド・コンサーンで*の活動を終えたボランティアのリストを成文化し、前日に退職したボランティアへの感謝状を作成し、リストと証明書の両方を*チャイルド・コンサーンの*ウェブサイトに掲載した。

翌日、コンピューターはアマヤに、農業や家事労働に従事する子どもたちの社会復帰を目指す南アフリカの NGO が提出したプロジェクト案を評価するよう提案した。主に女性によって運営されているこの NGO は、約 10 年間、さまざまな立場で子どもたちとの活動に携わってきた経験を持ち、汚職のない誠実で献身的な活動で優れた実績を上げていた。このプロジェクトは約 450 人の子どもたちを対象にしたもので、そのほとんどが農村部の出身で、人生のかなりの部分を農業や家事労働に費やしていた。子どもたちの約 15%が読み書きができず、65%が小学校を中退している。子どもの 45%は、1 日の労働時間が 4 時間未満のパートタイム児童労働者であった。プロジェクトの受益者はすべて 16 歳以下で、61 パーセントが女子であった。南アフリカでは児童労働が犯罪であったにもかかわらず、児童売買のために児童労働が盛んになった。極度の貧困から逃れるために、子供たちは親によって危険な仕事に従事させられた。

このプロジェクトは 5 年間のもので、居住施設、栄養価の高い食事、近代的な医療、保護者の意識向上、地域社会の参加、リハビリテーションなど、すべての子どもたちに教育を提供するという明確な目標を掲げていた。この NGO は、毎年 16 歳を迎える子どもたちの教育や能力開発のために、地域社会の取り組みを開始する予定である。必要な資金援助は、子ども一人につき月 120 ドルであったが、インフラ設備はすべてコミュニティが提供する。アマヤは、問題の説明が理路整然としており、目標が達成可能であること、現地の状況に基づいたプログラムであること、そしてコミュニティーの参加により、堅実かつ適度な予算が想定されていることに気づいた。推奨」を意味する「A」評価で、アマヤはセカンド・オピニオンのために行政のウェブサイトに評価とともに掲載した。

午後、アマヤはセカンド・オピニオンを求めてインドネシアから送られてきたプロジェクト提案書と、それを評価した最初のボランティアによる簡単な評価報告書に目を通した。その依頼とは、1,500 以上の小島からなるラジャ・アンパット群島で、10 年間にわたり約 1 万人の子供たちに本を提供するというものだった。本を読む機会がないために、文盲のような状況が生まれ、人間形成の質に悪影響を及ぼした。これらの島々では、約 85%の子供たちが本にアクセスできず、機能的に読み書きができない。彼らは書かれた言葉の意味を理解することができなかった。子どもたちの情緒的、個人的、学業的、社会的、経済的な領域において、社会の発展に影響を及ぼす広範囲に及ぶ結果をもたらした。プロジェクトの提案書には、子どもたちが本を手にする機会がなく、読書の習慣がないことが書かれていた。ジャワ島、バリ島、スマトラ島、ラジャアンパットの環礁には公共図書館がなく、大きな格差があった。このプロジェクトは、10 年以内に 1 万人の少女と少年を完全に読み書きができるようにすることを想定しており、将来世代のためにこのプロジェクトを何年も継続することを定めていた。プロジェクト提案書を評価した後、アマヤは最初の評価報告書を読んだが、その報告書は提案書に ″A プラス・グレード″、つまり ″強く推奨する ″という評価を与えていた。慎重かつ徹底的な査定の結果、天谷は「A」と書き、「推奨」を示唆した。さらに、ほとんどの小島は政府でさえ立ち入ることができないため、現地ボランティアが包括的かつ徹底的な監督を行ったことに言及した。

アマヤは毎日約 10 時間、*チャイルド・コンサーンと共に*過ごした。ボランティアのほとんどは大学生で、子どもたちの問題に取り組んでいた。営業時間終了後、2、3 時間仕事をするためにそこに行く一般人もいた。休日や日曜日には、医師、弁護士、銀行員、エンジニア、建築家、俳優、芸術家などの専門家がオフィスを訪れ、彼らが見たことも聞いたこともない子供たちのためにボランティア活動を行った。子どもの権利と人間の尊厳を信じる彼らにとって、それは新しい宗教だった。仕事を通して、スプリヤの思い出がアマヤの心を撫で、彼女はアフリカ、アジア、ラテンアメリカ、東欧の子供たちを通して娘の世話をしているのだと思った。

アマヤは数日以内に、12 機関の半年ごと、1 年ごと、プロジェクト完了報告書を評価した。経過報告書や完了報告書の採点は、数多くの基準に細心の注意を払って従わなければならないため、挑戦的で粘り強い仕事だった。定量的なパラメーターは、定性的なパラメーターよりも優先された。アマヤは、教育、栄養、医療、児童労働防止、児童虐待、暴力の成長指標を数えようとした。報告書では、質的な変化が的外れであると主張されたが、それはプロジェクト提案の目的を達成するための確かな仕事、変化、成長が欠けていたからである。質的な変化しか示さなかった人たちは、その失敗を隠した。アマヤはそう主張し、NGO にプロジェクトの成果を定量的に示すよう要求した。彼女は、NGO がプロジェクト提案の目的を定量的に実施できなかった場合、現場ボランティアにさらなる資金提供を止めるよう提案した。

水上病院はアマヤにとって新しいコンセプトで、彼女がバングラデシュから受け取ったプロジェクト案のタイトルだった。多くの河川や水域があるため、道路よりも船で各地にアクセスする方が現実的だった。バングラデシュのプロジェクト提案は、一貫して社会のあらゆる階層における広範なコミュニティ参加を強調していた。水上病院はそのようなコンセプトを持ち、水域を通じた人々の関与を強調していた。このプロジェクトは、貧困層に属する 0 歳から 14 歳までの子どもたち 100 万人を対象にしたものだった。アマヤは、バングラデシュが教育、栄養価の高い食料の提供、保健衛生の向上、プライマリー・ヘルス・センターの設立、母子ケア・プログラムの強化において急速に発展していることに気づいた。同国政府は国民の開発に重点を置き、何千もの NGO が政府と協力して非識字、飢餓、貧困、不健康を撲滅するよう奨励した。しかし、人々は彼らの哲学に従うことができた。フローティング・ホスピタル・プロジェクトの提案書には、明確な問題提起、具体的な目的、明確で測定可能な活動、実証可能なプログラム、検証可能な予算案があった。アマヤはこのプロジェクトに "A プラス "をつけ、セカンド・オピニオンのために行政のウェブサイトに掲載した。

タミル・エラム解放軍に所属する約 2000 人の子どもたちを社会復帰させるというプロジェクト案が、その日の次の査定案件だった。プロジェクトの提案書は大雑把で、明確な問題提起、具体的な目的、活動、定量的なプログラムスケジュール、達成指標が欠けていた。プロジェクト提案書を提出した代理店は登録団体ではなく、スリランカに銀行口座を持っていなかった。アマヤがプロジェクト予定地域の子供たちに共感したとしても、プロジェクト提案を承認する正当な理由はなかった。彼女は"不合格"を意味する"F"ランクをつけ、セカンドオピニオンのために投稿した。

ジュネーブの*チャイルド・コンサーン*事務所で子どもたちとのソーシャルワークにどっぷり浸かった彼女の心に、幸せが芽生えた。心理療法の後、彼女の心は穏やかで、悲しみや落ち込みはなく、体もリラックスしていた。何百人もの子どもたちが自主的な活動から恩恵を受け、この活動は大きな満足感をもたらした。彼女はすでに 2 ヵ月半ほど*チャイルド・コンサーン*に滞在し、54 のプロジェクト案を評価し、35 以上の完了報告書を査定した。アマヤは、ウッタル・プラデーシュ州におけるレイプ被害者のトラウマ・カウンセリングに関するラクナウからのプロジェクト提案を審査した。このプロジェクトはセカンド・オピニオンを求めるもので、最初の査定員は"A プラス"をつけた。女性グループによって設立された NGO が提案書を提出した。問題提起はかなり入念で、その背景を分析している。インド政府機関である国家犯罪記録局を引用して、このプロジェクト案は、インドでは毎日平均 75 件のレイプ事件が起きており、ウッタル・プラデーシュ州は女性に対する暴力犯罪を含めてトップであると述べた。警察が登録したレイプ事件は 10 件中 1 件に過ぎない。与党に属する政治家、選挙で選ばれた議員や閣僚は、しばしば自分の選挙区の犯罪率がバラ色であることを示す問題を警察に報告することを思いとどまらせた。

インド政府筋から引用されたこのプロジェクト案は、ウッタル・プラデーシュ州におけるレイプ被害者の 95%がダリットであり、85%が未成年者であったことを強調している。アーリア人が侵入した時代、インドには繁栄した文明があった。それにもかかわらず、新参者たちは丸腰の先住民を打ち負かし、奴隷にして下働きをさせた。

ウッタル・プラデーシュ州のブンデルカンド地方では、ダリット系農民の新婦は、結婚初夜に「上位カースト」の地主と寝ることを強要されることが多かった。プロジェクトの提案書では、ダリットは〞上位カースト〞にとって〞不可触民〞であるが、〞上位カースト〞の男性はダリットの若い女性をレイプすることに何のためらいもないと説明されていた。

この提案には具体的な目標があり、トラウマに苦しむレイプ被害者を治療するために、資格を持った専門家を配置したカウンセリングセンターを構想していた。ヴァラナシ、アラハバード、ガジアバード、ゴーラクプル、ラクナウ、カーンプル、ミールート、ノイダ・サハランプール、アグラなど、ウッタルプラデシュ州の主要都市や町で、NGO は長期的な治療センターの設置を提案した。プロジェクトの期間は 10 年間で、毎年最低 1 万人のレイプ被害者が心理的サポートと精神科治療を受けることになる、とプロジェクトの提案書は説明している。アマヤはプロジェクトの企画書に〞A プラス〞をつけ、現地で最初の査定を受けるために現場監督に提出した。

最も満足のいく 3 ヵ月を過ごしたアマヤは、子供たちと一緒に働くことを許してくれたリアとその仲間たちに感謝した。リーはアマヤに、彼女の献身とコミットメントを評価し、今後も*チャイルド・コンサーン*をボランタリーサービスのために利用することを歓迎すると告げた。スプリヤをしっかりと胸に抱いたアマヤは、6 月 1 日にスプリヤに直接会うために、音楽とワルツとオペレッタの街、ウィーンへ飛んだ。

〞音楽はメロディーを生み出し、メロディーは喜びを生み出す〞ホテルから出てきたアマヤは、私設の楽器博物館を覆う巨大なボードを読んだ。アマヤがチケットを取って中に入ると、大きなガラスのドアが彼女の存在を感知して自動的に開いた。そこは、ピアノ、バイオリン、ギター、フルート、ドラム、その他さまざまな大きさや見た目の楽器が何百台も並ぶ、幻想的な楽器の世界だった。「楽器は、音程から音程へのリズミカルな動きの中で、特定の音列を時間軸に包んだメロディーを作り出す。音楽の音とは、メロディー、ハーモニー、調性、拍子、リズムの最終的なものであり、人間が声帯で作ることのできないものです」アマヤはローズのこの言葉を思い出した。世界中から集まった多くの観光客が、さまざまな展示を熱心に見入っていた。アマヤは、モーツァルトのドン・ジョヴァンニ公演のためにウィーン国立歌劇場を訪れる前に、美術館内で 4 時間ほど過ごした。彼女はチケットを購入し、コンサートは大ホールの隅々からモーツァルトが響き渡る魔法のような体験となった。翌日、彼女は自転車でドムガッセにあるモーツァルトのアパートまで行き、そこでモーツァルトは、泡のような序曲を持つ 4 幕からなる見事なオペラ『フィガロの結婚』を作曲した。その後、アマヤは『フィガロの結婚』が初演されたカフェ・フラウエンフーバーを訪れた。

アマヤは、モーツァルトが晩年を過ごし、未完の 「レクイエム」を作曲したラウエンシュタインガッセで、しばし佇んだ。彼女は、モーツァルトの終の棲家であるサン・マルクス墓地で、しばらく無縁墓にひざまずいていた。アマヤが立ち上がると、すぐ後ろに女性が立っていた。

「モーツァルトがお好きなようですね。

「確かに、私は彼を愛しています」と天谷は答えた。

「私はカルロッタです」と手を伸ばし、女性は言った。

「私はアマヤです」とアマヤは言った。

「私はある学校の校長です。お暇でしたら、私の学校を訪ねてください」と名刺を渡すと、カルロッタは言った。

「もちろん」とアマヤは答えた。

「明日、朝 9 時にお呼びしましょうか？カルロッタが尋ねた。

「朝 9 時に行く」とアマヤは確認した。

アマヤは自転車に乗り、午前中に学校に着いた。緑と運動場の中に近代的な建物があった。カルロッタはオフィスの近くで彼女を待っていた。

「ハイ、アマヤ、私たちの学校へようこそ」とアマヤに挨拶すると、カルロッタが言った。

「やあ、カルロッタ、周りはきれいだね」とアマヤが言った。

カルロッタは微笑み、アマヤをオフィスに併設されたパーラーに連れて行った。彼女はアマヤに、この学校で 10 年間働いていると言った。年制の小学校を卒業した生徒 82 人が入学した中等学校である。オーストリアには初等学校（Volksschule）と中等学校（ *Gymnasium*）があった。6 歳で小学校に入学した子どもは、そこで 4 年間学ぶ。その後、中等学校は 4 年間、高等学校は 4 年間となった。政府が管理するカルロッタの学校には、82 人の生徒に対して、2 人の音楽教師、2 人のスポーツ・ゲーム指導者、2 人の司書、5 人の事務職員のほか、10 人の教師がいた。音楽は 1 年生から必修科目で、毎日、少なくとも 1 つの楽器の演奏を学ぶなど音楽の授業があり、ほとんどの生徒が複数の楽器をマスターしていた。

コーヒーを飲んだ後、カルロッタはアマヤを音楽室に案内した。そこには 10 以上の防音キュービクルがあり、それぞれが特定の楽器用に割り当てられていた。各ブースには 2～3 人の生徒が練習していた。カルロッタがアマヤに、どの楽器を演奏するのかと尋ねると、アマヤは母親からピアノを習い、その後マドリッドのロレート修道院の修道女たちの下で完成させたと答えた。カルロッタはアマヤに、どれを弾いてもいいと言った。アマヤは 97 鍵盤のベーゼンドルファーを好み、モーツァルトの『ファンタジア』を弾き始めた。カルロッタは彼女のプレーに驚き、魔法にかけられたように見入っていた。トリムピースを完成させた後、カルロッタはアマヤを祝福し、他の教師のところへ連れて行き、紹介した。カルロッタは、アマヤが今後 3 カ月間、ウィーンでプレーできるかどうかを尋ねた。しばらくの沈黙と内省の後、アマヤは 10 月までウィーンに滞在すると言った。そして、カルロッタは微笑みながら、9 月末まで生徒たちに音楽を教える気はないかと彼女に尋ねた。アマヤは熟考の末、その意思を表明した。彼女は、カルロッタの招待を受けることができて光栄だと言った。突然、カルロッタが立ち上がり、アマヤを抱きしめた。「あなたがいてくれて感激している。生徒たちが大好きなインド映画の人気曲を教えることもできる。約 11 カ月ぶりの笑顔だった。

その翌日、アマヤは 4 ヶ月間この学校に通うことになった。アマヤにとっては新しい世界だった。彼女は毎日 4 つのクラスで 1 時間ずつ教えていた。当初、彼女は生徒たちにヒンディー語映画の曲を 1 週間演奏して教えた。「Awaara Hoon』、『Aaj Phir Jeene Ki』、『Dum Maro Dum』、『Kabhi, Kabhi Mere Dil Mein』、『Aap Jaisa Koi』、『Dheere, Dheere Aap Mere』、『Tujhe Dekha』など、ほとんどの作品が学生たちの間で大ヒットした。カルロッタはアマヤに、生徒たちは歌が大好きで、よく先生のことを褒めていたと話した。アマヤは、教師と生徒の関係は、主に公平性と教育の質に基づいており、生徒に知識、技能、態度を準備させるものだと知っていた。彼女は熱意と情熱に基づいて教える内容を事前に説明し、レッスンにユーモアを盛り込むことも忘れなかった。アマヤが生徒の興味をうまく利用することで、学習が楽しくなった。彼女は、モーツァルト、ベートーヴェン、バッハ、ブラームス、ワーグナー、ドビュッシーといった偉大な作曲家たちの人生の出来事から物語を作り、教育や学習に取り入れている。

入校して 1 ヵ月後、アマヤの成績評価があり、生徒の大多数が彼女に「優秀」の評価を与えた。一週間も経たないうちに、カルロッタは 9 月後半にアマヤに、女子 11 人、男子 9 人の中等学校最終学年の生徒 20 人全員と教師 5 人が、ウィーンから黒海までの 10 日間のクルーズ船旅に出ることを告げた。ドナウ川沿いの人々の社会について学び、集団生活を体験するためだった。ドナウ河岸と黒海に位置する 10 カ国の自然、河岸の生物、生態系、環境、気象、気候システムを観察することも、この航海の主な目的であった。生徒たちによるコンサートやワルツ、オペラが上演された。カルロッタは、夫とともにヨーロッパの楽器店を数軒経営している元教え子の後援で、アマヤを航海に誘った。アマヤはカルロッタが招待してくれたことに感謝し、生徒たちと一緒に参加する意思を表明し、クルーズの前と期間中、生徒たちがすべてのアクティビティに参加できるよう準備を手伝うことをカルロッタに約束した。

ドイツ、オーストリア、スロバキア、ハンガリー、クロアチア、セルビア、ルーマニア、ブルガリア、モルドバ、ウクライナがドナウ河流域の国々であり、このクルーズは生徒と教師にとって新しい体験の世界を開くことになる。9 月の初めから、カルロッタ、アマヤ、そしてツアーに参加する他の 3 人の教師たちは、ワルツ、オペレッタ、コンサートの準備と生徒たちの訓練に忙殺された。生徒たちは単独で、あるいはグループで、教師の助けを借りながら、ショーのための作曲、ダンスの台本やオペラの台本のアンカーを開発した。

月 15 日の月曜日、20 人の生徒と 5 人の教師がクルーズをスタートさせた。*ドナウ・ルームという*小さな船で、乗客全員に自己完結型の独立した個室があり、食堂には大きな居間が 1 つ付いていた。コンサート、ダンス、オペラのための設備の整ったホールが 2 つあり、1 つは 30 人、もう 1 つは 50 人収容できる座席が用意されていた。ライブラリー、ビュッフェレストラン、フィットネスセンター、映画館、ショップ、スパ、リドデッキはプロムナードデッキにあった。大きなオープンバルコニーが 3 つあり、自然を観察することができる。航海は朝の 10 時に始まった。船が動き出す前に、生徒、教師、乗組員全員が集まり、オーストリアの作曲家ヨハン・シュトラウスが作曲したワルツ「Auf der schonen, blauen Donau（美しく青きドナウにて）」を歌った。生徒と教師たちは、万雷の拍手の中、アメリカのロックバンド、*ジャーニーの*「ドント・ストップ・ビリービング」を歌った。歌の後、生徒から順に全員が自己紹介をした。乗組員は船長を含めて 10 人。

ヨーロッパで最も美しい川のひとつであるドナウ川は、ブレグ川とブリガッハ川という 2 つの川がドイツの黒い森地方に合流したときに生まれた。バイエルン高原を流れ、運河によってマイン川とライン川に合流する。ドイツでは、オーストリアとの国境にあるパッサウでイン川がドナウ川に合流した。ドナウ川はヨーロッパで 2 番目に長い川で、黒海に注ぎ、10 カ国を流れる全長 2,850 キロメートルの川である。アマヤや他の教師、生徒たちはバルコニーに行き、船が動いているのを見た。川岸に立ち並ぶ城や要塞は荘厳に見えた。

国家間の重要な商業幹線道路として機能したドナウ川は、文化的なつながりとなり、多くの国の境界を形成した。ドイツからドナウ川に沿って黒海まで、そしてドナウエッシンゲンからブダペストまでサイクリングロードがあり、それはトレンディーだった。ウィーン郊外の川の両岸には山があり、ボヘミアの森が目を引いた。船はゆっくりと移動し、生徒たちはオーストリアの美しい自然を満喫し、生徒と教師たちは一体となって祝賀ムードに包まれた。食事はお祝いの席なので、彼らは正午に集まって昼食をとった。

船は 3 時間以内にスロバキアの首都ブラチスラバに到着し、中世の街並みを案内するバスが生徒と教師を待っていた。市立博物館、デヴィン城、聖ミカエル塔、そしていくつかの通りを訪れ、彼らは 6 時に戻った。小カルパティア山脈の内側、オーストリア、スロバキア、ハンガリーの国境が交わる地点近くをドナウ川が峡谷を流れ、夕方には太陽が華やかに見えた。

夕食後、7 人の生徒と 2 人の教師がヴァイオリン、ヴィオラ、チェロ、コントラバスを中心としたコンサートに参加した。音楽監督がコンサートメンバーと楽器を紹介した。ヴァイオリンは唯一無二の楽器であり、その音楽は心を解放し、平和、幸福、人生の充実感を生み出す。ヴィオラはヴァイオリンよりやや大きく、低くて深い音がする。同様に、チェロはヴァイオリン科に属し、弓で弦を弾く楽器である。音楽監督は、コントラバスも弓で弾く楽器で、ヴァイオリンよりずっと大きいと説明した。コンサートは約 2 時間続いた。生徒が脚本を書いたオペレッタは、オーストリアの田舎町を舞台にした少女と少年のラブストーリーで、夢中にさせるものだった。9 時半になると、全生徒と教師が座敷に集まり、30 分にわたって航海の計画と実行を評価した。

翌日、朝食後の 9 時頃、全員が居間に集まり、一緒に "Break My Stride "を歌って一日が始まった。カルロッタが前日の活動の評価を司会し、約 1 時間続いた。生徒と教師はスロバキアとハンガリーの間にある 2 つの大きな島を見た。ハンガリー側のドナウ川右岸には、アルパド王朝がアルフォルドの平地やカルパティア山脈の斜面に築いた要塞や聖堂が数多くあった。川の流域にはカワウソ、イタチ、キツネ、オオカミ、ツキノワグマ、カメ、ヘビがたくさんいた。ある教師は、ドナウ川の生態系を説明しながら、ヨーロッパ大陸で最も長い湿地帯であることを生徒たちに伝えた。ハンガリーのヴィシェグラードでドナウ川は狭くなり、アマヤはそのほとりの木々に触れようとした。

午後 3 時、船はブダペストに到着した。港には生徒と教師を乗せたバスが待っていた。城、教会、広場、橋、博物館、大通り、そして最も近代的な建物で埋め尽くされた息を呑むほど美しい街、ブダペストはドナウ川の女王だった。しばらくすると、生徒たちは故郷の大切な人たちへの記念品や贈り物を買い求めながら歩き回るようになった。突然、アマヤは学生時代にヨーロッパとインドを横断した母親のことを思い出した。ネパールから帰国したアマヤは、ムンバイの学校が企画した遠足の後、ローズのためにたくさんのお土産を買った。スプリヤが学校に通っていた頃、アマヤはスプリヤを世界中連れて行った。彼女は娘から貝殻でも何でももらいたがっている。

アマヤはチームの一員で、コンサートマスターが生徒と教師にチームを紹介した。コンサートではピアノ、ギター、ハープ、フルートなどが使われた。ピアノは、壮大な曲を生み出すことができ、適応可能な楽器の全領域を包含していた。最もスマートなのはギターで、若者たちはその外観、音色、敏捷性に強く魅了された、とコンサートマスターは付け加えた。ハープは音楽家の守護聖人である聖セセリアを表し、天国と希望を象徴し、フルートはコンサートに魅力と美をもたらす、と彼女は付け加えた。チームの見事なパフォーマンスだった。9 時半まで、男の子も女の子も先生たちも、″Wannabe″、″Smells Like Teen Spirit″、″What is Love″、″Vogue″、″This is How We Do It

″の曲に合わせて踊っていた。その夜、*カルロッタは* アマヤに評価の司会を依頼した。

4 日目、アマヤはドナウ川にたくさんの島があることに気づいた。ドナウ川の支流であるドラヴァ川、ティアザ川、シヴァ川は船上から堂々と見え、クロアチアの古代の土地は魅力的だった。生徒たちはどの活動にも熱心に取り組み、多くの生徒が観察結果をメモしていた。コンサート、オペラ、ワルツは、連日、生徒と教師全員の積極的な参加によって活気を帯びていった。その夜のコンサートで使われた主な楽器は、ドラム、ベースギター、ピアノだった。「太鼓は人間や動物に深遠な心理的効果をもたらす。音楽は感情の自由、想像力の集約であり、人間の活動の頂点である。すべての動物、鳥、魚、草木は、文化や文明間の共通言語であり、すべてを結びつける最も強力な力である音楽のリズムに反応する。宇宙にも音楽があり、すべての銀河によって理解され、ビッグバンの始まりから進化してきた。

翌日、船はベオグラードに停泊し、生徒と教師たちは市内観光とセルビア料理を満喫した。セルビアの向こう、アマヤの左手にはルーマニアの広大な平原が、右手にはブルガリアの高原が見えた。ドラキュラのブラン城をはじめとする多くの教会、城、要塞が、カルパティア山脈に守られた深い森に覆われたトランシルヴァニア地方に広がっている。ルーマニアのサバンナとブルガリアの高地を横断するのに何日もかかった。ドナウ川は途中で多くの島を形成し、ガラティを過ぎると、モルドバの南端を数分間撫で始めた。学生たちは歌い、踊り、目的地の黒海に到着することを期待していた。午前中、船は川が形成するデルタ地帯に入った。突然、スプリヤがアマヤの心の中に存在し、苦悩の感情が彼女の心に忍び寄り、孤独が彼女の周りに何も存在しないかのように押し寄せた。学生たちはお祭り騒ぎで、アマヤはスプリヤ失踪直後のバルセロナでの日々に戻ったような寂しさを感じた。

9 日目には遥か彼方に黒海が見え、10 日目には魅力的な河口に到達した。アマヤは船のバルコニーに立ち、しばらく彼らの様子を見ていたが、その後生徒たちに加わった。彼女は難なく泳ぎ、仲間や生徒たちと何時間もウォーターボールで遊んでいた。

ウクライナ、ロシア、グルジア、テューキー、ブルガリア、ルーマニアへと航海する黒海の何百隻ものボートや船が、パノラマの景色を描いている。夕方、スポンサーが彼らの滞在と翌日のトゥルチャ空港からウィーンへのフライトを手配してくれたため、全員がバスでカタロイに向かい、夜を明かした。生徒たちは夜通し音楽とダンスで祝い、アマヤ、カルロッタ、その他の教師たちも参加した。

ウィーンでは、カルロッタがアマヤの積極的な参加に深く感謝し、学生たちはアマヤに会い、彼女の励ましとサポートに感謝の意を表した。「あなたはいつも私たちと一緒でした。私たちはあなたを忘れることはできません。「奥さん、あなたはゴージャスで気品があり、私たちの人生を変えてくれました。私たちがあなたを愛しているのは、あなたが子供たちを愛する方法を知っているからです。彼らは彼女の周りに輪を作り、トニ・ブラクストンの「Un-break My Heart」を歌った。アマヤはスプリヤと一緒に歌い踊っているつもりで、彼らと一緒に踊った。彼女は、彼女と出会い、遊び、あらゆる川、湖、海を長い航海のために一緒に行くことを切望していた。

驚いたことに、カルロッタと 20 人の生徒たちが空港でバラの花束を持ってアマヤに別れを告げようとしていた。それはアマヤにとって新しい人生の始まりであり、うなるようなウィーンの音楽と子供たちの慰めの言葉が融合し、長年にわたって彼女の耳に響いた。

「あなたは有能な教師であり、優れた人間だ。私はあなたに出会えて、あなたを知ることができて幸運だったと思っている。カルロッタはアナヤの手を握りながら言った。

「カルロッタ、あなたの思いやりのある言葉をありがとう。

「穏やかで温和なあなたは、熱心な教師として高い評価を確立しています」とアマヤを抱きしめて、カルロッタは付け加えた。

アマヤは 9 月の最終日、何のために行くのかわからないままヘルシンキ行きの飛行機に乗った。幸せな人間の街、ヘルシンキは魅力的で、街は清潔で、観光客でいっぱいだった。しかしアマヤは、夏が急速に去り、夜が長く寒くなっていることを知っていた。ホテルの部屋の窓からは、大聖堂の緑色のドームが見え、12 使徒の像が下を向いて、無神論者の国には珍しい信者を探しているのが見えた。長い冬が始まる直前、レストランは溢れかえっていた。天谷はスオメンリンナ海上要塞への階段を登りながら、困難を克服する人間の粘り強さについて考えた。バルト海は穏やかで、氷山の頂が遠くに見えた。10 月になると、公園は閑散とし、雪が激しく降るようになり、アマヤは孤独と悲しみにさいなまれた。暗闇に怯えながらも、ローズに会いたい一心で、母親と一緒にいたかった。雪に覆われた街路が恐ろしく見えた。アマヤは、ローズとスプリヤのことを思いながら、ベンチに座っていた時間がどれだけ長かったか、まったく気づかなかった。エサベルが来ると、彼女は彼女の横に座った。エサベルのタッチは、心温まる、希望に満ちた、人道的なものだった。

″エサベル、レストランでの滋養に富んだコーヒーとあなたの温かい存在に感謝します。ホテルまで一緒に歩いてくれて、安全なところまで連れて行ってくれてありがとう。ヘルシンキを離れる前に、アマヤはエサベルに感謝のメールを送った。その一人の人間がフィンランドの全人口に相当する。

ローズは、アマヤが村の家に着いたのを知っていた。娘はやつれ、うつむき、無口で孤独な様子で、自分の世界に閉じこもっていた。ヒラエスの名残、決して帰ることのできないスプリヤとカランのいる家、存在しなかった家へのホームシックがアマヤを苦しめ、彼女の感受性と欲望を押しつぶした。それは地獄の猟犬のように彼女に取り憑き、彼女の心を齧り粉々にし、心の鏡に肉片を吐き散らした。一粒一粒がエデンの蛇に成長し、彼女を誘惑し、永遠に苦しむように皺くちゃにした。

ローズはアマヤに、家の壁を出て日光と新鮮な空気を浴び、ピアノを弾き、心をコントロールするためにヴィパッサナーコースに通い、落ち着きを取り戻すよう説得した。3 年後、ブッダガヤに近いナーランダが彼女の目的地となった。

仏陀になる

ボッダガヤは古風に見えた。アマヤが 10 日間のヴィパッサナー・トレーニング・コースを受けることに決めた古代の大学があるナーランダまでバスで行った後、彼女は少し歩いた。ボスニアの田園地帯の爆撃を受けた建物のように、両側には古代の荒廃した建造物が点在していた。しかし、インドラプシュカリニ湖は穏やかで、西岸にある瞑想センターは陽光に輝いていた。

アマヤは参加者として登録し、ヴィパッサナー・センターに到着すると、ノートパソコン、携帯電話、ペン、紙など、衣服と洗面用具以外の所持品を手渡した。10 日間のコースは食事も滞在も含めてすべて無料だった。ルールについてのブリーフィングがあった。アマヤは、ヴィパッサナー・センターを離れた後も、すべての取引において道徳的な行動をとることを誓った。心身の静寂を保つこと、他の参加者とのアイコンタクトを控えること、盗み、嘘をつくこと、いかなる生命体も殺さないことなどがルールとして定められていた。酒類の摂取、喫煙、酩酊剤、非菜食、性的非行は行動規範に反していた。宗教、祈り、ヨーガ、経典の一節を暗唱すること、宗教的なシンボルを身につけることは、ヴィパッサナーには含まれない。すべての指示は、テープに録音され、ビデオに録画された教師の話からなされた。さまざまな国から集まった約 50 人の男女が、深い静寂に包まれていた。ボランティアたちはアマヤを部屋へ連れて行った。部屋にはバスルーム付きのベッドがあった。窓からはナーランダ・マハヴィハーラの遺跡が見えた。

夕方、本堂でヴィパッサナー・トレーニングの先生によるオリエンテーション・トークがあった。参加者たちは、蓮華座の姿勢で地面にしゃがみこみ、片方の手のひらをもう片方の手のひらに重ねて精神統一をした。ボランティアが参加者一人一人の希望に応じて、楽なポーズを選ぶのを手伝い、監督は深く頭を下げて皆を歓迎した。先生は、ヴィパッサナーとは心を落ち着かせるための精神開発訓練であると、やわらかく、的確で意味のある声で説明した。それは、人を苦しみから解き放ち、覚醒へと導き、意識を進化させ、究極の目標である涅槃へと導く道であった。それゆえ、ヴィパッサナーは平穏、マインドフルネス、集中力、静寂を養い、平和の中で喜びの存在を洞察するための技法であった。肉体的、精神的な抑制と模範的な努力によって、人は心を鍛え、その活動をコントロールできるようになる。

インストラクターは心を大海原に例えた。大海原は常に波や嵐、津波を引き起こしている。心が動揺すれば、身体全体が影響を受け、思考は不安定になり、感覚は飽和し、観察は混乱し、言葉は途切れ、知性は堕落し、人間関係は非対称になる。心を鍛錬し続けることは、意図した仕事をするための強力な道具を開発するようなもので、それが目標達成に役立つのだ。10 日間のヴィパッサナー・トレーニングは、マインドを道具として発達させ、マインドをコントロールするのに役立った。ヴィパッサナーは病気を治す薬でもなければ、不思議な力を得るための薬でもない。しかし、簡単な練習をすることで、人は心を支配することができ、その過程で自己を単純に、裸に、完全に知ることができる。教師は、自己の本質、次元、広大さを理解し、自己の能力、キャパシティー、潜在能力を実現することによって、自己に力を与えなさいと言った。身体の各部分を観察し、それぞれが従事するさまざまな仕事、役割、そして一体感が形成される様子を観察することは、瞑想の一部であった。それは、個人の身体、心、知性、意識の全体的な外観とまとまりをもたらし、悟りをもたらす。自己、他者、そして世界についての見通しを向上させることも同様に重要だった。「私たちは自分自身について考えている通りの存在なのです」と先生は言った。「人は子供の頃から自分自身を創り上げていくもので、その過程では育ちと自然が支配的な役割を果たすのです」と教師は付け加えた。見通しを良くすることで、内なる平和、調和、発展、喜びにつながるより良い人生を送ることができる。人生を成功させる秘訣は、過去の危険な地形や未来の荒野をさまよわず、現在を生きることだった」。そこで先生は、ヴィパッサナー・トレーニング・プログラムの時間割を説明した：

午前 4 時：モーニングベル。

午前 4 時半から 6 時半：部屋またはホールで瞑想。

午前 6 時半から 8 時まで：朝食とプライベートワーク。

午前 8 時から 9 時：ホールでグループ瞑想。

午前 9 時から 11 時：部屋またはホールで瞑想。

午前 11 時から正午まで：昼食休憩

正午 12 時～午後 1 時：監督との話し合い。

午後 1 時から 2 時半まで：部屋またはホールで瞑想。

午後 2 時半から 3 時半：ホールでグループ瞑想。

午後 3 時半から 5 時まで：部屋またはホールで瞑想。

17:00pm～18:00pm：ホールでグループ瞑想。

18:00pm～19:00pm：ティーブレイクと個人ワーク。

19.00 p.m. ～20.15p.m. ：ホールでの講演。

午後 8 時 15 分～9 時：ホールでグループ瞑想。

午後 9 時から 9 時 30 分まで：会場にて質疑応答。

午後 9 時 30 分：消灯

理由はわからないが、天谷は比較的快適な睡眠をとり、3 時半頃に起き、4 時半には最初の瞑想に参加するために会場に到着した。瞑想が長く続くと、その姿勢が必要になるからだ。約 50 人の研修生と数人のボランティア、そしてスーパーバイザーがいた。アマヤは瞑想を始め、呼吸に集中し、日常生活で当たり前の吸うことと吐くことに意識を集中させた。呼吸は生まれたときからあり、眠っているときや意識がないときでさえも、人生のすべての瞬間に続いている。呼吸は最も馴染み深く、一貫した先天的な活動だったが、集中することは難しかった。彼女は 10 日間のうち 3 日半は呼吸だけに集中していた。自分の心をコントロールし、落ち着かせるために、呼吸に完全に注意を払わなければならなかった。先生は、心の集中は身体と心が一体となった行為であり、個人の内なる秩序、平和、明晰さをもたらすと述べた。それに、呼吸をすることで、悲しみや苦しみ、痛みから解放されるだけでなく、心身を現在の現実に集中させることができる。

訓練されていないアマヤの心は弱々しく、優柔不断で、悟りに達するのに必要な不動心を欠いていた。過去の出来事を再現し、現実の状況から非現実的な想像上の贅沢な出来事へと飛躍し、悲しみ、悲しみ、苦悩に自らを絡め取り始めた。辛い過去から逃れるために、心は空想的な未来を創造し、希望的観測の荒野を果てしなく旅し、存在の喜びを享受するために現在に留まることはなかった。彼女は心を落ち着かせ、現在に集中しようとしたが、心をコントロールするのが異常に難しいことに気づいた。アマヤは、裏切り者の過去に迷い込んだり、空想的な将来の夢を描いたりしないよう、心をなだめすかし、目標に向かって一貫して努力した。心を落ち着かせるためには、呼吸に集中する練習を続けることが不可欠であり、それが最終的な結論に達する唯一の方法だった。

瞑想中、心は決して動かなかった。一貫して文句を言い、議論し、説明し、批判し、あざけり、正し、議論し、裁いた。アマヤが目を閉じているときでさえ、彼女の心は活動的で、過去のことや、産科病棟から戻り、スプリヤと父親が行方不明になっていることに気づいたときの極度の苦痛を思い出させ、苦しめていた。孤独、孤独であることの恐怖、そして心が張り裂けそうになるような欺瞞。天谷は涙を流しながら、蓮華座に座り、自分の過去について黙々と瞑想し、憂鬱な感情や抑圧的な考えを生み出していた。座ったまま後ろに倒れ、頭を床に打ちつけた。アマヤは再び結跏趺坐を試みたが、難しいことに気づき、呼吸に集中できなかった。どうにかして瞑想を続け、恐怖、痛み、苦しみを克服しようと力を振り絞った。

先生は、呼吸に集中することが心を静める最も効果的な方法だと言っていたし、彼女は過去の無駄な荷物を捨てたいと思っていた。彼女は過去を克服するために苦しみを捨て、新しい人生を始めようとした。彼女は、女性たち、望まれない少女たち、拒絶された母親たち、搾取された独身女性たち、そして読み書きのできない子供たちのために何かをしたかったのだ。彼女はヴィパッサナーを受けて心を鍛え、過去を燃やして新しい自分になる必要があった。たとえ心が何度も反抗したり、疲労や病気を装ったりしても、その運命に到達するためには、心をコントロールし、抑制することが不可欠だった。ヴィパッサナーは古風で、非科学的で、検証テストに耐えられない。心は繰り返しアマヤに、ヴィパッサナーは彼女の人格、地位、個性を殺し、欲望と夢を燃やす炉の中に放り込むと告げた。ヴィパッサナー・トレーニング・コースの後、彼女は肉体的、精神的、知的に植物人間のようになってしまうだろう。彼女は托鉢生活を送り、世界中を放浪し、施しを集め、寄生虫に姿を変えるのだ。アマヤは、自分の個人的な決断に干渉しないよう、心を静めるように言った。彼女は、10 日間の調停を受けるという選択はよく考えられた計画であり、彼女一人に責任があり、十分な自覚のもとに受けたものだと説明した。

彼女の姿勢は不快で、肉体的苦痛、精神的苦痛、心の葛藤を生み出していた。ローズは家でひとりぼっちで、事故に遭ったかもしれない。まれに、5 分以上瞑想していると気が狂いそうになり、街をさまよい、人々に石を投げつけられ、警察に保護されるかもしれない。ふと、アマヤはハイドパークで 2 人のボビーと会ったときのことを思い出した。真夜中に近く、何人かが近くに座っていたり、歩いていたりした。アマヤは傍らに立っていた警官に気づかなかった。

「奥さん、酔っ払っているんですか？突然のことだったので、アマヤは驚いた。

「いいえ」と天谷は答えた。

「ホームレスですか？もうひとつ質問があった。

「いや、近くのホテルに泊まっているんだ。

″じゃあ、なぜこんなに遅くまでここにいるんだ？″警官が知りたがっていた。

アマヤは何も答えなかった。「と、彼女は立ち上がりながら答えた。

「パークは午前 0 時を過ぎると閉鎖される。時々、ここに一人でいるのは危険です」とボビーは付け加えた。

「とアマヤは言った。

「ホテルに着きましょうか？警官の一人が尋ねた。

「いや、一人で行ける。私は安全だ。お気遣いありがとうございます。おやすみなさい」。アマヤは足早に立ち去った。

「お気をつけておやすみなさい」。優しい声が聞こえた。

ロンドンのボビーと真夜中に遭遇したのだ。それでも、ヴィパッサナーという実際の道から遠ざかっていることに突然気づき、彼女の心はうまく気をそらし、遠い国へと彼女を運んでいった。ヴィパッサナーから離れることで、娘を探しにもう一度世界中を旅するよう、彼女に恩を売ろうとしていたのだ。アマヤは、彼女の心が瞑想のプロセスを放棄し、自分の上に君臨することを切望していることを理解していた。プレッシャー戦術は長い間続き、アマヤは自分の心をガードし始めた。

彼女は何日も呼吸に集中することで、正しい思考と正しい理解、つまり自己と周囲に対する気づきと知恵を得ることができると決意した。独特の雰囲気、心を正し、コントロールし、方向づけ、ネガティブで活力を失わせる影響から自分を解放し、完全な意識で生産的で幸せな人生を送るための探求が彼女の目的だった。しかし、呼吸に集中しようとしても、彼女の心は子供時代、思春期、青春時代、そしてバルセロナで過ごした 1 年のことを延々と思い浮かべていた。4 年間、ヨーロッパとインドで娘を探し続けたことを思うと、彼女の頭は常に痛んでいた。アマヤは涙を流し、頬を伝う涙を抑えるのが難しかった。彼女は何度も呼吸に意識を集中させ、心をコントロールしようと試みたが、それは苛立たしい訓練であり、成功することなく苦闘した。彼女の心は徹底的に彼女を支配し、彼女の感情を踏みにじり、彼女の目的を荒廃させた。アマヤは、呼吸に集中することで心を監視することは失敗だと考えていた。心が荒野を駆け巡り、アマヤに極度のフラストレーションを与えていたからだ。

部屋で調停をしているとき、アマヤは 10 日間のヴィパッサナー・プログラムを放棄し、絶望と敗北を感じながら、平和を求めてナーランダとブッダガヤの通りをさまよおうと考えた。一旦起き上がり、着替えや洗面用具をまとめ、ヴィパッサナーは詐欺だと思った。大声で叫びたい、泣きたい、心臓を引き裂かれそう、頭を打ち砕かれそう、自己破壊したい、突然の自殺願望が......。

「アマヤ」と彼女は叫んだ。「何をしているんだ？気が狂ってしまったの？

「自分をコントロールしなさい、心をコントロールしなさい」とアマヤは命じた。ヴィパッサナーを放棄することは、自分自身をハゲタカにゆだねるようなものであり、心の独裁に身をゆだねることなのだ。彼女には 2 つの選択肢があった。心のなすがままになるか、心をコントロールするか。一方は不幸を招き、もう一方は悟りと至福をもたらす。アマヤにはそのいずれかを選ぶ自由があったが、彼女は後者を選んだ。彼女はもう一度蓮華座に座り、目を閉じて内なる目で自分自身を見つめた。「呼吸に集中し、鼻の先を見なさい」。

アマヤはじっと座っていた。呼吸に集中することで、突然の変化を経験した。宇宙にはただ一人の存在、それが彼女であり、彼女一人であった。彼女は唯一のこと、呼吸をし、長い間何も考えず、虚空、無の世界に静かに座っていた。

アマヤはぐっすり眠り、3 時半ごろに空腹を感じて起きた。10 日間、夕方のティーブレイクの後は食事が出なかったので、夕食を食べなかったことを思い出した。夜のお茶は一杯だけだったが、アマヤは夕食をとらずにヴィパッサナーを続けることにした。午前 4 時に朝の鐘が鳴り、彼女は 4 時半までにホールに出て、その日の最初の瞑想を行った。アマヤは、少なくとも 1 分間は呼吸に集中し、心を静めることにした。彼女は、心をコントロールすることで、絶え間ない修行によって悟りを開くことができると知っていた。アマヤはすべての否定的な考え、態度、憎しみを排除し、共感、優しさ、謙虚さ、謙遜さを身につけ、意識を高めることを望んだ。過去と現在の喜びを乗り越え、人を助け、苦しみをなくすという至福の未来につながる確固たる決意があることを彼女は知っていた。彼女は、あらゆる否定的なものから自らを清め、悲しみや嘆きを超えて旅し、義の道を歩み、光明を得ることによって、苦しみや悲しみを和らげたいと望んでいた。

ヴィパッサナーは呼吸法ではなく、物事をありのままに知るための悟りのプロセスだった。アマヤは、現実や存在に対する正しい視点を持つようにと先生に言われたのを覚えている。瞑想者は、集中の厳しさによって、浅くも深くも経験することができ、執着することなく自分の身体を知ることで、自分の存在の観察者となる。開発された意識は呼吸だけにとどまらず、座る、立つ、歩く、走る、観察する、見る、食べる、遊ぶ、寝るなど、人が行うあらゆる活動で全身に浸透していく。

呼吸を観察することで、瞑想者は、感情、思考、意志、身体的行動など、人の内外のさまざまな身体感覚を観察することを学ぶだろう。心のコントロールをマスターすることで、瞑想者はその感覚が快いものか不快なものかを区別し、執着することなくその性質と原因を認識できるようになる。瞑想者は、肉体を自己とは別の存在として意識するようになる。だから、肉体の好き嫌いは個人にとっては無意味だった。

徐々に、アマヤは鼻孔の中に息が感じられるようになった。息が鼻孔の一番奥に触れ、充満していく感覚。中に入れると冷却効果があり、吐くと温まる感覚があった。感覚は呼吸のように独立した存在であり、身体、呼吸、感覚の 3 つの異なる存在が存在していた。アマヤは空気が全身を循環しているのを感じた。その後、アマヤは気が散ることなく 2 分間ほど呼吸に集中することができた。心が彼女の指示に従い、彼女が選んだ道を旅したのだから。

その日の講話は、ブッダの教えである、肉体を甘やかすことと自己を苦しめることの両極端を避けるべきであり、どちらも無価値で無益である、というものだった。アマヤにとってそれは天啓であり、彼女は中庸の道を歩むことを好んだ。天谷は質疑応答で集中力を持続させる方法を尋ねた。監督者は彼女に、壁の架空の一点を虚心坦懐に見つめ、それ以外のものを見ることに集中するように言った。アマヤは、集中力を維持するためにはもっと訓練が必要だと学び、翌日までにはもっと長時間集中するようになった。呼吸、感覚、注意力、マインドコントロールについて、さらにいくつかの質問があった。回答は簡潔で、要領を得たもので、日々の調停で実践することを意図したものだった。アマヤはヴィパッサナーでその内容を内面化するため、注意深く耳を傾けた。彼女は自分の進歩を内面化し、それは徐々に、一貫して、苦労して獲得したものだった。アマヤは朝の 4 時までぐっすり眠り、ベルの音で目を覚ました。

静寂が彼女の中に入り込み、深遠で、浸透し、すべてを貫く静寂を体験した。彼女は自分自身を分離し、はっきりと立って、自分の身体、心、知性を観察した。アマヤが命じると、彼らは彼女の指示に従って従った。彼女は自分の行動に道具を使うようになった。彼女は、鼻先に集中すること約 1 時間、感覚、感情、欲望、想像力が途切れることなく掌握されるのを体験した。目を閉じても鼻先は見えていた。そして、上唇と鼻の付け根の間の三角形に集中した。彼女は三角形の底辺からゆっくりと移動し、すべての原子、粒子、細胞を体験した。その旅は果てしなく続き、まるで何千年、何百万光年という無限の宇宙を放浪しているかのようだった。それは、宇宙のように広大な、特定の地点での鼻の先までの旅だった。それは時間を超越した関わりであり、空間を超越した旅であり、彼女はひとりだった。しかし、彼女は周囲の宇宙を、現実と非現実、有限と無限、連続と非秩序、儚さと永遠であるかのように識別した。

アマヤは無限の変化を経験した。それでも、彼女は自分の周囲、自分の向こう側にあるすべてのものを意識し、その意識を意識しながら警戒していた。その知識が彼女を変えた。そして同時に、自分の意識を意識すること、自分を照らす感覚、自分の中の光、自分の存在、内なる自己の燃えるような感覚を意識することを学んだ。

その意識は彼女の心に力を与え、知性に方向性を与えた。疲労感、脱力感、倦怠感、苛立ちを感じることなく集中していた。それから彼女は自分の体のほうを向き、つま先から頭のてっぺんまで、その微細な部分を観察し始めた。アマヤはその感覚を感じ、判断することなく、先入観を捨てて深く触れるように心を向けた。精神は彼女に従い、彼女の言葉や命令に従った。彼女は心を深く観察することを求めた。何十億もの銀河を持つ広大な宇宙のように、何百万、何千万もの感覚に満たされたアマヤの身体は、別個のものであり、光り輝くものであり、満たされるものであることに徐々に気づいていった。身体のひとつひとつが座席であり、感覚と感情の宝庫だった。アマヤにとっては、これまで理解できなかった新しい知識だった。突然、アマヤは自分が感覚、感情、意識の総体でありながら、それらとは異なることを知った。鍋が粘土でないように、光が太陽でないように、美しさがバラでないように、それらは粘土、太陽、バラの創造物なのだ。感覚は彼女の創造物であり、それとは別個の独立したものであり、本質を除いた存在である。アマヤは一人で立ち、一人で観察し、周囲のものから影響を受けることなく独立して存在していた。悲しみ、痛み、苦悩、苦痛は彼女の創造物であり、彼女の存在ではないのだから。

アマヤは無所属だった。彼女は自分の感情を心から切り離し、自分が自分の感覚の主権者であることを自覚した。それまでは、感覚や感情が自分であり、それらは自己と切り離せないものだと思っていた。人が感覚や感情、身体や心を個人の親密な部分として観察するとき、苦しみが訪れる。アマヤは支配的になり、二度と苦しみの奴隷でいるまいと決心した。

アマヤは自分の肉体を、自分の存在とは異なる、別個の存在として考えていた。感覚は身体の変化に対する彼女の気づきであり、感情は感覚の後遺症である。別個の存在として、彼女は自分の肉体と感情の外に立つことができる。アマヤはひとたび感情に溺れてしまうと、出口の見えない苦しみを味わった。脱出が可能になったのは、自分が感情の一部ではなく、独立した存在であることを自覚したときだけだった。感情が支配するとき、苦しみの惨状が明らかになった。思索にふけるとき、彼女の心は激しく集中するようになり、アマヤは自分の心を苦しみをなくすための生産的な道具に変えることができると考え、かなりの時間を費やすようになった。彼女は、心の訓練、絶え間ない監視、指示を必要としていることを自覚していた。そうでなければ、心は破壊的、強制的、自律的になり、彼女に不幸をもたらし、苦しみは死ぬまで続くだろう。

心は自己の外側にある対象にも働きかけ、知性が対象を分析し解釈するのを助け、知識を生み出すことができる。マインドとオブジェクトの関係は、正しいマインドフルネスを開始する自己の監視の目の下で実質的なものであった。天谷はそれを、心に与えられる実践的な訓練と呼んだ。心の適切な集中はヴィパッサナーの成果であり、アマヤは瞑想 3 日目にそれを学んだ。監督との話し合いの中で、アマヤはどうすれば永続的な変化をもたらすことができるかを尋ねた。

「あなたが変えたいのはあなた自身なのだから、自分の心に集中し、それをコントロールし、訓練しなさい。

彼女には誰かを変える資格はないのだから。集中したマインドがその変化の中心となる。人を鎖でつないで牢獄に入れることで、心以外には誰も彼女を奴隷にすることはできない。刑務所の越えられない壁は、心の中にしか存在しない。自己が警戒していれば、心は決して自己を閉じ込めることに成功しない。心の裏切り行為をなくすことが、苦しみを克服するために不可欠なのだ。

「幸せの秘訣は、自分が何になれるかを進化させること」と、ナーランダに向けて家を出るときにローズが言った。アマヤはローズの言葉に目を瞑った。幸福は悟りに不可欠だからだ。肉体と精神に集中し、それらを別個の存在として認識し、自己をそれらの外側に立つ観察者として認識することで、個人はそれを一貫して発展させることができる。肉体と精神の中で起こることは、自己に影響を及ぼすべきではない。心をコントロールすることが、幸福を得る唯一の方法だった。自己はその真の本質に気づき、自己の指示に従って心身が進化するように導くことができる。その結果、幸福は存在から苦しみを取り除くだろう。

その日の講話は、苦しみの起源と消滅についてだった。妄想は心の迷いの表れであり、それによって意識が抑制され、感覚、感情、欲求が際立ち、個人を支配するようになる。彼らが集中力によって心をコントロールするのを観察し、心を抑制しながら集中することが不可欠だった。一貫した心の訓練と深い気配りは、心を支配することにつながり、肉体の束縛と心の囚われから自己を切り離すことになる。心の解放によってのみ、苦しみをなくし、消滅させることができる。心は過去の妄想や未来の欲望から解放される必要があった。心は子宮であり、怒り、ねたみ、嫉妬、悲しみ、悲しみ、痛み、自己嫌悪、絶望、殺人行為、苦しみが発芽する場所だった。「孤独の中で、人は自分の本質に気づくだろう」というのが、この日の最後のメッセージだった。天谷は〝高貴な思い〟に満たされながら、自分の部屋へと歩きながら談話を振り返った。アマヤにとってヴィパッサナーは、不健全な便宜から遠ざかり、自分の存在の完全性を達成するために心を制限するための継続的な修行となった。エネルギーの解放、覚醒、悟りが最終段階だった。彼女はあらゆるものを評価し、事実の信憑性を検証し、教え、経典、宗教、信仰が有害で苦しみを生み出すものであることに気づき始めた。それは、福祉、苦しみの除去、幸福の創造、悟りにつながるものはすべて善であるという認識だった。平穏と平和は個人の宿命であり、そのような環境では、個人、家族、共同体に喜びが存在した。それは豊かで美しいものだった。

アマヤは何も考えず、何も感じず、妄想や幻想から解き放たれて悪夢を見ることもなく眠っていた。翌日、アマヤは瞑想をしているときに至福の体験をした。どんな外的な力も、彼女の人生の充実、喜びの選択を否定することはできない。悲しみや痛みは自分の一部ではないという自覚である。貪欲、敵意、嫉妬、妬み、プライド、憎しみに満ちた行動、利己主義が苦しみをもたらした。無気力、無関心、無慈悲は人間や動物を苦しめる。肉体的な快楽、心を隷属させる物質や思考への欲望が苦しみをもたらした。対照的に、深い沈黙とその人の存在に対する内省は幸福感を高めた。静寂の中で自分自身を探求し、自己以外の超自然的で高次の経験は存在しないことに気づいた。

アマヤは母親から、寝る前に 3 年間ヴィパッサナー・トレーニング・プログラムに参加するよう勧められ、瞑想した。

「ママ、私はあなたに感謝しています。ヴィパッサナー瞑想に参加することを勧めてくれて、私の人生を変えてくれた。そのおかげで私は見違えるほど変わり、自分という人間、自分の能力、自分の可能性を知ることができた。心が私を破壊の道具として使うのではなく、一緒に働ける道具になったのだ。私は苦しみを乗り越えました。生きている喜び、目覚め、悟りを経験する喜びです」アマヤは心の中でそう唱えた。突然、彼女はローズの言葉を思い出した。"幸せになるために必要なのは 2 つだけ、健康な体と健康な心よ"。アマヤは母の言葉を分析し、健康な肉体を持ちながら健康な精神を獲得しようとしていることを発見した。それを取り戻し、活力を与え、従順にすることが彼女の責任だった。心は落ち着き、アマヤは 4 年ぶりに朝までゆっくり眠った。

アマヤは彼女を、今まで発見したことのない新しい日の現実の領域へと引き上げた。それは二次元的なもので、自己を知り、まさに知っていることを自覚することだった。彼女は自分の身体と心の外に立ちながら、身体と心を観察した。彼女の肉体と精神は自己とは異なり、彼女の中で独立した存在であるが、彼女なしにはその存在を発揮できないという意識があった。とはいえ、肉体と精神は自己を支配し、思考パターンを悪化させ、思考プロセスを変化させる可能性がある。その結果、彼女は心の奴隷となる。身体を甘やかすことで、身体のほとんどすべての部分で、身体から生み出される無限の感覚を体験できなくなってしまう。心の支配から肉体を克服するためには、ヴィパッサナーを行うことが不可欠で、肉体と心の外に立ち、それらを単なる物体として観察することを始めた。それはアマヤにとって明らかになる知識であり、身体と心の根本的な性質を知りながら、それらを自分の知識の対象として知る知恵であり、彼女はそれを「併存知」と呼んだ。彼女が作り出した 2 つ目の意識は、自分の意識を知ることで、これを反射的知識と呼んだ。アマヤにはとてつもない内なる活力があり、それは彼女を感覚、知覚、想像力、判断力の奴隷から解放してくれた。彼女は「自分が知っていることを知っている」ことを自覚し、自分の主義、価値観、決断を変えるために彼女を服従させることは誰にもできないと悟り、力を持つようになった。彼女だけが悲しみ、痛み、苦しみから自分を解放することができ、彼女だけが自分の行動に責任を持つことができる。

自由、責任、義務の実現が、アマヤの反射的知識の核心的な成果だった。精神性、宗教、神、イデオロギー、政治的所属、迷信、偏見、妬み、嫉妬、自己を汚す態度、自己軽蔑、劣等コンプレックス、優越コンプレックス、自己抑圧、自己拷問、自己欺瞞など、すべてからの自由だった。彼女が経験した反射的な知識は、消し去ったり、卑下したり、汚したりするものではなく、力を与え、高め、自分の存在を祝福し、行動する自由を与え、人生を完全に楽しむものだった。それは、他人を服従させたり、軽蔑したりするために悪用するものではなく、人間関係を再構築し、希望を強め、やりがいのある生活を取り戻すためのものだった。それは、他者から搾取することからの解放であり、彼らの潜在能力を発揮させることだった。アマヤは、何かをしなかったり、誰かに何かを強要したりすることの結果として、責任と人間関係について考えた。それは、カジュアルなもの、法的なもの、道徳的なものなど多次元的なもので、彼女の考える道徳的責任とは人類に対するものだった。それでも、先入観にとらわれない倫理的で普遍的な秩序は存在しなかった。

ヴィパッサナーを通してアマヤが得た反射的な知識は、彼女がこれまでの人生で得た中で最も強力なツールだった。

アマヤはそれからの数日間、目覚めと平和について瞑想した。講話の中で、教師は瞑想者たちに、それぞれの場所に戻ったら、大げさに考えずに周囲のすべてを観察するよう求めた。幸せな共存と覚醒のためには、世界を客観的に評価することが必要だった。

「人生は速すぎても遅すぎてもいけない。肉体的にも精神的にも無謀になり、自分の周囲で起きていること、自分の中で起きていることに気づかなくなるからだ。

不健康なライフスタイルは、客観的で批判的な思考を破壊するからだ。とはいえ、質問をすることは不可欠であり、アマヤが学んだすべての変化の基礎は探求であったため、徹底的な質問のみが答えを導き出すことができた。

最も大切にしている価値観や教義を疑うことを恐れてはならない。アマヤは、人生における虚偽や不真実を疑い、暴くことを恐れない人間になろうと決めた。詮索の敷居が高い人などいない。完全に神聖な人などいない。存在するものすべてに因果関係があり、その関連性が推論の基礎となっていた。理性は行動と信念の基礎であるべきで、理性を超えたものは迷信である。信仰には理由がない。だから信仰はファンタジーなのだ、とアマヤは自分に言い聞かせた。

アマヤは最終日の調停から多くのことを学び、自分の人生において重要な決断をするのに役立った。気配りをするように心を向けると、彼女は自分の内面に耳を傾ける喜びを経験した：人生で所有するものは少なく、必要なものだけを使う。物質的なものは、執着、渇望、嫉妬、妬みを生み、彼女を奴隷にする。彼女を依存させたものは捨てる。同じように、限られたスペースで満足することが、彼女を満足させた。十分な栄養のある健康的な食べ物を食べる。大食は悪である。アマヤは、健康的な生活には 2 食で十分だと考え、1 人の場合は昼過ぎからの食事を避けることにした。

彼女は、新しい知識を身につけ、知識を創造し、自己実現と他者の福祉のために働き、幸せと満足感を保つためには毎日十分に眠ることが不可欠だと決意した。アマヤは時間通りに起きる必要性に気づき、活動的で生産的であろうと心を集中させた。

自分の力ではどうにもならない状況をありのままに受け入れ、人生、世界、宇宙に対して科学的な態度を身につける。太陽の昇り、月の輝き、星の瞬き、ブラックホールの形成、重力、モンスーンの雨を止めることはできない。周りを見て、物事がどのように起こるか見てください。日の出、光、空、星、雲、にわか雨を眺め、季節を観察し、動物、鳥、植物、樹木から学ぶ。起伏に富んだ山々、森、滝、川、湖を見てみよう。海の美しさと壮大さを楽しもう。波は、絶え間なく、決して飽きることなく活動するため、多くの人生訓を教えてくれる。周囲にあるものすべてが美しく、魅力的で、挑戦的だ。アマヤは自分に言い聞かせた。「あなたとひとつになり、世界とひとつになり、宇宙とひとつになりなさい」と。苦しむ人々に共感する心を常に持つこと。グループの力と人類の結束を信じる。最後に、毎日ヴィパッサナーをすること、起きてすぐに 1 時間、夕方に 1 時間。

10 日間のヴィパッサナー・トレーニング・プログラムが終わりに近づいたとき、彼女は自分の中に完全な静寂があることを確認した。苦悩の日々が終わり、アマヤは悟り、目覚め、そしてついに自分自身との平穏を見つけたのだ。ネガティブ、自己中心的、無気力を克服し、彼女の心は落ち着いていた。人生は建設的な活動、新しい概念、アイデア、構造、出来事のためにあった。アマヤは、それは創造と再創造、建設、再建、そして新たな可能性への自己開放の連続的なサガであることを学んだ。

アマヤは、10 日間のコースが終わりではなく、始まりに過ぎないことを知っていた。彼女は瞑想的な生活を毎日続けることで、それを自己の不可分の一部へと進化させ、知的活力を保つ必要があった。彼女の人生は、長年背負ってきた重い重荷を取り除くために、ヴィパッサナーの生きた表現となった。彼女の心身をきつく縛っていた足かせを外すことは、想像を絶する苦しみを生む。ヴィパッサナーは彼女を永久に和らげ、奔放な苦悩を取り除き、希望、平安、平穏を得るために、人生の明確なイメージ、心、知性、意識の真の性質を提供することができる。アマヤはヴィパッサナーを日常生活に取り入れるという固い決意を胸に、ナーランダを後にした。彼女は毎年 1 カ月間、ナーランダかブッダガヤに戻り、10 日間の瞑想に参加し、残りの日数はボランティアとして働いていた。

ローズは家に入るなりアマヤを抱きしめた。彼女はアマヤの変化が目に見えて、生き生きとして、持続していることに気づいた。アマヤは落ち着いた様子で、その手つきは穏やかで、思いやりがあり、親切だった。

「ママ、私は良い方向に変わったわ。最初は耐え難い痛みを感じたけど、崇高で長続きするようになった。ヴィパッサナーは私のマインド、知性、ハートに入り込んでいる。自分のものとして愛しているし、生活の一部になっている」。母親のそばに座りながら、アマヤは自分の中の出来事を語った。

「謙虚で、共感的で、禁欲的で、愛情深い。人生でやりたいことがたくさんある、成熟した大人の娘を取り戻した」とローズは叫んだ。

「そうよ、ママ、新しい人生を始めたいの。私は、搾取、服従、拷問に苦しむ女性を救うための建設的な手段である法律を実践することを決意した。私はできるだけ多くの女性が正義を手に入れ、苦しみを和らげられるよう援助したいのです」とアマヤは説明した。

ローズは冷静に娘を見ていた。アマヤの信念、意思、決意を感じ取ることができた。「素晴らしいアイデアだ。私も全面的にサポートするよ」とローズは言った。

シャンカル・メノンがムンバイから娘に会いに来たとき、ローズとアマヤは話し合った。

「アマヤ、それは有意義な考えだ。君ならうまくやれる。法的な助けを必要とする女性を助けるのに、君は最適の人物だ」と娘を抱きしめながら言った。

数日のうちに、アマヤ、ローズ、シャンカル・メノンは高知を訪れ、アマヤの住居兼事務所を探した。日間にわたる懸命の捜索の結果、裁判所から 3 キロほど離れた別荘を突き止めた。シャンカル・メノンが購入し、アマヤに贈った。リビングルーム、2 つのベッドルーム、アマヤが住居として改造したキッチン、オフィス用の 4 つの部屋を含む家の一部。ローズは居住エリアの内部構造変更を監督し、壁面の食器棚、キャビネット、ラック、家具を施工した。彼女はコンピューター、プリンター、コピー機、オフィスに必要な電子機器を購入した。

ローズはシャンカル・メノンとともに、人権、司法、社会学、心理学、経済学、社会活動、科学と AI の最新開発に関する法律書、雑誌、出版物を注文した。マラヤーラム語、フランス語、スペイン語、英語の特別コーナーがあり、約 100 の小説と詩があった。ローズはブッダとヴィパッサナーに関する本を数冊プレゼントし、アマヤはそれを大切にしていた。ローズがアマヤに贈った最も美しい贈り物はピアノで、アマヤとローズは何時間も一緒に好きな音楽を弾いた。

アマヤは弁護士活動を始める前に、バルセロナにある別荘、家具、コンピューター、書籍、バイク、車を売却し、その手続きを 3 カ月以内に*チャイルド・コンサーン*に寄付することを国際機関に許可した。彼女の銀行には、カランが彼女の口座に送金した血税が 8 ルピーあり、アマヤはその金額をインド各地の女子教育のために寄付した。

アマヤは 2 年間、先輩弁護士のもとで修行を積み、スキルと態度を向上させ、法律家として成功するための厳しい訓練を受けた。アマヤは、面接、起草、裁判所への申請、必要不可欠な裁判手続き、礼儀作法、雄弁で力強く論理的なプレゼンテーション、そして力強い弁論といった基本的なことを学んだ。アマヤは先輩から最も重要な教訓のひとつを学んだ。それは、法廷では堅苦しい白い襟と黒いガウンを身にまとい、裁判官には謙虚な態度で「閣下」または「閣下」と呼びかけることだった。その先輩はアマヤに、多くの裁判官はエゴイストでナルシストで、他人を愛し、神のように扱うと言った。

アマヤが独立して弁護士活動を始めたとき、有能な弁護士としての地位を確立するのは大変なことだった。裁判官や同僚弁護士たちの汚職、縁故主義、カースト主義、宗教的偏見には、これまで遭遇したことのない驚きを覚えた。アマヤは、3 年目にある部族に属する女性グループの代表として出場した際、女性グループや活動家からこの上ない喝采を浴びた。彼女たちは長年にわたり、森林官や木材商の鉱山王による性的・経済的搾取に苦しんできた。アマヤは違反を暴露する際、殺害予告、社会的ボイコット、職業上の禁止事項を経験した。アマヤは、レイプによって生まれた 12 人の子供たちと、搾取された母親たちの知られざる物語を、本物の資料と統計を使って説明した。判決は、一般市民や女性団体の予想通り、被害者側に有利なものだった。裁判所は被害者に多額の賠償金を支払い、約 12 人の森林官僚と企業関係者に長期禁固刑を言い渡した。この事件によってアマヤの法曹界における地位は一変し、その後 15 年間、彼女は人々の苦悩を克服する手助けをするという成功の旅を続けた。

アマヤが弁護士になって 20 年目を迎えた日、見知らぬ若い女性から電話がかかってきた。数日後、アマヤはその若い女性が誘拐された娘のスプリヤであることを知った。金曜の夜、彼女は眠れなくなった。電話をもらってから 15 日目の翌日、娘と初めて会うためにチャンディーガルに行く予定だったからだ。

真夜中、アマヤは携帯電話の画面にスプリヤから新しいメッセージが届いているのに気づいた。唯一の選択肢は......"それは未完成のメッセージだったが、その含意がアマヤの心臓を突然揺さぶり、恐怖を与えた。「いいえ、スプリヤ。スプリヤの言葉に隠された行動が、一瞬アマヤの平穏を打ち砕いた。この先何年も苦しみが続くという恐ろしい前兆だった。すぐにアマヤは、予定通り午後 2 時頃にチャンディーガル空港に到着するとのメッセージを送った。頭の中が差し迫った災難に巻き込まれ、無益な泥沼から抜け出そうと焦り、睡眠障害は続いた。1時間しか寝ていないにもかかわらず、アマヤは朝の 4 時に起きた。ヴィパッサナーを受けた後、彼女はスナンダにメールを送り、彼女の長期休暇中にアマヤの事務所を管理し、彼女の案件を代理することを許可した。さらに彼女はスナンダに、もしアマヤが 1 年以内に戻らなかったら、アマヤの遺産を売却し、その手続きを*チャイルド・コンサーンに*寄付する権限を与えた。

高知発 9 時のフライトで、デリーまでは 3 時間あまり。乗り継ぎの午後、アマヤはチャンディーガルに到着した。娘に会えるという興奮は消極的なもので、彼女が直面するであろう悲劇への苦悩は憂慮すべきものだった。アマヤは 15 分ほど辛抱強く立っていたが、誰も彼女を待ってはいなかった。彼女の心には失望よりも恐怖が潜んでいた。20 分ほどでスプリヤの住居であるカッコーの巣に到着した。アマヤはカラン・アチャリヤ製薬の本社を見た。かなりの人だかりで、テレビ局や新聞社、警察の車が何台も駐車していた。白いシーツに包まれた担架が数人の警官によって救急車に押し込まれると、アマヤは思わず立ちすくんだ。

「私はポアニマ・アチャリヤ博士の弁護人、アマヤ・メノンです。すぐに彼女に会いたいんです」とアマヤは警察官に自己紹介した。

「マダム、今日お会いできないのは残念です。彼女は殺人の疑いで逮捕されました。

アマヤはしばらく言葉を失っていた。「落ち着きを取り戻したアマヤは、「いつ彼女に会えるの？

「はっきりとは言えないかもしれない。日曜日とはいえ、彼女は明日、判事の前に出頭し、おそらく今後 14 日間、警察か司法当局に拘留されるだろう」。

「彼女の顧問弁護士として、私には彼女に会う権利がある」とアマヤは主張した。

「私はそれを知っている。しかし、彼女に会うには判事の許可書が必要です。

アマヤは、カメラマンや報道陣が家の入り口に止まっていた警察のジープに向かって走っていくのを見た。

″スプリヤ！″アマヤはそう言ってジープに向かって走り出した。

「マダム、あなたは彼女と話すことは許されていません」警察官はアマヤを呼び止めながら言った。

アマヤは最新のニュースを知るために携帯電話を開いた。「カラン・アチャリヤ医師は昨夜 11 時ごろ亡くなりました。アチャリヤ製薬会長。アチャリヤ医師は交通事故で 3 ヵ月半昏睡状態にあった。脊髄に深刻な損傷があったことは医療報告でも確認されている。その結果、2 日前から危篤状態に陥っている。妻のエヴァ・アチャリヤ博士は 3 年前に卵巣がんで亡くなった。アチャリヤ博士には、会社の CEO であるポアニマ博士という娘がいる。デリーで学び、ロンドンとカリフォルニアのパロアルトで研究し、チャンディーガルで働き、国際的に有名な外科医、科学者となった。アチャリヤ博士は四半世紀前にアルツハイマーの治療薬を開発したが、その副作用のひどさから後に禁止された。彼の早すぎる死に、医療界と国の支配者たちは深い哀悼の意を表明している」。

アマヤは何が起こったかを想像することができた。「娘を守らなければ」と彼女は自分に言い聞かせた。

チャンディガル警察は、カラン・アチャリヤ博士の娘で、アチャリヤ博士製薬会社の CEO であるポーアニマ・アチャリヤ博士を、父親殺しの容疑で逮捕した。逮捕は土曜日の午後に行われた。CCTV の映像には、金曜の夜 10 時半ごろ、ポアニマ医師が父親に注射を打つ姿が映っていた。彼女は治療日誌にその詳細を記入しなかった。この 3 ヵ月半、カラン・アチャリヤ医師を看てきた 2 人の医師は、アチャリヤ医師は金曜日の午後 10 時にはすでに死亡していたとの見解を示した。別の医師は無許可の安楽死だと言っている。しかし、ポアニマ医師はまだ殺人容疑を否認していない」。

アマヤは月曜日の朝、裁判所に行き、スプリヤに会う許可を得た。午後 3 時頃、警察署に着くと、アマヤは留置場の中で床に座っている女性を見た。アマヤには、女性が壁のほうを見ている後頭部しか見えなかった。

「スプリヤ」アマヤは低い声で彼女を呼んだ。

「はい、ママ」女性は首を動かさずに答えた。

「あなたのために保釈を申請したい」とアマヤは言った。

「いいえ、ママ。保釈を嘆願する必要はありません」と女性は反応した。

「どうして？とアマヤは尋ねた。

「父の罪を償うために苦しみたい。彼があなたに対して犯した罪は許されない。彼は罰を受けることができなかったので、私は今後 24 年間刑務所に入ることにしました」と女性は説明した。

「スプリヤ、それは無駄なことだ。彼はもういない。守らせてください」とアマヤは言った。

「ママ、あなたは私を愛してくれた。私は苦しみを通してのみ、あなたの愛に応えることができる。もし私が苦しまなければ、私は利己的であり、平和を得ることはできない。私はあなた方の出版物で、刑罰は罪を償うために必要な付随的なものだと読んだことがある。だから、私は投獄されるしかないのです。

「スプリヤ、君はまだ若く、未来が君を待っている。医薬品を通じて何百万人もの人々を救うことができる。人生の明るい面を考えなさい」アマヤは女性を説得しようとした。

「同じように、私は父の名前、名声、富を受け継いだ。父の犯した罪は私の遺産でもあり、私を刑務所に閉じ込めることでしか償うことはできない。私は苦しみたいのです」と女性は説明した。

「あなたを守るのが私の仕事です。私たちの関係を考慮しないでください。

「私を弁護するためには、裁判所に嘘をつく必要がある。しかし、あなたは真実と正義を保証する。あなたがヴィパッサナーの常習者だとどこかで読んだことがある。真実だけでは訴訟には勝てないが、嘘をつくことはヴィパッサナーの原則に反することであり、あなたはそれを嫌う。だから、私をかばうことは倫理に反する」。その女性は間違いなかった。

アマヤはしばらく考え込んでいた。娘が語ったヴィパッサナーと真理についての言葉は、彼女の心に深く影響を与えた。「スプリヤ、君のお父さんは金曜日の夜 10 時ごろに自然死したんだ。彼が死んだと知りながら、あなたは 10 時半に注射を打った。そして真夜中になって、あなたは私にメッセージを送ってきた。

長い沈黙が続いた。ママ、あなたは真実を知っているけれど、どんな場合でも、真実が正義を反映しているとは限らないのよ。真実と正義が対立するとき、真実の側に立つことが不可欠である。しかし、正義がなければ、真実は虚しい。私は真実を否定しているのではなく、正義への義務を支持しているのだ。私は正義を否定し、真実の陰に隠れることはできない。それは道徳的な義務であり、私はそこから逃れることはできない。私の父はあなたを深く怒らせた。彼の罪は正義の叫びであり、彼を罰することができるのは私だけだ。それに、あなたは私の母であり、彼は私の父なのだから。私の弁護は控えてほしい。もし邪魔をするなら、私はオイディプスのように一生懺悔をしながらチャンディーガルの街をさまよい続けなければならないかもしれない。さようなら、ママ」。

「さようなら、スプリヤ」アマヤは去ろうとした。

翌日、アマヤはジャカルタ行きの便に乗った。ラジャ・アンパット諸島のワイサイ行きの便に乗り継ぐためだ。そこで彼女は、フィールドボランティアのソーシャルワーカーとして*チャイルド・コンサーン*に参加し、広大な海に広がる何千もの名もなき小島の子どもたちに本を配り続けた。

著者について

ヴァルゲーゼ・V・デヴァシアはトリヴァンドラムのロヨラ・スクールで英語を教えていた。タタ社会科学大学ムンバイ校元教授・学部長、タタ社会科学大学トゥルジャプール・キャンパス校長。ナーグプル大学 MSS ソーシャルワーク研究所（ナーグプル）教授兼校長。

ハーバード大学で司法修士号、ベンガルール国立インド大学ロースクールで人権法学士号、シェンバガヌール聖心女子大学で哲学修士号、ムンバイのタタ社会科学大学院で社会福祉学修士号、コラプールのシヴァージ大学で社会学修士号、ナグプル大学で法学修士号、理学修士号、博士号を取得。

犯罪学、矯正行政学、被害者学、人権、社会正義、参加型研究などの学術参考書を 10 冊以上出版しているほか、国内外の査読付き学術誌に多数の論文を発表している。著書に、短編小説アンソロジー『*A Woman with Large Eyes*』（オリンピア出版、ロンドン）、小説『*Women of God's Own Country*』（Book Solutions、イヌルカ・メディア・ネットワーク・コッタヤム）、『*The Celibate*』（浮世絵出版、ハイデラバード）などがある。マラヤーラム語の小説を書いており、カリカットのマルベリー・パブリッシャーズから出版されている。ヴァルゲーゼ・V・デーヴァシアは、デビュー作『*Women of God's Own Country*』で浮世絵師協会主催の Author of the Year 2022 を受賞。ケララ州コジコデ在住。

E メール：*vvdevasia@gmail.com*

www.ingramcontent.com/pod-product-compliance
Lightning Source LLC
LaVergne TN
LVHW041701070526
838199LV00045B/1156
* 9 7 8 9 3 5 9 2 0 9 7 7 7 *